我徜徉在湖堤上，看到这美丽如画的景色，不禁生出了无限的遐想。

那片神奇的土地

宋建民 著

湖南文艺出版社 · 长沙
HUNAN LITERATURE AND ART PUBLISHING HOUSE

图书在版编目 (CIP) 数据

那片神奇的土地 / 宋建民著. -- 长沙 : 湖南文艺出版社, 2024.8
ISBN 978-7-5726-1668-6

Ⅰ. ①那… Ⅱ. ①宋… Ⅲ. ①散文集－中国－当代
Ⅳ. ① I267

中国国家版本馆 CIP 数据核字 (2024) 第 043006 号

那片神奇的土地

NAPIAN SHENQI DE TUDI

宋建民 / 著

出 版 人：陈新文
责任编辑：邓映如
封面设计：黎升强
内文排版：玉书美书
出版发行：湖南文艺出版社
（长沙市雨花区东二环一段 508 号　邮编：410014）
网　　址：http://www.hnwy.net
印　　刷：湖南省众鑫印务有限公司
经　　销：新华书店
开　　本：880mm × 1230mm　1/32
印　　张：11
字　　数：210 千字
版　　次：2024 年 8 月第 1 版
印　　次：2024 年 8 月第 1 次印刷
书　　号：ISBN 978-7-5726-1668-6
定　　价：49.80 元

序一

麻天祥

我的案头放着建民同志送来的一沓厚厚的散文书稿。这是建民同志继出版了《探索集》《穿越时空的风景》等散文集之后的又一新著。

我以为，“文以气为主”“以境界为最上”，气聚而为境界；大凡写文章，尤其是创作优秀的散文，都着力追求三个境界之美：情景之美、意境之美和理境之美。所谓情景之美，就是通过写人记事或是写景状物，表达出作者的真情实感，以真实的境遇、真切的叙述和描写，使作品吸引人、感染人；所谓意境之美，就是在实境基础上的情感升华，从而提炼出共性的美感，使人在阅读作品时得到美的享受，受到美的熏陶；所谓理境之美，就是通过实境真情的铺陈，将其上升到理性的高度，使作品做到情理相融，以情寓理，以理蕴情，在鉴赏美文的愉悦中形成共鸣！建民同志的这本新著，在追求三个境界之美方面作了有益的尝试，可以说是得气之清，具境界之美。

首先是她的情景之美。作者的足迹涉及海内外，每到一地他都能敏锐地观察，入微地分析，将所见所闻，叙述得栩栩如生，让人有身临其境之感。如《沙湖印象》中，作者写到“我徜徉在湖堤上，看到这美丽如画的景色，不禁生出了无限的遐想。我想，要是一直能留在这里度过四季，那该有多好啊！冬天，白雪皑皑的沙漠，在一片银色的世界中看冰冻的湖面景色，看打鱼人如何凿开冰层在湖中捕捞，那是怎样美妙动人的万里冰封的北国风光。春天，万物复苏，百花争艳，芦苇返青，绿影摇曳，让人感受到绿色生命的活力。夏天，观连片的荷花，亭亭玉立，花团锦簇；看鲜嫩的芦苇，如茂林修竹，蓬勃向上；听鸥鹭啼鸣，看鱼儿游弋，该是怎样一幅生机勃勃的画面。秋天，赏湖光山色，看芦花绽放，观候鸟飞翔，听渔歌晚唱，又该是多么美好的景象……”沙湖的四季在作者的笔下变得如此楚楚动人，让人感佩，令人神往。再如在访问德国黑森州时所创作的《黑森州之旅》一文中，作者总能作出真情实感的精彩描写：“席间我们进行了多方面的交流，从两省州人民的友谊到经济、科技合作；从德国灿若繁星的巨人，如歌德、马克思、海涅、康德、培根、爱因斯坦、巴赫、贝多芬，到德国在文学、艺术、哲学、音乐、科技等领域为世界作出的重大贡献；从今天所涉及的合作项目，到未来发展的光明前景。我们完全沉浸在中德两省州交流合作的友好氛围之中。中德两国人民长期合作交流汇成的友谊长河在我们之间潺潺地流着。……”这些真情实感的叙述和描写，使文章不仅增加了历史的厚重感，也将交流会谈的画面变得鲜活起来，给人以美的享受。书中像这样精彩的描写不胜枚举，这表现了作者知识的广博和善于驾驭文字的本领。

其次是她的意境之美。这是本书一个明显的特点。作者通过对现实情景的叙述，使自己的思想不断升华，将文章的境界提到了一个新的高度。如在《鲜活的莫高窟》中，作者通过实地考察具有中华瑰宝之称的莫高窟和莫高窟周边的三危山后，睹物追思，思想产生了质的飞跃，从而回答了“人类是否能像自然界一样永存”的生命之问，使文章达到了一个很高的境界。作者在文中这样写道：“在离开莫高窟的路上，当我回首远眺莫高窟和三危山时，我终于悟出答案，我认为人类是可以与自然界一样永存的。就拿这莫高窟来说吧！虽然古代工匠、艺术家有形的生命消失了，但他们对艺术执着的献身精神，以及他们不图名利、远离尘嚣、忍受寂寞的创作态度，不是与莫高窟的壁画雕像艺术一起被鲜活地延续到现在？”这样的文字，使文章的格局显得大了许多，使全文的境界也升华了不少。作者无论是叙事，还是抒情，总是努力追求很高的意境，从而使文章观点更鲜明、文学的韵味更深长，给人以震撼和启迪！再如《漫游苏黎世湖》一篇中，作者通过考察苏黎世湖的优美生态环境和旖旎山水风光，回忆了苏黎世湖由原生态自然风光到被工业生活污染，再到被治理后新的优美生态环境的过程，使文章的思想性得到了提升。作者最后写道：“船在湖中转了一个弯，缓缓地往回行驶了，而我的思绪却还在前行。……一个不曾有过的感悟开始在我的脑中生成。我在想，人类文明的演进过程，要经历许许多多的曲折，每经过一次曲折，人们就会做一些调整。这个调整有时好像是向旧的方向的回复，……但又绝对不是简单的回归，而是更高层次的飞跃……”作者通过考察瑞士苏黎世湖生态环境的变化，将其上升到了哲学的高度，给人以耳目一新的感受，也让人在阅读美文的过程中，得到美的享受，受到潜移默化的影响，这是作者在文学意境上的可贵探索。

最后是她的理境之美。这是该书一个最突出的特色。该书几乎每一篇都体现了作者勤于思考、善于思考的风格，展示了作者小中见大、虚中见实的思想之光、理境之美。一般来说，景色的画面之美给人的视觉冲击是短暂的，而理境之美却能让人在反复的咀嚼中久久回味。全书无论是写景状物的抒情叙事散文，还是生活中的议论小品文，都体现了作者这方面的风采。如在《兰亭悟道》一文中，作者在浙江会稽山兰亭身临其境，对所感受到的《兰亭序》辩证思维、美学思维和艺术思维，作了全面系统的描述，全文融情景理于一体，以景抒情，以情寓理，情中有理，理中有情，让人感悟到了书法的韵律之美、质地之美和境界之美，是至今我所看到解析王羲之《兰亭序》比较精到的文章之一。再如《品樱花》一文中，作者通过樱花原产于古代中国，后又传入日本，在日本得到极大的创新，而成为日本“国花”，反过来又从日本引进到我国这个历史过程的叙述，最后得出了一个观点：“小到一种植物，大到一个国家，不论你之前如何先进、繁荣，如果不能持续努力、持续创新，到后来都会落后。”这个观点我们平时也多次讲，但结合樱花这一物种活生生的嬗变过程，发人深省！又如在《伊瓜苏大瀑布》中，作者通过观察大瀑布从几十米高的悬崖陡壁上纵身落下，演绎出了精彩绝伦的风姿，联想到了人生的境界，在文章结尾处写道："我想人生的经历何尝不是如此呢？人生坦途，一帆风顺，是无法上演美轮美奂的精彩人生的。恰恰是在无路可走而'逼上绝路'时，才能演绎出连自己都无法预想的精彩事业、精彩人生！"作者的这番话，充满哲理，闪烁着积极进取的人性之光，令人难忘。该书还有多处这样精彩的描述。如在《米兰记忆》一篇中，通过对米兰闻名于世的艺术史上最早歌剧院简朴外观的描写，得出了让人警醒的认知。作者在文中写道："看到歌剧院简朴的外观，我的心头不禁一颤，我感到真正有艺术价值的东西，……总是以最朴实、最简单的形式出现。……反而那些虚无的、品位不高的东西，却往往装饰得无比豪华和奢侈。"作者的这番感悟，言简意深，引人思考。在书中的第三部分《生活感悟》中，这种思想性的文章比比皆是。尤其是谈到逆势环境对人的正向激励时，作者从生活的小事入手，在很多的篇章中阐述了这方面的道理，体现作者的思想高度，让人有耳目一新的感受，值得一读。

本散文集取名为《那片神奇的土地》。她原是一篇考察新疆的游记，同时也较贴切地反映了作者所游历、考察国内外土地上的自然风光和人文社会的所见所闻。全书从结构上讲，共分为四个部分。第一部分为《国内掠影》，这是作者在国内考察时的应景之作，体现了作者对祖国自然风光和人文社会的赞美之情。第二部分为《域外杂记》，既有对异国田园山水、城市风情的赞美，又有对国外勤劳智慧劳动者的歌颂，也有对西方社会弊端的批评，体现了作者秉持客观公正的立场。第三部分为《生活感悟》，这部分来自作者的日常生活和广泛阅读后的理性认知，体现了作者勤于学习、善于思考、努力进取的精神。第四部分为《书法册页撷英》，作者是一名书法爱好者，工作之余多年坚持临“二王”和米芾书帖，书法作品曾在省内外获得过奖项。作者书法以行书见长，本次选取的“书法册页”是作者用行书书写的已公开发表的散文作品《香山记事》。这篇作品，从形式到内容也值得品读鉴赏。全书每个部分按写作时间和作品发表的时间排序。

纵览全书总感到作者不仅在追求文章的“情景之美”“意境之美”和“理境之美”上作了有益尝试，而且作者的勤奋精神也是值得点赞的。在不少文章的结尾，常常可以看到作者创作是在深夜或凌晨完成的。作者不是以文为业的专业作者，其所从事的职业大多是事务性行政工作。作者曾长期在省级工业行业主管部门担任主要领导，在繁忙的事务性工作之余，还能静下心来从事文学创作，实属不易。特别值得一提的是，建民同志为充实文史哲方面的知识，在40岁时还报考了我的博士研究生。在读博的三年多时间里，建民同志勤奋的劲头、严谨的学风，让我记忆犹新，正是这种勤勉向上的精神和求真务实的作风，支撑着他在文学创作和事业开拓上取得了长足的进步。

同时作者的作品是根植于现实的，对基层生活的了解，对社会热点的关切，体现了作者是一个有强烈使命感和社会责任感的人。这与他的经历不无关系。他高中毕业，就响应党“知识青年到农村去，接受贫下中农再教育”的号召，从城里到农村插队落户，当过农民；进过企业技工学校，当过工人。恢复高考后，考入工科院校接受过高等教育。之后他任过中等专业学校的老师；在地市政府部门工作过，在一家中国产业报任过兼职记者，还在外贸企业当过主要负责人。这些基层丰富的经历，为他的创作提供了不可多得的素材，也让他能踏着时代的脚步前行。

总之，建民同志这部散文新著，是他对自然风光和风土人情客观的叙述，是他心路历程的展示，也是他近些年心血的凝聚。

写上以上的话，权作是对建民新著的一点感悟和勉励。

是为序。

2022 年 4 月 14 日于珞珈山

（麻天祥，男，河南人。20 世纪 80 年代初，弃医从文。1987 年初，师从我国著名历史学家张岂之先生，专攻中国学术思想史。1990 年 1 月初获历史学博士学位。先后执教西北大学、海南大学、湖南师范大学、武汉大学。曾任湖南师大历史研究所所长，教授、博士生导师，现任武汉大学哲学学院教授（二级）、武汉大学人文社会科学院驻院研究员，珞珈杰出学者、博士生导师、宗教学研究所所长、中国佛学及佛教艺术研究中心主任。教育部马克思主义理论研究和建设工程《宗教史》项目首席专家、教育部重大攻关项目《中国现代宗教学术史研究》首席专家，享受国务院政府特殊津贴。已出版学术专著《晚清佛学与近代社会思潮》《中国禅宗思想发展史》《中国近代学术史》《中国宗教哲学史》《汤用彤评传》《中国思想史钩沉》以及多卷本《民国学案》等40余种60余册，公开发表学术论文270余篇。《中国禅宗思想发展史》《中国宗教史》分别获教育部人文社科优秀成果二、三等奖。）

序二

蔡建和

我和建民兄是几十年的交情。20 世纪 80 年代，我俩就在常德行署经研室一个办公室坐了几年，一起“爬格子”，因意气相投，成了好朋友。后来他调湖南省机械厅高就，我们也从未间断过联系，我去长沙、他回常德，总要想着法子见一面。再后来我也到了长沙，一起同在省直机关工作。特别是都从领导岗位上退下来后，隔三岔五总要找机会见见面，或一起散散步、喝喝茶，或吹吹牛、谈论点诗文，有时还会跑到周边农村，体会田园山水之乐。心心念念几十年，现在还是几日不见就想见、见了之后还想见的“胶着”状态。

我早就知道，建民兄饱读诗书，思维敏捷，见多识广，书法好，文章好。在常德市政府研究室同事时，他就是快手、高手，他写的领导报告和调研文章，不仅来得快，而且领导满意度高。他是从国有大企业来机关的，对企业经营管理、改革发展很有心得，平常讨论发言，常常是话不多却一语破的，声不高却令人折服。当时经济学家厉以宁先生到处鼓吹股份制改革，学界给了他“厉股份”的雅号，我们也就仿效着叫建民是“宋企业”。这虽有点调侃，但更多的是钦佩，是对他工作水准、思想深度的首肯。

搞经济工作是他的强项，但我从不知道，搞文学他也在行。我还是从《湖南日报》上读到了他的散文才晓得他是个“文青”。见面问起，了解到他几十年如一日，一直守着文学初心，已出版2本散文集，这是他的第3本了。我惊呆了，这是真人不露相。责怪他，为什么有好事就想起我，有好文章就把我忘了？难道没把我当成真朋友？建民兄哈哈一笑，说得云淡风轻，“就那些流水账、豆腐块，岂敢送你？”每次答应送，都没兑现，直到现在，好几年过去了，我也没得到他的书。

建民兄就是这样一个低调的人，有才不外露，有功不显摆，有理不高调，只偶尔露点小峥嵘。其实他是胸有星辰大海、笔存万千沟壑的人。我也算有点文学情结，退下来后也喜欢写点诗歌散文，知道他爱好后，欣喜又多了友情链接渠道。我和他，不仅只有友谊，还有了诗和未来。

我这个文学上的“半桶水”，从未想着要给建民的散文集写什么序。一切都是酒醉惹的祸。几个月前，我们俩小酌之际，建民兄跟我讲，他又一本散文要进厂了，克老要他找我写篇序，他不好意思找我讨文章。一个“讨”字，把我惹急了，我俩什么关系？你是欺我写不出，还是感情不到份儿上？借着酒胆，我桌子一拍大吼：克老都讲了，只要你不嫌弃，我一定要写！

克老是我和建民共同尊敬的老领导，他是湖南党政秘书界“爬格子”的泰斗。他说的话我俩都是要落实的，不管我能不能，建民愿不愿意。

表态虽坚决，但行动却迟缓，几个月过去了，一直没敢动笔。前几天见面，建民找我索要稿子，我说还没写，不是不想写，确实是才疏学浅不敢写。这下建民不饶了，说是版面都留了、你也表态了，怎么说话不算话呢？建民兄来了真的，我也怕了，回到家连夜就开始动起手来。

我翻阅着建民散文的样稿，虽然还只是一些近年的新作，但可见题材广泛，文字优美，抒情真挚，议论通透，不读万卷书，不行万里路，不经过酸甜苦辣，那绝对写不出来的。读古诗文我很喜欢苏东坡，因为他不仅是大文豪，还是大政治家，一生颠沛流离，他的作品穿透古今，与日月同悬。建民虽然没有大起大落，但从工厂技术员，奋斗到正厅级领导岗位，作为从大山走出来的人，是很不容易的。因此，他的散文和纯文人的比较起来，有一种阔大的美、深邃的美、练达的美。

窗外月色溶溶，蛙声阵阵。读着建民的散文，伴着仲夏诗意的夜晚，真是一种人生的享受！

我还是不敢妄评建民的文章，只能局限于对建民个人的品味。我觉得，把建民的人品到位了，他的文章也就好读了。

我和建民的友谊，始于共事，兴于爱好，敬于人品。

在朋友当中，建民兄是一个少有的“暖男”，是一个什么时候都替他人着想的人，是一个在什么角落都会发光的人。当年在常德工作时，大家都是小年轻，工资低。有时“爬格子”辛苦了，也会邀着一起打打“牙祭”，这时建民总会抢先把单买下来，一次两次无所谓，多了大家也过意不去。都是养家糊口的人，没多少余钱剩米。不过，建民总爱打肿脸充胖子，给买单找理由：“我工厂来的，过去拿的奖金多，小单买得起。”大家心知肚明，这是他仗义疏财的性格使然。机关里各式各类的人都有，像他这样对同事朋友慷慨大方的人是难得见到的。每次回津市湘澧盐矿家里，总会给科里的同事带上两包精制盐之类的土特产，让我们体会到了被“送礼”的尊重。办公室坐了4个人，数他年龄大、资历老，但每天基本都是他最早到办公室，把开水打好、卫生搞好。开始大家还说声感谢，以后习惯了，都乐而受之，谁叫他晚来呢？只有等建民哪天出差了，大家你挨我我挨你，办公室没有开水喝，大家才意识到，办公室一日不可没有建民兄。大家都感叹，毛主席讲的，一个人做一件好事并不难，难的是一辈子做好事。像建民这样，把好事做到底，不图回报，那是特别难能可贵的！

建民感动了大家，大家也想着能帮建民做点什么。这样的机会终于来了。建民比我晚到行署机关几年，刚来时，机关后勤给他在一栋筒子楼里分配了一间十来平方米的房子。见他晚到，人又低调，机关有个水电工把他的房子强占了给自己姨妹子住。我们找行政后勤反映了几次，也不见效果，谁都不愿得罪“狠人”啦。哪家电灯不坏、水管不堵？得罪了水电工，够你难受的。这下把我和同事都惹毛了。欺负别人我们可以不管，欺负建民兄那可不行！一向文弱的我，带着几个年轻同事，拿着铁锤，趁那个水电工姨妹子不在家，把那间房的房门敲开，帮建民把家搬了进去。事后那个水电工自知理亏，又众怒难犯，这个事也就自然过去了。就是因为这件事，建民与我和同事们的感情更深了一层。现在相聚，还经常提起，成为饭后茶余的佐料。

建民兄是一个典型的“好人主义”。人前人后，就没见他说过人不是，总是利用一切场合帮人、夸人、做好事。朋友的家事难事，部下的进步提拔，老领导的身体好坏，都装在他心里。有些时候，我甚至感叹建民太累了，帮人是不是帮过了头。但几十年下来，建民不仅没有老，而且越来越年轻。当年刚 30 岁时，他有些秃头，显得过于老成，现在快 40 年过去了，头发还是过去的样子，虽然还是秃，但那些青丝依然坚守着阵地，且面色红润光泽。原来我不相信佛教的因果报应，但从建民身上，我开始将信将疑了。建民是真性情、真情怀、大格局，一辈子不害人，不亏人，只帮人，活得坦荡，睡得安稳，不年轻才怪哩！做人不能像炒股，逢高就追，逢跌就跑。真正的赢家，就是像建民这样，舍得付出，为朋友担当，为朋友喝彩，只有这样才能交真朋友、交好朋友。建民是一个朋友遍天下的人。我不仅见证了，还受益不少。

建民兄更是一个好领导。对他干事，组织早有评价，我也不敢妄加评论，说差我永远不会，也与事实不符。但我以为，他最出彩的，是甘当人梯、善作伯乐。讲真心话，我们现在干部人才成长不在一个信息对称和平等竞争的环境里，一个单位能不能多出人才、早出人才，全在一个单位主要领导有不有识人之眼、容人之量、用人之胆、荐人之术。没有强烈的人才意识和甘为人梯、甘为绿叶的情怀，单位人才是成长不起来的。建民兄长期在似企非企、似政非政的偏远单位工作，按理说，干部人才成长是比较难的。可在他的强力推荐下，他当“一把手”时，单位人才辈出，不少走上了重要领导岗位，叫许多单位看到了，都有点羡慕。这虽然是组织功劳、个人努力，但与建民的用心培养、精心运作是分不开的。每次与建民在一起，他都“王婆卖瓜”，讲这个干部好，讲那个干部要赶快用，那种爱才惜才护才的情怀，真是让人感动。哲人讲，我们身边不缺乏美好，就是缺乏发现美好的眼睛。建民就有那样一双眼睛！

建民兄虽然好，但也不是好得无原则无底线。这些年领导干部倒了不少，我从没听到关于他的不好传闻。他所关心、提拔的人，他交往的朋友，也没听到哪个出了事。20 世纪 90 年代中期，省机械厅主要领导出事，那时他当办公室主任，我担心他受牵连，打电话给他。他给我拍胸，叫我放心，没事。当时还有点将信将疑。后来果如他所言，不仅没牵连，还提拔重用，逆势上扬。从这一点可以见证，建民人好，是好在正道、好在正气。正因为这样，大家和建民在一起，都很轻松、很阳光、很真实。

写了这么多，似乎偏离了主题。我实在没有能力评价建民的作品，只能凭性情讲点建民的人。我想以后我会努力长进，把他的几个集子认真精研细读，待他出下一个集子的时候，只要他认可，我拼老命也要写出一篇专业的序评。

2023 年 6 月于长沙

（作者：湖南省委组织部原副部长、湖南省第十三届省人大常委会委员、省诗词学会会长）

目　录

国内掠影

域外杂记

生活感悟

书法册页撷英

国内掠影

那片神奇的土地

还是几年前的事了，那天我踏上了新疆那片神奇的土地。

登上博格达山，那一泓碧蓝的水就是传说中的天池了。下了车极目远眺，远处是白皑皑的雪山，在太阳的照耀下，显得格外耀眼。踏着碎石小路来到池边，习习凉风吹过，使人在盛夏也感到了清凉。将手伸进湖中，冰凉冰凉的，这才相信了湖中的水是雪水融化而成的，湖水湛蓝，幽深，望不到底。

自然界往往就是那么耐人寻味，给了你困难，同时也给你机遇；给了你荒漠，同时也给你雪山；给了你充足的雨水，同时也给你洪涝灾害。关键是看你有没有趋利避害的智慧和意志。离开天池看到吐鲁番的坎儿井工程，使我加深了对这个问题的认识。

在坎儿井开凿之前，从雪山上融化的冰水，在沙漠中被蒸发或渗透在沙漠深处，吐鲁番盆地的人们望着丰富的雪水资源，却过着水贵如油的生活。勤劳智慧的新疆人民创造了打井开凿暗渠的方式，将雪山的冰水引入渠中，借着由高往低的地势将水引入盆地中间的民居和农田。经过 2000 多年的陆续开凿，坎儿井的总长度达到5000公里。特别是改革开放30年的整修配套，目前实际使用的坎儿井达到853条，使得这片昔日的荒漠变成了绿洲。人们把坎儿井与万里长城、京杭大运河并列，称为“中国古代三项伟大工程”。

过了坎儿井来到了吐鲁番火焰山下的葡萄沟，这里更使我们惊讶。火焰山的地表温度最高可达80摄氏度，我们到达时还算幸运，仅50摄氏度。但就在火焰山下有一条南北长8公里、东西宽一两公里的峡谷，在峡谷中人们开凿了许多暗渠明沟，将雪山上的冰水引了过来。虽然身处火焰山下，却能听到水流潺潺的声音。正是在由雪与火这对矛盾体构成的峡谷中，出产着享誉中外的葡萄。这条沟也就成了闻名遐迩的葡萄沟。据当地同志介绍，葡萄沟的葡萄品种有500多种，年产葡萄300多吨。最著名的是无核白、马奶子、百家干、木纳格等品种。尤其是无核白，皮薄、肉嫩、多汁，素有“珍珠”的美称，含糖量高达20%至30%，超过了美国加利福尼亚的葡萄，居世界之冠。葡萄沟的田地阡陌全是葡萄架搭成的棚，藤蔓交织，曲径通幽。

我们在当地同志的带领下，走进了一家葡萄种植大户。只见偌大的院子里搭起了四五座土台，上面摆放着毯子，毯子上摆着桌子，桌子上盛满了各式各样的水果拼盘，有西瓜、哈密瓜，还有刚刚从棚架上采摘下来的新鲜葡萄。大家边吃着新鲜的水果，边听主人讲解葡萄种植和葡萄干加工的奥秘。一会儿主人为客人们表演起了维吾尔族的舞蹈。在维吾尔族果农家里，我们感受到了维吾尔族兄弟的好客和热情，也分享到了果农丰收的喜悦。据当地同志介绍，随着葡萄种植加工业和旅游业的发展，吐鲁番葡萄沟的年人均收入达到 4000 元，是新疆最富的地区之一。说实在的，吐鲁番的气候条件是不幸的，它以干燥高温著称，年降雨量仅 16 毫米。这恶劣的气候条件形成了火焰山和成片的荒漠戈壁。但吐鲁番又是幸运的，造物主将高高的雪山与火焰山同时安排在这里。特别是这里繁衍生息着勤劳智慧的维吾尔族、回族同胞，他们创造了像坎儿井这样的伟大工程，将荒漠改造成了绿洲，火焰山变成了祖国北疆的江南。

离开新疆吐鲁番已经几年了，我常常思念那片神奇的土地。

2009 年 2 月原载《湖南日报·湘江副刊》

兰州印象

9月13日下午，当我们乘着飞机飞临甘肃境内时，出现在我们眼前的是一片蜿蜒起伏的橙黄的山脉，只是在一个窄长的地带显露出一些绿色。同行的老张告诉我，那些橙黄的山脉就是几千年形成的黄土高原起伏的外壳，那一条绿色的长带就是传说中的河套走廊。这条走廊因为有黄河流经，便成了塞北的江南。当我们乘着的飞机飞临兰州市上空，感觉整个兰州市区就像被一个大沙盘紧紧裹住。见此情景，大家对兰州美好的印象大打折扣。但当我们走出机场，沿着机场高速往城区行驶时，特别是在兰州市参观了一天后，我们对兰州的印象又发生了颠覆性的变化，不禁对兰州市和兰州人肃然起敬。

由于祁连山脉、阿尔金山脉和秦岭横卧在甘肃南边，南方的暖湿气流无法进入甘肃，因而使甘肃成了少雨缺水的省份。特别是位于酒泉西部的敦煌，年降水量不到40毫米，兰州的年降水量也才1500毫米。水是生命之源，由于长年缺水，这里的草木难以生长。但勤劳智慧的甘肃人通过大力发展节水灌溉工程，在这荒漠之地造出了塞北的江南。兰州就是这样造出来的一座城市。

走在兰州市的近郊，到处可见人们采用滴灌和喷灌技术，在一座座荒山上植出了密密麻麻的绿树，让这黄色的沙丘披上了绿色的植被。我们乘车经过时，看到公路两旁的山上喷灌系统正给山坡上的绿树喷洒着水，纷纷扬扬飘下的水雾，让这些绿树在贫瘠的沙丘上顽强地生长着。坐在我们旁边的当地同志对我们说："由于降水少，整个城市周边的山脉沙丘都采用滴灌和喷灌技术，我们对一棵树、一株草就像照料娃一样用心用力。"

在兰州，无论是我们乘车行进在高速公路上，还是漫步整洁的街道时，到处都是一片葱茏的绿色，尤其是看到街心公园和道路两边一排排的树木，一蓬蓬的花草，我们仿佛忘记这是黄沙包围下的黄土高原，而是置身于绿意盎然的江南。我们徜徉在街心公园，仔细地观赏着，才感到这满眼的绿色，都是当地人靠勤劳和汗水换来的。这些绿色虽然没有南方的那么鲜嫩，但我觉得它们比南方的绿树和绿色更弥足珍贵，更加来之不易，也更显得有生机和活力！因为这些绿色的树木，不仅有效地改善了地处黄土高原兰州市的生态环境，而且在这些绿色的植物中，融入了兰州人身处恶劣自然环境并战胜恶劣自然环境的自强不息的精神。

2011 年 9 月 15 日于兰州

党校往事

坐在省委党校新建的学员宿舍里，透过玻璃窗可以看见党校校舍一角露出来的岳麓山峦。那岳麓山上苍翠欲滴的树木让我感受到了大自然旺盛的生命力。在城市中住久了，看到的都是鳞次栉比的钢筋混凝土的建筑森林，听到的都是城市的喧嚣，常使人有一种压抑和疲惫之感。而在这静谧党校，可以享受大自然绿色带来的生机活力，呼吸到清新的空气，特别是校园里浓厚的学习氛围，的确可以让人全身心地沉下来读点书。校舍前大坪内是修葺一新的苗圃，花团锦簇。宿舍旁偶尔开过一辆小车发出的低沉声响，更加衬托出了这里的幽静。党校真是个读书的好地方。

此情此景，不禁使我回忆起了第一次来省委党校学习的情景。那是 1980 年春，当时我在省机械工业厅下的一个直属单位工作。厅里将一个学习指标下达到我所在的单位，单位党委决定派我来党校学习。作为一名科级干部，有幸参加省委党校理干班的学习，我十分高兴。学的内容主要是马克思的《资本论》中的《再生产理论》。那次大约学习四个月，从春季学到夏季。

至今回想起来，这是我在省委党校学习最长的一段时间。那时住在距党校老礼堂不远的一幢平房里，一间房住四个人。环境是那么的幽静，同学之间又十分友好，真让我又惊又喜。当时党校正值春天，宿舍前橘园里橘花盛开，橘花的芬芳透过窗户充溢整个房间，使人时时刻刻都能闻到橘花的阵阵芳香。特别是早上晨练时，在校园里跑步路过橘园，浓郁橘花香气扑鼻而来，沁人心脾。

最高兴的时刻还是在党校图书馆读书。丰富的藏书和宽大的阅览室，让人流连忘返。星期日我也没地方去，就一头扎进图书馆，一读就是几个小时。从那时起我爱上了政治经济学和西方古典经济学。在那里不仅系统学习了马克思的经典著作《资本论》《哥达纲领批判》、恩格斯的《反杜林论》、列宁的《国家与革命》，还读了亚当·斯密的《国民财富的性质和原理研究》、凯恩斯的《就业、利息和货币通论》、李嘉图的《政治经济学及赋税原理》、魁奈的《经济表》等一些古典经济学著作。对这些马列经典和古典经济学的学习，为我后来研究经济理论奠定了一定的基础。紧张之余，偶尔也去党校俱乐部看看电视。那时正值中日友好的时期，银幕上不少日本电视，如《野麦岭》《血凝》等等。我所在的班，因为大多数都是科级干部，尽管级别不高，但无心理负担，可以一心一意地去学习。不像现在，级别上升了，学习反倒没那时专注和用心了。

特别不能忘记的是党校的辅导员老师和授课老师。他们对我们这些学员特别关心，治学态度也十分严谨，有什么问题都是毫无保留地讲解。那时的师生关系可用亲密、单纯、融洽来形容。直到现在，我还记得班级辅导员和任课老师给我们上课的情景。

这些党校往事，虽然过去了三十多年，但那些经历仿佛如昨，让人久久不能忘怀。此后，虽然在这里又上过处干班、厅干班，包括后来到中央党校学习，我感到都不如这次有如此深刻的印象。我永远忘不了坐落在岳麓山下这座美丽静谧、充满浓郁书香气的党校校园，永远也忘不了那些关心教育过我的老师。

2013 年 7 月 16 日于党校

海滨掠影

临近黄昏，我坐在厦门瑞颐大酒店高楼的房间里，透过房间落地式的玻璃窗，可以看见窗外的景色。一抹夕阳射进来，照在房间的地板上，也照在我的身上。秋季的厦门被绿色和蓝色簇拥着。远处那着绿色的是一带远山，起起伏伏，重峦叠嶂；那呈蓝色的是天空和大海。时近黄昏，在一片蓝色中间点缀着一些青绿色，那是海中的岛屿；岛屿脚下是一片蓝色的大海，海面上有船只在往返行驶。在这些船只中，有远洋货轮，也有内河渔船，还有一些快艇在海上冲浪，海面上一派繁忙景象。距离我们最近的是一座岛屿，岛上房子红绿相间，红的是一幢幢别墅，造型各异，有尖顶型的，也有平顶型的；有现代的，也有古典的。绿的是一蓬蓬的树木，红绿相映，着实好看。这个岛屿就是著名的鼓浪屿。鼓浪屿我曾在电视电影的画面中见过它，在相关的画报里见过它，而这么近距离地接触它却是第一次。

记得今天下午，当我乘坐的海航飞机从长沙飞临厦门上空，在一片碧蓝碧蓝的海湾之上，一个现代化的港口城市赫然出现在我们的视野之中。定睛望去，在一条巨大的半圆形的海岸线上，错落有致地耸立着一幢幢高楼；在宽广的港口上，一台台起重吊车整齐排列；海湾之间是一座座大桥相连，海湾之上是一座座像馒头形状的山峦。此情景与我几年前见到的旧金山海湾的情形相仿，在曲曲折折的山峦之间有一湾海水伸进陆地，形成旧金山天然的港口。厦门港也是东海向内陆延伸而成的，是一个地理位置优越的天然良港，厦门港不是旧金山港，却胜过旧金山港。不到厦门不知道这里有多好，今天到此一看，才知道上苍也赐予了厦门一个天然的良港。这就不难理解厦门为何在一百多年前就被列为我国重要的对外商埠。

厦门是一座古城，同时也是一座新城。说是古城，这里已有百多年的历史了。城市中，尤其是在鼓浪屿，有许许多多英法德殖民者建设的形状各异的别墅，那时这里就是一个殖民者冒险和享乐的家园。说它又是一座新城，那些拔地而起的高楼和跨海湾大桥，让这座城市充满现代韵味。走在街道上，处处能感到这座城市里散发出来的文明、进步的气息。

夜幕降临了，我站在落地窗前，可看见海湾远处，灯光闪闪发亮，整个海岸沿线被灯光装点得熠熠生辉，这星星点点的灯光在海面上留下了细碎倒影。近处鼓浪屿的树林中可看到各种霓虹灯依次闪亮。岛上没有汽车，也没有汽车喇叭声，在岛上忽明忽暗的灯光中，可以看见人头攒动，人们在享受着海滨秋夜的美好时光。海面上有不少的轮船往来，这些轮船挂满霓虹灯，在海面上渐次闪亮，给夜色中的厦门海湾平添了喜庆的气氛。夜色中，我临窗远眺，海湾的山峦已呈黛色，在我的眼前变得模糊了，只留下一个轮廓。我知道，在远山的后面就是祖国台湾的金门岛，这个岛与厦门只有一小段水面距离。看着看着，我的心不禁牵挂起海湾对面的台湾的骨肉同胞了，什么时候你们才能完全回到祖国的怀抱呢？

2013 年 9 月于厦门

鲜活的莫高窟

走进西北大漠深处的敦煌莫高窟，我不禁记起了关于如何了解莫高窟的一则民谣："游四百九十二个佛窟，看三千大大小小的佛雕，读四万五千平方米的佛画，观一千六百余年的历史……"我想偌大一个莫高窟，积淀着千年以上的艺术历史，收藏着万幅以上的艺术珍品，要在很短的时间内去解读完，是无论如何做不到的。好在有莫高窟艺术博物馆的专家指点和带领，才使我们在不长的时间里，亲身领略了她那鬼斧神工般的艺术风采。

清晨，我们披着一抹朝阳行走在悬崖峭壁上开凿出来的栈道上，时而登上一级级陡峭的石梯，时而躬下身子小心地穿过一个个山洞。行走在这条由石块、圆木搭建的狭长而崎岖的古栈道上，仿佛在千年的艺术长廊中穿行，仿佛在与一个个鲜活的古代人物对话。

303 号石窟。这座石窟开凿于隋朝初年，进入窟中，一幢奇特的须弥山形中心柱就呈现于眼前。中心柱直通窟顶，它的上半部为须弥山状，呈上大下小的圆形七级倒塔，上六级倒塔是彩塑神佛，最下一级靠底座方形四面龛塑的是仰莲花及首尾相接的四条龙。石窟的顶部和四壁是色彩斑斓栩栩如生的壁画，窟顶是神女飞天的模样，四壁是千佛画，四壁下方是山水林石和普通人家。这天上人间构成的壁画，勾勒出了佛教神秘的宇宙观。看到这造型奇特的须弥山形状的中心柱和构思奇异的壁画，忽觉眼前一亮，便仔细端详起石窟四壁图景。上方是飞天装饰带，下方是山水画装饰带，两条装饰带将天上与人间区分开来，画得十分逼真。我不禁记起唐朝诗人李白曾写的《古风》之一："素手把芙蓉，虚步蹑太空。霓裳曳广带，飘拂升天行。"用这几句诗形容这飞天壁画的情景，真是再恰当不过了。

当我们沉浸在这神态生动、造型各异的画中珍品之时，陪同者的一句话让我们更是喜出望外。他说："如果说莫高窟的壁画活泼传神，那么莫高窟的雕像更撼人心魄。"不由分说，我们又怀着迫不及待的心情，跟随当地同志朝着雕像石窟走去。

跨进 96 号石窟，我们就被眼前的情景所征服。这座约莫有 9 层楼高的弥勒佛像，在微弱的灯光照射下，神态自若，他的双眼微启，鼻翼高耸，嘴唇紧闭，显得十分威严又不失慈祥。那微微翘起的手指好似在轻轻敲打着法帽。其鲜活的情景，就像一个巨人坐在我们的面前，和蔼可亲地与我们交流。据陪同者说："参观了坐着和躺着的佛像，就能洞悉佛像雕塑艺术的真谛，你们也就不虚此行了。"带着十分期盼的心理，我们步入了 158 号石窟。听介绍，这座石窟创作于中唐盛时，是按特大棺材式样打造的。这躺着的佛像实则是佛陀的"涅槃"像。那侧卧着的佛陀，显得十分宁静、慈祥和怡然。特别是那双微闭的双眼在宁静中露出生气，从那衣纹有规律的起伏中，我们似乎能感受到佛陀一起一伏的呼吸。这哪里是涅槃的佛陀？分明是一尊处于睡梦中的佛陀，他是那样的自然，那样的超凡入圣……

行走在莫高窟的石窟里，我们久久地陶醉在这厚积着的艺术氛围之中。过去我一直纳闷，为什么那么多人不远万里风餐露宿跑来？如今我懂了，是这里的壁画雕像艺术深深地吸引和感染着他们；因为莫高窟不仅是中国文明的奇迹，更是世界文明的奇迹。这里的每一幅壁画，每一尊雕像，让人触得到他们肌肤的弹性，听得到他们脉搏的跳动；他让到这里参观的每一个人，既能感受到中国古代文明的辉煌，又能感悟出中国和世界现代艺术的源流；既让人走入古代的神话，又让人贴近今天的现实。他们距我们那么远，又那么近。莫高窟历久弥新的一幅幅鲜活的壁画、一尊尊鲜活的雕像，让到这里的人能够品尝到真正的人类文明的盛宴。

参观完莫高窟，临近晌午，顶着似火的骄阳，我独自登临莫高窟的最高处。定睛望去，茫茫戈壁中的三危山突兀在连绵起伏的群山之中，在阳光的照射下熠熠生辉，蜿蜒曲折的宕泉河在不舍昼夜地流淌。我猜想这大概就是一千六百多年前第一个来这里开凿石窟的乐僔和尚所见到的情景吧。一千六百多年过去了，这里的阳光依然灿烂辉煌，三危山依然峥嵘突兀，宕泉河依然静静流淌，但这里的人们却更替了一代又一代。我叹人的生命之短暂，自然界之永存。站在莫高窟高处，看着眼前的情景，一个问题在我心中开始浮现。我想，人类能否像自然界一样永存？

在离开莫高窟的路上，当我回首远眺莫高窟和三危山时，我终于悟出答案，我认为人类是可以与自然界一样永存的。就拿这莫高窟来说吧！虽然古代工匠、艺术家有形的生命消失了，但他们对艺术执着的献身精神，以及他们不图名利、远离尘嚣、忍受寂寞的创作态度，不是与莫高窟的壁画雕像艺术一起被鲜活地延续到现在？我甚至想：这种执着的献身精神和不图名利的创作态度，不正是我们今天要大力弘扬和着力传承下去的吗？

原载于2013年10月10日《湖南日报·湘江副刊》

沙湖印象

我怎么也没有想到，两年前那次初秋的塞外沙湖之行，让我至今难以忘怀。

我们是在下午到达沙湖的。初秋的沙湖，秋高气爽，在阳光的映衬下，沙漠是金黄色的，湖水是碧蓝色的，天空是银白色的，长在湖中一片片的芦苇竟呈现出绿白黄三色了。绿的是芦叶，白的是芦花，黄的是芦秆。这五光十色构成的沙湖蔚为壮观，让人目不暇接。我们进入沙湖景区，镌刻在高大石碑上的“沙湖”二字，赫然耸立在我们的眼前，这字苍劲有力，让人过目难忘。漫步堤岸，徐徐秋风扑面而来，使人陶然欲醉，几天来长途跋涉带来的疲劳顿时消失得无影无踪。

伫立沙湖堤岸，极目远眺，可看见远处峻峭挺拔的贺兰山脉绵亘起伏，在阳光的照射下熠熠闪光。贺兰山像一道天然的屏障，将腾格里沙漠阻隔在沙湖的西面，也阻止了西北塞外冷空气的南下入侵，为沙湖及银川平原良好生态的形成起到了重要的作用。望着重峦叠嶂的贺兰山，不禁想起了唐代诗人王维《老将行》里“贺兰山下阵如云，羽檄交驰日夕闻”的名句。南宋名将岳飞“驾长车，踏破贺兰山缺……”气势磅礴的《满江红·怒发冲冠》也在我脑海中回响起来，我的眼前又仿佛浮现出贺兰山下两军激战的场面。

贺兰山下是广袤的荒漠沙地，从山脚一直延伸到湖边。仿佛是造物主特别安排，宽广的沙漠和偌大的湖泊交汇在一起，不知是沙漠包围了湖水，还是湖水侵入了沙漠，使沙与湖在这里得到了共存，也构成了我国最具特色的内陆湖。正当我们沉浸在欣赏沙湖美景的喜悦之中，一阵阵驼铃声从远处飘至我们的耳际，这铃声清脆而又纯净，循声望去，依稀可见远处一队队骆驼在沙漠中旅行。这首尾相接的骆驼队伍，给我们的旅程不少的情趣。

站在湖畔的观光塔的最高处鸟瞰沙湖，湖呈月牙形状，与广阔的沙漠相映成趣。从蓝莹莹的清澈的湖水中，可以看见深绿色的水草和黝黑的湖泥。堤岸的周边点缀着一些垂钓台和造型各异的亭台楼阁、行宫别墅。湖中长着一些芦苇，秋季正是芦花绽放的时节，绿中带白。芦苇丛一点点，一片片，一蓬蓬，千姿百态，错落有致，在秋风的吹拂下，曲折幽深，摇曳摆动，仿佛在湖中翻滚的千顷波浪，也给湖面送来了阵阵芦花的芬芳。

湖中最惹人注目的是停留在水面和芦苇丛中的鸟类。据当地同志介绍，这里的鸟类品种数量繁多，有鸥、鹭、鹞、天鹅、夜莺、斑鸠、雀鹰、蜂鹰、布谷鸟、啄木鸟等。数量最多的是水鸭，还有难得一见的珍稀鸟类，如黑鹳、中华秋沙鸭、白尾海雕等。我们朝空中望去，一群鸟儿一字排开，不断变换队形，一会儿变成“人”字，一会儿变成“一”字，它们在空中随心所欲地往南飞去。湖面上的水鸭在凫水，忽而潜入水中，忽而又浮出水面；白色的鸥鹭在芦苇上栖息，不时地扇动着双翼，仿佛这片天空湖面就是为它们而存在。正当我们看得入神时，忽然距我们不远的垂钓处出现了一阵骚动，原来是一位垂钓者从湖中钓起了一条大鱼。据垂钓者介绍，沙湖是一个巨大的天然养鱼池。鱼有 17 种之多，盛产鲤鱼、鲇鱼、鲫鱼、草鱼，还有娃娃鱼、武昌鱼等。这位垂钓者脸上流露出难以掩饰的自豪。的确，良好的生态环境，使这里成了芦苇的世界、鸟类的天堂、鱼儿的乐园。

我徜徉在湖堤上，看到这美丽如画的景色，不禁生出了无限的遐想。我想，要是一直能留在这里度过四季，那该有多好啊！冬天，白雪皑皑的沙漠，在一片银色的世界中看冰冻的湖面景色，看打鱼人如何凿开冰层在湖中捕捞，那是怎样美妙动人的万里冰封的北国风光。春天，万物复苏，百花争艳，芦苇返青，绿影摇曳，让人感受到绿色生命的活力。夏天，观连片的荷花，亭亭玉立，花团锦簇；看鲜嫩的芦苇，如茂林修竹，蓬勃向上；听鸥鹭啼鸣，看鱼儿游弋，该是怎样一幅生机勃勃的画面。秋天，赏湖光山色，看芦花绽放，观候鸟飞翔，听渔歌晚唱，又该是多么美好的景象。想象中，我面前的湖变成了海，涌动着潮汐，翻转着滚滚而来的波浪……“上船了，上船了！”一阵叫喊声将我从梦幻般的遐想中叫醒，于是我收回思绪，开始登船。

沙湖的船有 500 余艘，大船小艇各式各样。为了欣赏湖中景色，我们乘坐的是小艇。偌大的湖面，小艇宛如一叶轻舟，轻盈飘逸。坐在舱内，阵阵凉风夹着丝丝水气扑面而来，使我们感到空气格外清新，沁人心脾。快到湖心，忽然有一条鱼撞在前舱，发出巨大的声响，这使我们又惊又喜。我们还没看清这条撞艇之鱼的模样，它便迅速地落到湖中去了。我们想这条鱼被这么一撞，肯定受伤不轻吧。小艇在湖中快速行驶，空中有几只海鸥、鹭鸟紧追着小艇，可不到片刻工夫，这几只鸥鹭就被远远地抛在了后面。坐在艇中，我们心中充满了喜悦。同事情不自禁地对我说："在湖中乘小艇遨游，这是我这个自幼生长在洞庭湖畔的人长久以来的愿望，但没想到在西北塞外的沙湖才得以实现，真是意想不到！"我体会到了同事这番话的深意。人有时候会是这样，自己拥有的东西往往不大珍惜，一旦失去之后，才觉得她的弥足珍贵，就拿这眼前的沙湖来说，若是放在江南就不会引得我们如此兴奋和激动，但在远离江南水乡的大漠之中，便显示出她的难得。

沙湖的南面是银川，距我们非常近，900 多年前，她就是这片神秘领土的首府。风逐渐大了一些，湖面上涌起了一轮一轮的波涛，我的思绪也随着小艇在历史的波涛中起伏。公元 1038 年党项族人元昊带领人民经过浴血奋战建立了西夏王国，首府就是今天的银川，那时称"兴庆府"。这个王国历时 190 年，地域十分辽阔，东依黄河，西至玉门，南抵萧关，北控大漠。西夏王国曾创造了辉煌灿烂的文化，在中华民族文明史上有着重要的影响。今天沙湖沿岸掩映在绿树丛中的一座座造型各异的亭台楼阁，一幢幢环翠挹秀的行宫别墅，无不体现了当年西夏建筑的风格。当地同志说，沙湖的历史源远流长，此话一点不假。早在公元407年，这里就有屯垦戍边的历史。但真正将这片沼泽洼地改造成今天的环境优美的生态之湖，是从新中国成立后开始的。

当地同志介绍："1949年党和政府将这里作为农垦基地。1986年又将这里列为生态保护区，接着开始实施了大规模的治沙造湖工程。目前，沙湖及周边地区的总面积达到40多平方公里，其中湖泊面积就达到20平方公里。'天下黄河富宁夏'的梦想，在我们这一代人的手上变成了现实！"听罢这番介绍，我们对沙湖又有了新的理解。联想到历史上当地民族不屈外来压力，誓死保卫疆土的往事，我们对这一方土地上的人民充满了深深的敬意。

时间已临近黄昏，小艇开始了回程。天空中的云霞瓦楞般排列着，在夕阳的照射下，变幻成了一片片彩霞。此时的小艇放缓了速度，风也小了，湖面波澜不惊，只留下一道道细细的波纹。只见晚霞将余晖洒向湖面，整个湖面好似黄金铸成。沙湖又向我们展现出我们从未见过的景象。此时湖面很静，只有小艇马达发出的低沉、喑哑的声音。只见晚霞满天，贺兰山折射出万道余光。芦苇的影子在湖面上勾勒出曲曲折折的倒影。成群的鸥鹭披着余晖正游向芦苇的深处。小艇驶过之处，在湖面上轻轻划出了长长的涟漪，波光粼粼，浮光跃金。黄昏时的沙湖处在恬静、优美的余晖之中。看到这景色，就像喝了一杯醇香美酒一般，酣畅淋漓。

小艇已经靠岸了，但我们的兴致丝毫不减，还久久地沉浸在对沙湖五光十色美景的回味之中。以前，人们认为沙和水是不能共生的，看到沙湖的现实美景，我们不能不佩服这方土地上人民的创造力，是他们凭着智慧和勤劳，科学地治沙造湖，将沙和水这两种不相容的物质组合到了一起，沙和水在这里共生共荣，使西北大漠变成了塞外的江南。

原载于2013年12月29日《文艺报》2版

难忘的往事

夜深了，伏在案前读书，渐渐有些倦意。猛然记起四十一年前的今天，顿时觉得倦意全消。

四十一年前的今天，即 1974 年 2 月 22 日，是一个令我终身无法忘怀的日子。从这一天起，我的人生道路发生了巨大的变化。我从石门一中高中毕业后响应党的号召，下放到了石门县白洋公社水制大队一队，成为一名下乡知青，开始了我人生的第一段坎坷经历。

记得那天天气晴朗，太阳悬挂在空中，橘黄色的阳光从天空云层中照射下来，给这个寒冬增添了几分暖意。在石门县政府前面的广场上，聚集了成百上千的人，一部分是即将乘汽车上山下乡的知识青年；更多的是来送别这些下乡青年的亲朋好友。广场上人头攒动、异常热闹。不少坐在车上的知青和送别的亲友眼眶内噙满了泪水。我记着那天母亲专程从她工作的距县城三十多里的新铺公社赶来送我。我坐在车上靠窗的椅子上，与送我的母亲和兄长告别，我没有流泪，只是心里带有一些忐忑不安。到农村后的艰苦生活，我多少知晓一些，但当时的宣传口号是“扎根农村，当一辈子农民！”，我当时想，如果当一辈子农民，那就在乡下干一辈子，并且要好好干，争取向当时宣传的知青典型邢燕子和侯隽学习。当时最大的愿望就是这样。这也可以看出，人的理想是与时代同行的。如果当时的导向是考大学，也许我的想法就是多读点书，今后当一个什么“师”或什么“家”的。但那个时代成名成家是受到严厉批判的，中学毕业后只能上山下乡接受贫下中农再教育。

现在回想起来，从学知识的角度，我们这代人的确被耽误了，从中小学开始就没有读多少书，没有学到什么知识。但事物总是有它的两面性，从参与社会实践，培养吃苦耐劳的精神来说，那个年代却又提供了不可多得的机遇。就拿我们知青小组来说吧，那天到达生产队之后，我们知青小组六人就住在养猪场。左边我们开了六张床，右边是生产队里喂的猪，中间用竹席子隔开来。夜晚睡在床上，猪在猪圈里的任何声音都听得清清楚楚。就是听着这种声音，我们开始了知青生活的第一晚。说实话，当时送我们去农村的县知青办公室负责同志看到农村插队的这个环境，他们也认为太差，并叮嘱队里的干部要尽快解决我们的住房问题。但在那种条件下，要为我们修房子非一朝一夕之功。好在有县、公社的负责同志一再催促，在当年七月份我们便住进了专门为知青修的新房。住在猪场五个多月，我们知晓了农村生活的艰辛。也正因为有了这样的经历，到后来遇到再艰难的环境，我都能坚持下去，这是社会实践给我上的第一课。

第二课是参加劳动。第一次劳动是挖河滩造田。这个生产队因为有我们六个知青的到来，一下子要减少社员的口粮，当时的生产队长一合计，要扩大粮食的种植面积，多打粮食上交公社后，才有剩下多一点的粮食分给社员，于是便向河滩要粮食。第一次挑沙挑土造田，一干就是十几个小时，扁担压在肩上，连叫声痛都不敢，只得硬挺着。就这样连续干了几天，肩上的皮都磨掉了，流血了，肉皮与衣粘在了一起，慢慢地也就不感觉痛了，可能是痛麻木了。那时候我想到的就是坚持住，不能让生产队的社员看不起，再苦再累也要挺住。人大概都是逼出来的，眼前无路可走之时就只能硬顶硬扛着！

更让人不能忘怀的是在寒意料峭的冬天，打着赤脚去掀塘泥。南方的三月初是古历二月，温度在 2—3 摄氏度左右，身上穿着毛衣甚至棉袄，但要赤着脚站在泥塘中，一锹一锹地将塘里的泥巴用掀板传递到岸上作为肥料。站在冰冷刺骨的泥塘中，脚已冻得无知觉，有一次被一块瓦片划破了脚都不知道。尽管条件十分艰苦，我仍然咬牙坚持着，从这里开始了人生的一段艰难的历程。经历了这些事情后，我开始懂得了人生的不易，也知晓了乡下农民的艰苦，同时也领悟到了要在社会上立足，必须吃尽许许多多的苦头。在农村的两年多时间，我老老实实地干起了农民的活儿，没有躲过任何一件难事。春季抢插早稻秧苗；夏季忙着收割早稻，接着又抢插晚稻秧苗——当地俗称“双抢”。在那个季节，每天都是早上五点起床，晚上十点多才歇息，一干就是一个多月，从未请过假。冬天兴修水库，挑土推土、打混凝土、拖运石头，什么最累就干什么，从未缺勤。在乡下，我参加了白洋龙头坝水库和蒙泉水库的建设。我就是这样一步一步从乡下走过来的。

今天晚上，回想起四十一年前这段艰难经历的启程之日，我的心里真是五味杂陈。那个年代由于闹革命，没有让我们这一代人静下心来读书。后来的拨乱反正，为什么受到人们的拥护，就是因为通过拨乱反正人们回到了正常的生活轨道——学生安心读书，工人安心做工，农民安心种地，科技工作者安心搞科研。党中央拨乱反正的做法遵循了历史发展的规律，解放了生产力，发展了生产力。从另一个方面讲，让学生参加社会实践，从青年时就吃苦，也培养了这代人吃苦耐劳的精神，磨炼了这代人顽强的意志，使得这一代人心理上和身体上有很强的承载能力。虽说是身不由己的，但客观上磨砺了这一代人坚忍不拔、吃苦耐劳的品质，这些品质今天看来也是弥足珍贵的。因为“苦难也是一所大学”，而且在这所大学里学到的东西是刻骨铭心的。

2015 年 2 月 22 日

澧水河畔的记忆

正月初三的夜晚，我徜徉在津市澧水河畔的沿河大堤上。我的眼前是静静流淌的澧水河，河堤下面的津市码头这会儿显得十分清静，河堤外看得见“望江楼”上霓虹灯发出的红光。借着这微弱的光，可以依稀看到南岸码头的旧址。虽然码头上层层台阶已经拆除，但码头当年熙熙攘攘的热闹场景我仍然记得起来。

那是 1976 年 4 月下旬，我们几个从农村招工上来的知青要到位于津市窑坡渡的湖南拖拉机厂技工学校去上学。当时，石门至津市的公路未通车，我们几个知青便搭上了熟人的便船。记得那天早上 8 点，我在石门县城新街口附近的码头上了船，同行的还有几位与我一起招工的下乡知青。由于是第一次乘船远行，心里还是有些忐忑和顾盼的。澧水河两岸的风光并没有引起我们多大的兴趣，只希望船早点到达津市，开启新的生活。大约经过七个多小时的航行，我们于下午 3 点多钟到达了当时号称的“津市大码头”，看见那熙熙攘攘的人群和热闹繁忙的码头之后，大家旅途的疲劳全部消散。当时心想“津市大码头”真是名不虚传。

时隔四十年，这个昔日热闹繁忙的码头，风光早已不再，码头也已消失。澧水也不如四十年前有那样高的水位，河道中间有的地方露出了浅滩，不少的船只都已停靠在澧水河道的中间。今夜看到此情此景，真有无限感慨。我感到，历史的前行，社会的发展，不会因谁而停下。

记得那天登上码头，在当地老乡好友的帮助下，我们走了差不多十几里路之后，到了位于津市窑坡渡的湖南拖拉机制造厂。在厂里住了不到半年，我们所在的湖南拖拉机厂技工学校又从厂区搬到位于襄阳街的新址。

记得那天第一次走进这个新址，看到绿树成荫的道路，看到掩映在绿树丛中的水塘和湖泊，看到一幢老式校舍，我当时就对这里产生了莫名的好感。而后来的经历，证实了我与这里有着天然的缘分。

自从 1976 年 9 月搬到这里，到 1983 年 9 月去上海读书，一待就是七年。这七年我从学生变成老师，从不成熟变得较成熟。最不能忘记的是在这里阅读了大量文史哲的书籍。技校是学专业技术的地方，但我在这里，除了完成规定的机械加工、机械制图、金属材料、工程力学以及实践操作等课程外，业余时间一头扎在了文史哲的书籍之中。我花了很大的精力去读杨荣国的《中国哲学史》，做了大量的读书笔记，为尔后读范文澜的《中国通史简编》、冯友兰的《中国哲学简史》、翦伯赞的《历史哲学教程》奠定了基础。

在这里我记忆最深的是校园的清晨和黄昏。那是我最惬意、最自由的时间。在技校的几年，每天清晨我都在绿树掩映的池塘边的花园里晨读。这个花园既有参天的大树，如樟木、枞树、槐树、柳树，也有新栽种的灌木花草。最让人难忘的，是清晨花园里千啭不穷的鸟鸣声和沁人心脾的新鲜空气。在阵阵鸟鸣声中，我度过无数个梦幻般的清晨。黄昏时在校园后湖散步，学校广播里不时传来贝多芬、肖邦、柴可夫斯基等的世界名曲……在这所学校的几年，是我人生中最难忘，也是有梦想的几年。于今这所学校已迁到了长沙，校园也没有了当年的风采。

澧水河畔的这些生活经历，在许多年后经常会出现在我的脑海中。今天重回生活工作过的澧水河畔，回首过往的这些经历，心中就有一种久违的感觉。历史终究成了历史。如今澧水河畔的变化，让我感悟很多。我最想说的是，一个人、一个团体或一个地方，都要与时代同行，只有与时代同行，才不会被落下。

2016 年 2 月 9 日

观七彩丹霞

没想到甘肃张掖的七彩丹霞地貌竟然如此动人心魄。7月的一天我们到了这里，终于领略了那鬼斧神工般的七彩丹霞地貌。

我们去的前一天还下着雨，抵达张掖的第二天就放晴了。那天，天空像水洗过一般湛蓝清澈。清晨，我们迎着一抹金色的阳光，从城内乘车一个多小时，就进入了驰名遐迩的张掖国家地质公园。首先映入眼帘的是一座座连绵起伏的具有丹霞地貌的山峦。这些山峦红绿相间，红的是裸露在外的山体，有的如刀削那样陡峭险峻，有的如翩翩起舞的彩带在半空中飞扬；绿的是在山体外壳上长出的野草。这些顽强的小草，在十分贫瘠的地表层上顽强地生长着，一株、两株、多株……连起来就成一片片绿色，构成了这绿色的起伏的旷野平川。红绿覆盖的这片山峦，构成了张掖特有的丹霞地貌景象。

到了山脚下，我们下车近距离观察这丹霞地貌时才发现，真正构成丹霞地貌的是山峦上一道道红、橙、黄、绿、青、蓝、紫的七彩波痕。这七彩波痕随着山峦起起伏伏，就如上帝之手绘就。这些七彩波痕，如一条条七色丝带，又如一轮轮波浪，还如一道道翻卷的云彩，真让人目不暇接。

我们依次走过张掖地质公园的观景台。首先来到了七彩云海观景台，这里号称是七彩丹霞最大的观景台。站在观景台的最高处远远望去，整个七彩丹霞景色尽收眼底。其地貌形态各异，有的如灵猴观海，有的如万象朝宗，有的如七彩飞霞，有的如众僧拜佛。特别是那众僧拜佛的地形，由六座山丘组成“莲花底座”，底座上面的山体像一尊仰面而睡的大佛，显得十分安详；底座下面的山丘如虔诚的僧众，披着袈裟跪拜着。那神态活灵活现，宛然一幅众僧拜佛图，给人留下了深刻的印象。

离开了七彩云海观景台，我们又来到了七彩仙缘观景台。凭栏远眺，金色阳光映照之下的丹霞地貌，色彩斑斓、纹理清晰，给人强烈的视觉冲击。我们迫不及待地拿出手机，不停地拍照留影，好像这仙境般的场景会立刻溜走似的。

最后，我们来到了七彩锦绣观景台，这里可以远眺最能体现丹霞地貌特点的七彩虹霞景色。沿着丘陵之间人工修成的栈道拾级而上，登至山顶，可以看见远处的地形险象环生、千奇百怪、怪石嶙峋；眼前的各种沟壑，赤壁千仞、峰回路转、千变万化、似物似景。有的似城堡，有的似宝塔，有的似人，有的似鸟，有的似物，形态各异，栩栩如生。那山峦上的颜色，更是色彩斑斓。红色、紫色、褐色，由深至浅不断变换，层次分明。这鬼斧神工的形态，这气势磅礴的色彩盛景，让我们惊喜，使我们震撼！我们完全沉醉在这片苍苍莽莽的色彩盛宴之中。

据当地陪同参观的同志介绍，这里是 7000 万年到 1 亿多年地壳的变动才形成的美妙景色。我想，人类的历史相比这大自然是多么短暂。今天出现在我们眼前的景色，是大自然上亿年演变而成，这是多么珍贵的自然形态！当地管理部门同志似乎看出了我们的惊讶，对我们介绍道：“对这片宝贵的自然遗产，政府秉承了‘顺其自然保护为主，不搞过度开发’的理念。同时，为保护这七彩自然波痕，在山间上修建了一条条栈道，就是防止人们去踩踏这些鬼斧神工的自然波痕和云蒸霞蔚的自然色彩。”听了当地同志的介绍，我开始思量着，今天的我们，只是人类社会和自然界漫长岁月的短暂的过客，我们今天已经享用了上亿年才形成的宝贵的自然成果。这是大自然馈赠给我们最宝贵的礼物，在享用这些成果时，我们要以敬畏之心对待她们。没有任何理由去过度开采，更没有任何理由去破坏！要为子孙后代、为人类共同的家园留下这宝贵的自然成果，不能由我们这一代或几代把自然界留下的成果给破坏掉。

2017 年 7 月于甘肃张掖

甘肃随笔

（一）

我们是7月24日下午到达甘肃兰州中川机场的。我们带着长沙的酷暑到达了兰州市，感到从未有过的凉爽，落地时兰州的地面温度仅19摄氏度左右，在这酷暑难耐的夏日能遇到这样的温度，真是一种可遇不可求的机缘。从中川机场始发，往西行驶，我原以为是往兰州市进发。兰州这座西北部重要的城市，我这是第三次来，因而心里并没有更多的惊讶。但当我们乘坐的车驶向光秃秃的起伏的山峦，驶入茫茫戈壁时，一问接待我们的当地同志，原来我们是要去距兰州近100公里的白银市。到达白银时已是晚上8点，我们住在一家政府的招待所，地方不大，但树木郁郁葱葱，还有几座古城墙和古香古色的晚清时代的房屋，行走在招待所的院子里，心情特别舒畅。尤其是看到这些古香古色的房屋上挂着一些名家的对联、书法作品时，我更是被这里浓郁的文化氛围所感染。特别是中石先生一副对联让我记忆犹新，其内容是："芳林新叶催陈叶，流水前波让后波。”中石先生的这副对联以遒劲的笔画、深刻的思想，在众多对联中熠熠闪光。我想，这副对联正切合我当下的心境。

（二）

夜幕降临了，张掖的夜要比长沙迟到一个多小时。长沙夏天晚上 7 点就被夜幕笼罩，而位于河西走廊的张掖要到 8 点半才进入暮色。

夜晚，我坐在张掖宾馆五楼的房间中，透过落地窗，欣赏着室外的景色。近处一排排绿树在风中摇曳，树丛中零星地点缀着橘黄色的灯光，在树林的前面是一个湖，偌大的湖面让人想得辽远开阔。甘肃张掖地处河西走廊，由于常年缺水，这里的山峦都是光秃秃的，平地都成了沙漠戈壁。因此，说到甘肃河西走廊，人们首先想到的就是荒漠戈壁。

夜晚，房屋灯光的轮廓倒映在湖中，更显出湖面的宁静。湖面的远处是一带远山，在夜色中能看到山峦起伏，我想这就是驰名遐迩的祁连山了。祁连山脉蜿蜒起伏，在一片暮色中充满宁静和超然的神秘之感。我曾从历史教科书和古诗词中领略过它的风采。我想，祁连山上的冰是否还那么厚？祁连山下的雪水还是那么清澈吗？那一方水土的人们是否仍然过着幸福的生活？古代这里经常是匈奴入侵之地，当地的老百姓饱经了战难的涂炭。现代国家强大了，这里已免受了战火的纷扰。但据说近些年，祁连山被过度开发，也使这里的环境遭到了破坏。祁连山作为我国西北重要的生态之地，如何加强保护，让这里的老百姓能在良好环境中生存，这是当今乃至以后若干年应该高度重视的。

使人感到欣慰的是，地处甘肃戈壁上的人们正在努力改变这里的面貌。今天，我们沿着河西走廊一路往西北行进，有的荒山通过植树种草已露出了绿色，茫茫的戈壁种满了小麦等庄稼，沟壑之间已有成片的树木在风中摇曳。看到这些景象，我对这方土地上的人们多了一份敬意。

（三）

明天就要结束这次为期五天的甘肃之行了。夜晚，我坐在兰州宁卧庄宾馆的房间里，房间里很静，只有空调送风的声音，我的眼前又浮现出早几天刚到兰州，从飞机上看到的景象。

飞机刚飞抵兰州上空时，看到的都是蜿蜒起伏的山峦。从飞机上望去就像一座座刚刚焚烧过的火焰山，一片橘黄，几乎看不到绿色。看到这地方如此荒芜，我估计这次考察难以取得预想的结果，只盼着早点完成这趟远距离之旅。

飞机徐徐降落甘肃中州机场，接着就沿着机场高速，先是往兰州方向，继而我们又往白银方向行进。一路上看到公路两旁一片片绿色的草地，一排排整齐的树木，心里便产生了疑问。随我们同行的当地同志说："兰州乃至整个甘肃最大的不足就是缺雨水，每年的平均降雨量不足 600 毫米，有的地方如玉门、嘉峪关等地不到20毫米。虽说有黄河经过，但把黄河水抽上来浇灌，要花费很大的成本。这里养一棵树的成本几乎与养一个娃的成本差不多。”听到当地同志的介绍，看着公路两旁绿茵茵的草地和成排的树木，我对当地人充满了敬意。后来两天，看过了白银市和金昌市之后，我更对甘肃人民的勤劳和智慧增添了仰慕之情。

白银市是依靠白银、铜矿、铅锌矿的开采、冶炼及深加工而兴起的城市。特别令人敬佩的是，当白银市的铜、铅、锌等有色金属资源枯竭时，他们将眼光转向了非洲、南美洲，使这家资源枯竭的综合性企业成功转型，并与中信等企业合作，成功上市，使企业焕发了生机，这座城市也焕发了活力。金昌市与白银市相同，也是依靠开采和深加工有色金属矿发展起来的城市。特别是近十年来，大力发展资源循环再生产业，也使这座素有“中国镍都”之称的城市，步入了循环再生的轨道，成了绿色发展的城市，创造了工业转型发展的奇迹。这两个城市的成功转型发展，正体现了甘肃人民顽强不息、艰苦奋斗的精神。

如果说白银、金昌是靠人民的智慧，克服资源枯竭的困难，创造经济神话的成功范例的话，那么张掖、敦煌以及兰州的《读者》杂志就是充分挖掘古今优秀文化，创造今日文化奇迹的成功典范。张掖的七彩丹霞地貌沉寂了上亿年，是今天的张掖人凭着智慧，将那些沉寂了上亿年的荒山开发成了驰名中外的旅游胜地。敦煌莫高窟这朵东方艺术的奇葩，受益于坚持保护与开发并重的方针，在今天大放异彩，吸引了成千上万的人来这里参观学习，也拉动了当地经济的发展。还有当今中国发行量最大的《读者》杂志，谁也没有想到它会诞生在偏僻的甘肃兰州，这种文化现象让人思考，给人启迪！

想想这些经济文化现象，背后有什么值得人们去探寻的地方呢？我通过这次甘肃之行，认为至少有这么三点值得我们借鉴。

一、自然条件比较差的地方不一定无所作为。恰恰相反，只要有一种不甘落后、不服输的勇气和决心，这先天不足也是可以改变的，甚至可以创造奇迹。

二、落后的地方可能在很久以前是十分发达的地方，可能有深厚的历史沉淀。如敦煌的莫高窟就是一个典范，敦煌艺术至今都是我们民族文化的一块瑰宝。

三、对人们所说的落后，不能一成不变地去看待。事物总是辩证的，也是变化的，不能孤立、静止地去看问题。

坐在宾馆的房间里，回想着这两天的经历，我感到虽地处荒凉的戈壁深处，但甘肃人民那种不屈服于恶劣环境，努力改变生活、创造幸福的精神，给我们以很大的启迪，使我们对甘肃的印象产生了颠覆性的变化。

2017 年 7 月于兰州宁卧庄

平遥古城掠影

很早就有去平遥古城探访的愿望。第一次知道平遥古城，是从媒体上看到平遥举办国际摄影节。我当时想，晋中的一座山城竟能举办国际摄影节，必定有不少神秘的景观。尔后得知山西平遥与四川阆中、云南丽江、安徽歙县被称为我国保存最完好的四大古城。因这一美誉，我去探访平遥古城的愿望更加迫切。

今年深秋，我们从太原出发，沿大运高速南行百余里便到了这里。那天车至古城之外，就远远望见那呈灰褐色高耸的城墙。来到城墙下，就好像到了古代的城堡前，整个建筑显得雄伟庄严。城墙脚下是一条约莫宽十米的壕沟，壕沟里注满了水，与外界的连接通道是一座吊桥。我们在离城墙不远处下了车，沿着由青石板铺成的古道向城门口走去。城门正上方，赫然篆刻着“平遥”两个大字。此时此刻，我们仿佛回到了古代的平遥城，开始了穿越时空的旅行。

过了吊桥，进了城门。我们顺着城墙古道往里走。首先登上古城墙的墙顶，墙顶上有 4 米左右宽、铺满青石板的道路。

城墙上筑有垛堞，每隔 60 ～ 100 米向外建有突出的墩台，台上建有敌楼。据陪同我们参观的当地同志介绍，城墙四周垛堞上共筑有 3000 个垛口和 72 座敌楼。在城墙四角墩台上建有角楼，角楼是古城墙上军事防卫的设施，楼顶为歇山式，造型精巧。古时候从角楼上居高临下，可以观察城内外的敌情。然而，最雄伟的要算修筑于城墙上的门楼，平遥古城墙上共有 6 座这样的门楼，它是古城的形象仪表。门楼造型古朴典雅，端庄威严，是城墙上的最高建筑物。我们沿着古城内的青石板道路，登上了城墙上的一处门楼。站在门楼顶层凭栏远眺，整个平遥城尽收眼底。鸟瞰平遥城，如同一只欲行未动的乌龟，南门似头，北门似尾，东西门形同龟的四足。据说当时将古城设计成龟形，就是体现了统治者要将古城打造得“固若金汤，长治久安”的意思。

离开门楼，我们盘桓在铺满青石板的古城墙上，不禁记起了这座古城墙的历史。它始建于西周，是西周宣王时代大将尹吉甫率兵北伐匈奴在此驻兵所筑。此后经历多个朝代的更替变迁，特别是经过明清两代多次扩展、修葺、增补，才形成了今天的形制与规模。为了见证这古城墙久远的历史，我们还特地到了位于上东门和下东门之间的城墙顶上的点将台参观。这个点将台与城墙连为一体，平面呈“凸”字形。据当地的同志介绍，这是西周宣王命大将尹吉甫北伐时所筑。驻足在这座有 2800 年历史的点将台上，我的眼前仿佛出现了西周大将尹吉甫身着盔甲、手扶战刀，对着即将整装北伐、严阵以待的将士们，做战前点兵动员的场景。沧桑巨变，物是人非。这座军事战争的点将台，于今只供人们游览之用了。这不能不让人感怀良多。

如果说古城墙是平遥城的脸面的话，那么平遥城中的古街古巷、古商贾铺面，则是展现平遥古城风貌和沉淀晋商文化内涵的地方。

据说平遥古城迄今保存完好的明清老街有近百条。由于长时间风雨的侵蚀，一些商贾铺面和民居显得陈旧破败。当地政府为了挽救这些古文化遗址，投巨资支持这些商铺和民居修缮，才使一批百年老字号的商铺和民宅恢复了它昔日古香古色的传统特色。于今，这大大小小的商业和民俗街，成了平遥古城亮丽的名片。

从古城墙下来，我们径直来到了城内据说是最繁华的南大街。南大街是平遥古城内正对迎薰门方向的一条南北向主干道，它在平遥古城有中轴线之称。南大街不长，仅 690 米，但在这不长的街道上，聚集了数十家古商铺，我们漫步在这条古商铺街上，街道两旁的老字号让我们目不暇接，如华晨海炉食铺、春盛庆布庄、永和兴钱庄、天元奎帽庄等。而像同盖庆、崇丰厚、协顺隆、长泰永、义聚恒、瑞丰祥等名号老店从这里起步，其分号已遍布国内一些大都市，从而也把晋商精神和诚信带到全国各地。我们在这条古城商街漫步，看见那么多明清时保留下来的街景，看到异彩纷呈的明清时代的商贾老字号，如果不是街道上身着现代服饰的男女行人提醒了我们，我们以为置身于明清时代繁华的商业街景之中。

为了系统了解平遥古城的历史，我们来到了坐落在南大街北口路东20号的天吉祥博物馆。这是一座宽大的二进四合院。院内的房屋都是明清时期所建。屋顶是灰白色的琉璃瓦，正面是黑色的木板墙，木墙上的匾额、题写的楹联用黑底烫金描绘。整个建筑物显得古朴凝重、端庄大方。进到博物馆内，可以浏览到不同历史时期的家具、瓷器、书画和绣品。家具都是由上等的木材打造，如紫檀、红木、花梨木；陈列在此的陶瓷器皿造型各异，有的价值不菲。特别是一些名家的书画作品让人大饱眼福，如清代书画大师石庵（刘墉）、瘿瓢子（黄慎），以及现代书画大师徐悲鸿等传世佳作。在博物馆游览参观，我们大开眼界、流连忘返。

在参观这家博物馆的过程中，我从陪同参观的同志口中得知，原来这家博物馆是平遥著名货庄蔚盛长商号所在地。由于经营有方，该商号的分庄曾设于山东、河南、上海等地。鼎盛时期还做过跨国贸易，曾在俄罗斯、蒙古设分庄号。听罢这些介绍，我长久地陷入沉思：以前我们经常听人讲起晋商如何会经商，今天通过亲身的体验，才至深地感到了晋商早年财富积累的奥秘。原来晋商会经商的盛名，就是靠他们一单一单诚实守信的成功贸易创出来的，而平遥古城的商人更体现了晋商杰出的风范。

平遥古城不仅出商贾老字号，更出金融票号，最具代表性的是日昇昌。位于平遥古城内西大街东段路南、占地近2000平方米的票号日昇昌，被誉为中国近代金融的始祖。日昇昌票号创建于清道光四年（1824年），经过几十年的苦心经营，票号业务迅猛发展，在汉口、天津、济南、西安、开封、成都、重庆、镇江、上海等40多个大中城市设立了分号。票号汇兑业务从一般商业领域扩大到政治、军事、外交多个领域。一家私营票号担当了国家银行职能，汇兑形式从信汇扩大到票汇、电汇等多种形式。日昇昌票号率先创立后，平遥乃至山西境内其他人纷纷仿效，仅平遥就有22家票号。一时间，平遥成了山西乃至中国境内的金融中心，平遥在当时的影响力可想而知。

为了探寻日昇昌票号发展的奥秘，那天我们专程到了日昇昌的旧址探访。在当地同志引导下，我们顺着日昇昌东院狭长的南北小跨院，依次参观前院的柜房、信房、账房，后面的客厅、客房、大掌柜办公用房以及票号金库。在参观过程中，我们一边仔细观看票号的各种陈设及相关资料，一边听了当地同志详细的介绍。走出日昇昌票号旧址时，我们初步感悟到了日昇昌票号能够在平遥古城兴起兴旺的缘由。

日昇昌票号的前身是西裕成颜料庄，由于颜料业务的日益扩大，以银两、铜钱为货币的大众支付手段已无法适应商业拓展的需要，采用转型的金融机构和支付手段势在必行。平遥古城繁华的工商贸易，为票号在这里诞生提供了基础。日昇昌票号的创新之举就是果断地将商业资本和金融资本分离，成立了专门经营货币资本的私人金融机构，使得票号业务越做越大，从而获得了丰硕的利润。日昇昌通过建立合理的内部分配机制，吸引和留住人才，并将所有权与经营权分离，还建立了严格高效的管理制度，高管团队秉持艰苦创业的精神，特别是坚守“诚信为本、童叟无欺”的经营理念，赢得了市场信誉。这些都是日昇昌能够做大做强的奥秘所在，我想，这也是我们今天正在传承和创新的。

平遥古城的文化底蕴深，历史景观多，我们来不及全方位地了解。但所见所闻，足以使我们对平遥古城刮目相看。平遥古城虽然不大，但它那积淀着悠久历史的古城墙，它那展示在古街景和古商铺之中的晋商文化，尤其创造了中国金融资本发端的票号，这些让我们对平遥古城怀有深深的敬意。

2017 年 9 月

林则徐纪念馆

昨天下午去了福州的三坊七巷古文化街。这座保留着自唐宋以来坊巷基本格局和许多优秀古建筑的古文化街区，让我再一次领略了具有历史魅力和鲜明特色的闽南文化。然而，这个文化街区让我驻足最久的是林则徐纪念馆。

林则徐这位中国近代史上著名的民族英雄，以"虎门销烟"的壮举改写了中国近代史，让外国商人对中华这个泱泱大国从此不敢小觑。在虎门销烟之前，一些外国靠着不正当的手段，偷偷贩卖鸦片从中国获取暴利，而鸦片对中国人的毒害却是灾难性的。以林则徐为首的清代朝廷大员主张禁烟，并提议彻底销毁这些走私烟土，以长国威，根除毒害国人的毒品。他的主张得到了当朝皇帝的准许，于是他率领浩浩荡荡的禁烟大军奔赴广东的虎门，将从英国鸦片贩子处收缴来的走私鸦片在海滩上当众销毁，打响了震惊中外的虎门销烟之战。林则徐的这个正义之举彻底破灭了英帝国利益集团在中国获取不正当利益的美梦，损害了他们的所谓利益，恼羞成怒的英帝国决定对华开战。号称天朝的清政府当时已是外强内弱，无法敌过坚船利炮的英帝国主义侵略，而以失败告终。签订了中国近代史上第一个不平等条约《南京条约》，割让香港岛，开放广州、福州、厦门、宁波、上海五处为通商口岸。由此，中国逐步沦为半殖民地半封建社会。从鸦片战争开始的1840年开始，中国开启了不堪回首的近代史进程。所以，虎门销烟是中国古代与中国近代衔接的重要历史事件，也是长中国人志气的重要义举，其领导者林则徐也就理所当然地成为民族英雄。

但林则徐禁烟前后的经历，让人心里沉甸甸的。尤其是展厅里的一幅对比图景，让人心生悲哀。林则徐主张禁烟时，他的周边站满了朝廷的将士，威风凛凛。而禁烟之后，由于未能敌过英军的炮舰，抗击英军的战争失败。政府为满足英国侵略者的条件，将民族英雄林则徐进行了惩罚，将他流放到西北边陲的新疆伊犁。另一幅图景再现了林则徐流放伊犁时的悲惨情景，他的身边只有两个儿子陪他远行。与当时他奉朝廷之命销烟的轰轰烈烈形成了鲜明的对比。我看到这里，内心产生了阵阵的痛楚。这是怎样腐朽无能的政府？不能主持公道，不能保护自己的英雄。从这里也可以看出，这样的政府距垮台也就不远了。所以，中国近代史是以屈辱的事件开始的，这也是中国近代历史上至暗的一页。

每当回忆起这些历史往事，我常常为我们的民族、我们的国家受到的屈辱感到悲愤。也正是因为这屈辱的近代史的开端，后来一系列屈辱的历史事件以及一系列不平等的条约接踵而至。如中日甲午战争失败，签订《马关条约》，割让台湾全岛及所有附属各岛屿、澎湖列岛和辽东半岛给日本；八国联军入侵北京，肆意践踏中国的国土，让中国割地赔款，大肆瓜分中国的利益。一部中国近代史就是一部中华民族屈辱史。

但我们这个民族也是一个不甘屈辱、不甘做亡国奴的民族。近代以来，一大批志士仁人也在探寻民族复兴之路，在林则徐纪念馆也展现了这方面的历史片段。如 1861 年湘军首领曾国藩在安徽安庆办内军械所，发展军事工业的经历，湘军大将左宗棠在福州马尾办福州船务局的过程，还有李鸿章、沈葆桢、郑观应、张之洞等人办民族工业的往事。尽管他们付出了很多的努力，但在那个腐朽的落后的清政府统治下，是无法救国家于危亡、图民族之复兴的。

踯躅在林则徐纪念馆，看到近代史上的这一幕幕往事，心里真的五味杂陈，深深地为我们这个民族近代受到的屈辱感到痛楚。同时，也深深地为今天中国的强大感到骄傲和自豪，从而也深切地感到将中国变得富强、使中华民族能自立于世界民族之林的中国共产党的英明伟大。我从内心深处敬佩中国共产党和带领我党、带领我们民族不断走向胜利的卓越领袖集体。于今，外国列强再想侵略我们，他们首先必须掂量一下他们的“爪子”有多硬。今天的中国，今天的中华民族，已挺立在世界强国之列。当然，我们也清醒地看到，我们的某些高端技术与一些发达国家还有差距，看到这些差距只能激发我们更加发奋地去努力工作，努力进取，以消除差距实现超越。

2017 年 11 月 27 日夜于福建

衡山览胜

汽车在通往衡山山顶的盘山公路上行驶，车窗外茂密葱茏的树木从我眼前匆匆闪过。看见那些郁郁葱葱的百年以上的古树，我精神不禁为之一振。同行的南岳区的同志告诉我，衡山有许多上千年的树木，胸径有几人合抱那么粗。在这五岳独秀的衡山上，看到大自然的千年树木仍然有着如此旺盛的生命力，我不禁感叹道，相比上千年长盛不衰的树木，人的生命竟是如此的短暂。

汽车一直在蜿蜒曲折的盘山公路上前行，掩映在绿荫深处的大小寺庙不时地从我眼前掠过。我记起了“自古名山僧占多”的古训。衡山作为我国五岳名山之一，也不例外。同行的当地同志告诉我，在这里佛教、道教平分秋色，各占据了一半的领地。听罢当地同志的介绍，联想起过去看到的有关佛教的知识，我想，佛教作为一种文化形态，是有其积极意义的。如，它劝人积德行善，强调人生的轮回，强调缘生缘聚；它昭示人们善待人生，它认为人来到世界上就是一段历程，人要在高下、是非、多寡、得失、荣辱、善恶、生灭之间做出抉择；特别是佛教文化让人们认清自身来自哪里，又走向哪里，明白人生产生痛苦的缘由，要求人们从容面对。

我还记得，“放下”是佛教文化中最重要的内容。“放下即是”，就是放下烦恼、放下杂念、放下名利。这些放下就是要求人们忍受内心的取舍之痛苦。能够放下之人，必是有佛心之人。同时，佛教文化也告诫人们必守戒律，做事有底线、有法度。世界万事万物都有自己的本体，不可凭个人的意气行事。从这个意义上说，佛教文化是有其积极意义的。据当地同志介绍，每年正月，来南岳衡山朝圣拜佛之人还不少。我在思量着，佛教文化劝导人们弃恶扬善，告诫人们做事要有底线戒律，从这个意义上讲，佛教文化是有正能量的，它从一个侧面维系着社会的稳定。

坐在车上，随着汽车在环山公路上盘旋而上，我的思绪开始追溯佛教的历史。我记起了佛教来自印度，它是外来文化的产物。但它与中国传统文化如儒家文化结合，并经过晋、隋、唐、宋、明、清等朝代思想家融合改造，已成为根植于中国本土的文化现象。而且这个文化现象已成为中华文化的重要组成部分。我想，作为一个现代人，对这个文化现象，既不能采取虚无主义，一味加以抵制；也不能放松引导，任其蔓延。正确的方法是取其精华、去其糟粕，正确地加以利用。

正当我被衡山佛教文化所吸引时，同行的同志又告诉我，衡山不仅佛教文化有市场，道教文化也有基础。中国古代以老庄哲学为代表发展起来的道家学说，也在衡山得到了传承。过去读过《老子》《庄子》的一些经典书籍，说到老庄哲学，我知道这是在中国本土成长起来的文化，它也成了中华文化重要的组成部分。从统治者的统治之术到民间的逍遥生活之道，老庄哲学都作了一些诠释。以统治者的治理之术来说，它强调“道法自然”和“无为而治”，要求统治者按照自然规律去治理国家，在治理的法度上，不可不及也不可过度。它提倡当政者要像水、空气、阳光一样，无处不在，但是要让人感受不到它的存在；一旦它不在，人须臾不可生存。从民间来说，大家所顶礼膜拜的“禅宗”思想就是老庄哲学思想的民俗化、大众化。凡事要往开处想，凡事要回到事物本来的面貌，不思恶，一切都要回归自然。所以道家思想就是宣传无为、无事的一种混沌的原生态。这种思想与佛教是有些相通的，故而这两个学派在这里共荣共存了。

佛教、道教文化对于我们今天还是可资借鉴的。从个人来说，要向善向上，心中有戒尺；从组织治理方式来说，强调按客观规律办事，处事要有度，不能不及，也不能过度。这些对我们今天做人做事都是十分有益的。

我一边看着窗外驰过的茂密葱茏的树木和掩映其中的寺庙，一边回味着佛教和道教这些积极有益的文化元素。我感到这次衡山之行，又让我大受禅益，也使我感受到了中华传统文化的魅力。

2018 年 7 月于衡阳铭逸酒店

祁东的桥

今年七月初的一天，我们到了地处湘南的祁东县。

祁东县素有衡阳门户之称，她是滇桂之咽喉，湘南之径庭。祁东田野风光秀美，田畴阡陌、溪流纵横、泉井遍布，自古素有“祁山叠翠，湘水环清”的美誉。特别是这里人杰地灵，以会读书、会经商而闻名遐迩。据同行的县里的负责同志介绍，祁东人在云南省的瑞丽、西双版纳等地，从事翡翠玉器经销的，约占当地该行业从业人员的30%。这里的人特别会读书，古代科举时还出了不少状元。在归阳镇的白河入湘江口还有一座状元桥。为一睹状元桥的风采，我们来到了这里。

这是一座5孔石拱桥，长86.1米，高9米，桥面宽7.95米，桥面用青石板铺筑。石拱桥横跨白河入湘江口，石拱桥两侧各有20根长条石大柱墩，桥面建通心桥亭24间，结构牢固、造型大方。桥亭正中立有“万古不磨”的匾额，桥头各有一对石狮，造型栩栩如生，显得威武雄壮。我们沿着青石板铺成的桥面走过去，都忍不住去摸一下石狮的头部，可能是摸的人太多的缘故，石狮的头部已经变得十分光亮。桥的南端，立有一块石碑，上面赫然刻着“状元桥”三个大字。据同行的县里的同志介绍，这座桥始建于明朝的万历年间，重建于清代同治年间。一场大洪水将桥冲垮。后来当地一名姓杨的士绅首倡募建，得到众人的响应、助捐。历时八年，于光绪八年（1882年）建成。石拱桥刚建时，刚好一位新科状元路过此地。当时建桥的石匠工程师有意想考考这个新科状元，便出了上联让他对，对上了才允许状元过桥。石匠工程师道：“大桥刚合，从此通行，必吟诗作对。有所感，有所为，状元公有何想法？”这位状元沉吟了一会，欣然对曰：“小生新中，而后为官，当效国惠民。不图名，不图利，众父老不必担心。”状元公对后，众人称妙，遂将该重修过的桥取名为“状元桥”。

我们在状元桥上一边行走，一边听着县里同志介绍，对这座百余年历史老桥的趣闻逸事产生了兴趣。正当我们被“状元桥”的这些传说所吸引时，当地的同志还向我们讲述了这座桥的另一个名称和另一个故事。

这座状元桥又叫“仙人桥”。据说建桥时干活的石匠刚好一百名，但每次开饭只有九十九人在座。大家猜测：石桥顺利落成，定有那不上桌的“仙人”相助。故将这座石桥也命名为“仙人桥”。同行的同志还特地说到桥面石板路面上还有一个“仙人脚”。我们顺着同行的当地同志手指的方向看去，在桥面正中间有一个与人的脚掌一般大小的脚印。据说这就是石桥竣工后，相助的仙人登天时留下的，大家从此叫它“仙人脚”。我们看见不少路过的行人，都将自己的脚在“仙人脚”脚印里踩一踩，大概是想沾点仙气。我仔细观察着，这座桥整个桥身全部由青石砌成，包括桥拱、桥墩的每块方石重量在两千斤以上，石块与石块之间没有任何黏合材料。桥虽经历了一百四十多年的风雨，仍坚实牢固。我在想，在那个靠人拉肩扛的年代，这么重的巨石是怎样搬运到目前桥体的位置上的？这体现了我国古代劳动人民的智慧。但当地人更愿意相信这是神力所助，于是民间就流传起了许许多多关于这座石桥的神话。

参观了这座古桥，听了当地同志关于祁东这座桥的传说，我不禁为当地老百姓的勤劳智慧所折服，也为民间关于这座桥的神话传说所感动。我在想，在中国古代社会，修路修桥对老百姓来说，是造福当地的积德行善之举。做这些好事的人，老百姓总是用各种不同的方式为之赞颂或纪念，甚至还把他们作神来供奉。祁东的桥，在一定意义上，就代表了当地百姓的这种愿望。因当时祁东人会读书，经常高中状元，于是人们就以“状元桥”的美誉，记下了这方水土深厚的文化底蕴；在当时没有任何机械装置的条件下，把如此重的石块垒成石桥，并没用任何黏合剂，充分展现了当地人的勤劳和智慧。民间便把古代人的壮举编成一个个神话故事加以传诵。

我想，大凡在古代能在修桥修路方面做出过贡献的人，人们都是不会忘记的。祁东的桥的这些美名和传说，对我们今天的人来说，难道不能从中获得一些启示吗？

2018 年 7 月于衡阳

鸣沙山的沙

坐落在我国西北大漠中的鸣沙山，是一个十分神奇的地方。坊间一直流传，鸣沙山的沙会唱歌；鸣沙山对山脚下的月牙泉百般呵护，无论山上的沙怎样移动，位于山脚下的这湾泉水千百年来不曾被掩埋。为探寻鸣沙山的这个神奇的奥秘，深秋的一天，我们驱车来到了这里。

车刚临近鸣沙山，就有一阵阵动听的声音，由远及近地飘至我们的耳际，距鸣沙山越近，这种声音越清晰。是什么原因，让这里发出如此悦耳的声音呢？之前听人说："这里的沙子是空心多棱的，经风一吹，沙子发生碰撞，便会发出悦耳的'歌声'。"我想，大漠的沙子形状都大同小异，而唯独这里的沙子会发出声音，这恐怕不是真正的原因。还有人解释更神秘："鸣沙山有一种神奇的力量，会让沙子唱歌。"这种说法更无法让人相信。到底是什么原因，让这里产生如此神奇的声音呢？带着一种十分好奇的心理，我们走近了鸣沙山。

在鸣沙山不远处，我们下了车，展现在我们眼前的是一幅美轮美奂的大漠景象。深秋的大漠，万里无云，阳光格外灿烂，天空像海水洗过一般湛蓝湛蓝。鸣沙山在阳光的照耀下发出夺目的光芒。抬眼望去，整个沙山上人声鼎沸，人影幢幢，仿佛无数个斑斑点点在沙山上移动。据当地人介绍，鸣沙山一边沙坡上埋有绳梯，以减少人们登山的阻力；沙山的另一边是滑沙区，可供人们乘着滑沙小车从山顶滑下山。为了体验踩沙登山的感觉，我们选择了没有埋绳梯的区域登山。

在沙山下，我们穿上了防沙的塑料套鞋，将脚包裹得严严实实，便开始了往沙山顶上攀登。走惯了平路的人，登山是很难的，而登沙山更是难上加难。走在斜坡较大的沙里，就感到脚渐渐不听使唤，前脚刚踩实，稍一使劲，脚底就像踩在棉花上，不由自主地往下滑，前脚一滑，后脚也跟着往下滑。而脚用力越大，往下滑得越快，就这样一步一滑，跌跌撞撞地在沙山上攀登。爬了很久，只感觉我们还在半山腰上，不由得心生疲惫。正当我们想歇歇时，在我们侧面，一辆辆滑沙车快速地从我们身边滑过，滑沙车擦着沙体发出阵阵悦耳的声音。随着滑刹车由慢到快，由几辆到几十辆乃至百余辆，这声音也由小到大，像由丝竹管弦弹奏变成金鼓齐鸣。乘着滑沙车的人们受到急速下滑的刺激，也不由得发出阵阵尖叫声。滑沙车的声音，人们的叫声，最后汇成了一阵阵交响曲在山谷中轰鸣。这时。我猛然感到，鸣沙山的声音原来是由这上百辆滑沙车急速从沙山顶上滑下时所形成。实地体验、现场的感受，让我们发现了鸣沙山悦耳声音的奥秘，我们不由得兴奋起来，一种从未有过的发现感充溢着我的周身，我们顿时感到浑身轻松很多，脚下也似乎没那么沉了，我们快速地登上了山顶。

当我们站在山顶极目远眺，只见远处的沙山与沙丘如金黄色波浪自天边滚滚而来，那气势如翻江倒海一般，看了让人激情澎湃。蓝天与大漠相接之处，构成了一幅壮美的图画。见此情景，我感到心胸变得辽远开阔，一股酣畅淋漓之感让我们情不自禁，不由得循着沙山向山下望去。

此时的鸣沙山脚下的月牙泉像是镶嵌在大漠深处的一颗巨大的绿宝石，这颗绿宝石就坐落在三面陡峭的沙山脚下。同行的当地同志向我们介绍，千百年来，不论鸣沙山的风沙怎样移动，都一直未能将月牙泉掩灭。听罢当地同志的介绍，看着坐落在沙山脚下且三面被陡峭沙山包围的月牙泉，想着它百年不涸、千年不掩，这真是让人不可思议的一处自然景观。过去我们从各种史料中约略知道，在这西北大漠中，由于风沙的位移，有多少湖泊干涸，有多少河流被改道，有多少楼兰城堡被掩埋。而在这十分险峻的沙山周围的一弯泉水，却始终未被风沙掩埋，一直沙水共存，这的确是让人感到神奇的事。从当地人口中得知，许多人都把这种神奇的现象认为是超自然力量作用的结果。显然，这种说法令我们无法认同，我们只好带着满腹的疑问辞别了鸣沙山。

离开鸣沙山有几年时间了，月牙泉百年不涸、千年不灭的原因，一直萦绕在心挥之不去。有一天偶尔从一份最新出版的地理科技杂志上，看到了地质学家通过长年的实证分析，对鸣沙山的沙之所以未能掩没月牙泉所作的结论，才使我心中的疑问释然。

原来，月牙泉周围即东南和西南、西北和西南高大的沙山，对月牙泉形成了包围之势的地理特征，同时在这个区域内还存在不同季节吹着相反方向的风。这些地理特征和相反方向的风在月牙泉内环形沙山中产生了向上的回旋风，把沙山上滑下的沙粒往沙山脊上和山顶上吹，使月牙泉周边的沙山上往下滑动的沙一直无法靠近泉边，从而形成了沙水共存的地貌奇观。这段关于月牙泉的百年不涸、千年不掩的解释，比较接近客观事实。我相信这个实证是科学的，也是令人信服的。

到鸣沙山上的经历让我感到，当人们未能对某种现象作出科学合理解释时，很容易被表面的现象所迷惑，也很容易以讹传讹，甚至会坠入迷信的陷阱。

2018 年 10 月 6 日

原载 2022 年 12 月 2 日《湖南日报·湘江副刊》

珠海散记

时值黄昏，金色阳光照在珠海金湾区海边的一个小岛上，我站在海边松软的沙滩上极目远眺，海风掠过海面，裹挟着淡淡的咸味扑面而来，不时地吹起我的头发，我感到我的心胸从来没有这样辽远开阔。

这个小岛是位于珠江支流的西江与南海交汇处的一隅。远处海天一色，黛色的山岚在夕阳的照射下，显得苍茫雄伟；海风在海面上翻卷起层层的波涛，由远而近，不时地冲刷着金色的沙滩，激起了排排的白色浪花；四五只白色的海鸥在蓝天上飞翔，它们时而贴近海面，时而飞向空中，不时发出“嗷嗷”的长鸣声，在宽阔的海空回荡。停泊在远处海面上的万吨货船，这会儿抛下了重重的铁锚，似乎要在这里好好地休整一阵子，以释放长时间海上奔波带来的疲劳。这艘巨大的远洋货轮，在辽阔的海面上，已不如在内河见到的那么雄伟壮观。

近处可见急速奔涌入海的江水与海水融合的情景。江水略显浅黄色，海水却是湛蓝湛蓝。这黄、蓝两种颜色的交汇处，在海面上画出了一条明显的界线。远远望去就像一条巨大的海岸线将江水与海水分割开来。几只小渔船在江水与海水交汇处正捕捞着。我站在沙滩上，久久地眺望着他们在水上捕捞的情景，感到很是有趣。被渔民一网网拉出水面的鱼儿，活蹦乱跳地跳进了小渔船的舱内。

时间一分一秒地过去，我伫立的沙滩已开始退潮。我看到近海处黑色的海滩裸露出来，有几个渔民用铁锹在裸露的海滩上挖着海螺、贝壳之类。我无暇细看，就沿着海滩的海滨大道往前走去。海滨大道另一旁整整齐齐排列着一棵棵高大的椰子树，阵阵海风吹得树叶沙沙作响，这椰子树的声响，让人感受到了南国的况味。阵阵海风吹上人面，这潮湿的夹着咸味的海风，让我体会到了海的气息，也感受到了海的博大与深邃。

海天相接之处是一些高大的建筑物，我知道那里是澳门特区。在我的记忆中，澳门以前只是一个小渔村。1553 年，葡萄牙人借口晾晒货物，在澳门聚居成村。其后在 1849 年占领澳门半岛，又在 1851 年和 1864 年先后侵占了氹仔岛和路环岛。1999 年 12 月 20 日，中国政府恢复对澳门行使主权。经过 100 多年东西方文化的碰撞，澳门成为一个风貌独特的城市，在那里留下了大量中西合璧的历史文化遗迹。澳门也由此变成了国际自由港和世界旅游休闲中心。按照“一国两制，澳人治澳”的原则，澳门仍然实行资本主义制度。因此，在澳门仍保留了许多资本主义社会特有的东西，如博彩业就是它的一大特色。博彩业是澳门的一个重要产业，在澳门经济中占有举足轻重的地位。澳门与欧洲的蒙特卡洛、美国的拉斯维加斯被称为世界三大赌城。澳门也是我国仅有的合法赌博之地，这是“一国两制”的体现。

今天上午，我乘着汽车匆匆驰过位于横琴海上的澳门特区，看到那些如赌具造型的建筑物，心中不免有些别样的感受。看了澳门再看珠海市区，我感到与十多年前相比，珠海比以前繁荣了许多。特别是港珠澳大桥的建成开通，将香港、珠海、澳门更紧密地联系在一起，经济协作的关联度更大，外向型的开放度更高，有力地促进了香港、珠海、澳门三地经济的发展，从而也使珠海成为仅次于深圳的中国第二大口岸城市。记得十三年前，我到珠海和澳门，那时珠海与澳门的差距是比较大的。如今两地都建设成了繁华的大都市，两座城市之间的差距已明显缩小，我感觉在一定程度上，珠海比澳门更显得美丽雄伟。

行走在海滨大道上，看着远处宽阔的大海，看到金色阳光照射下的海面，雄壮耸立的宛如长龙的港珠澳大桥，看到澳门岛上鳞次栉比的高楼大厦，我感到十分宽慰。我为澳门回归祖国后发生的历史性变化点赞，也为珠海这座美丽的海滨城市，在短短十多年，迅速发展成为繁荣昌盛的国际化大都市而自豪。

2018 年 11 月于珠海

圭塘河岸的风光

晌午时分，持续下了近一个月的早春雨终于停止了。明媚的阳光总算照在圭塘河岸，漫步河岸令人神清气爽。

前一阵子，雨中的圭塘河岸，显得迷茫沧桑，很难见到她真实的倩影。圭塘河是长沙城南一条南北流向的河，她发源于雨花区跳马镇鸭巢冲水库，自南往北穿越半个城市，在黎托街道汇入浏阳河，全程约 28.3 公里。在圭塘河中游的南岸是著名的悠游小镇，那里聚集了许许多多的商贾铺面和文化休闲场所。在这长时间的雨水中，这座小镇几乎变成了一座空城。室外大型的游乐场上，大小游乐设施静静地躺在那里，仿佛还在冬眠；若干茶楼、酒肆门可罗雀；只有几家少儿教育培训场所，依稀传来一些读书的声音。雨雾笼罩着的小镇，让圭塘河岸变得冷落孤寂。

沿着悠游小镇往南，是成片的森林和宽广的草地。刚刚经过深秋和隆冬风霜雨雪摧残的桃树、李树、梨树、水杉树、银杏树叶子全部落完，它们伸展着光秃秃的枝丫，让人感到阵阵苍凉。只有那些樟树、玉兰树、桂花树、松树挺过了寒冬的考验，显得郁郁葱葱。大地上的草坪在寒冬的压迫下，已染成金黄。由于长时间的降雨，圭塘河水已经上涨了许多，水裹挟着泥土从上游涌下来，水面已经变成浑黄。岸上树林中的小鸟在窝巢中栖息着，堤上的田鼠仍然在岸边草地的洞穴中长眠。虽然已进入早春，但在一片凄迷的雨雾之中，空气中还是夹带着一些寒意，难以让人感受到春的气息。

而今，雨过天晴，太阳透过雨雾把阳光洒在圭塘河岸，这里又展现出了另外一种景象。河岸沉寂许久的悠游小镇，这会儿人头攒动。紧闭的茶楼、酒肆迎来了今年的第一批客人。就连一直冷清的书店都挤满了大大小小的读者，由于座位有限，有的只好靠在书架旁，有的干脆席地而坐，捧着一本本书看得十分入神，久久不舍得离开。最热闹的要数大型的露天娱乐场，成群结队的小朋友在长辈们的陪伴下，选择自己最喜爱的游乐项目，玩得特别开心。游乐场的上空，飘荡着阵阵欢歌笑语。阳光下，小朋友们脸上的笑容显得十分天真烂漫。悠游小镇上培训学校的孩子在愉悦中学习，琅琅的读书声传到室外，给这悠游小镇平添了不少活力。

阳光下，河岸上成片的树林，更是焕发出勃勃生机。暖融融的阳光照在成片的桃树、李树、柳树、银杏树光秃秃的枝丫上，折射出银色的光亮。走进树林，只见嫩嫩的绿芽正从这些树木的枝头冒出，好似一颗颗小小的绿松石，晶莹剔透；那些香樟树、玉兰树、桂花树等绿色的常青树，在黄叶的根部催生出了新叶。躲在树上巢穴中的小鸟探出头来，叽叽喳喳地叫个不停，仿佛是对温暖阳光送出的赞歌。宽广的草地上多处都飘浮着白色的雾气，就像是从地底下冒出一般。黄草地在阳光照射下开始吐出了淡淡的绿色，黄绿相间的草地就像一张铺在圭塘河堤岸上的大毯子，踩上去软软的，不少人在草地休息。忽然，我的耳边传来一阵窸窸窣窣的声响，循声望去，原来是几只田鼠从草地上的洞穴钻了出来。它们的动作非常敏捷，见到人走过来，又匆匆忙忙地躲进洞穴之中。这些可爱的小动物，也经受不住洞穴外美景的诱惑，试着走出来享受阳光的暖意和美丽的风光。

圭塘河中水流放缓了许多，不再是密集雨水时浑黄的样子。从清澈的河水中，可以看清水面漂动的水草和河底的沙砾。岸上树木在河中留下倒影，良多趣味。河中有鱼儿在游弋，它们时而浮上水面，时而又沉入水底，不时在河水中搅起朵朵水花，在水面形成一圈圈涟漪。太阳照在水面上，水光潋滟，仿佛无数条金色的丝带在水面舞动。

站在宽广的草地上，望着圭塘河岸的风光，使人心旷神怡、流连忘返。阴雨中的圭塘河岸，雨蒙蒙、雾蒙蒙，美丽的景色被雨雾笼罩着，使人感受不到她的美丽。阳光照耀下的圭塘河岸，雨雾消散、万物复苏，放眼望去，春意盎然，使人的心胸变得辽远开阔，让人体会到了城市中的生态之美。哦，原来圭塘河岸的风光，是因为受到阳光的普照才显露出了她的真实之美。

2019 年 3 月

乡下记忆

今天上午没有外出，我在房间里做片刻休息。二十多天的紧张的工作，让我感到有些疲惫。我在沙发上坐了一会儿，又起身在房间里来回地走动，最后我又停在房间的窗前，透过玻璃窗向外眺望凝视。近处是一些低矮的瓦房，房子上方冒着一缕缕青色的烟，娉娉袅袅地升上天空。再远处是蜿蜒起伏的山峦，山上长满了各种树，层层叠叠，显得十分茂密。看到这高低起伏的山峦，我的脑海里忽然闪现出五十年前在家乡上山砍柴的情景。

那是 1969 年的秋天，父母响应党关于干部下乡锻炼的号召，到石门县官渡公社的双龙大队一队插队劳动。父母下乡后，把我也从桃源县城的外婆家接到石门乡下。我记得到乡下后学做的第一件事就是上山砍柴和挖树蔸。记得第一次上山挖树蔸，因为年纪小刚满十二岁，而且又是第一次用锄头，刚挖几下，就被锄头把弹起了许多血泡。血泡又大又红，再握锄头就刺痛难忍，咬牙挖了几个小树蔸，就闷闷不乐地回家了。到家后，邻居家的农民大叔看到我的手，笑着说：“这小手太嫩了！”又赶紧安慰我道:“血泡不要紧，这些血泡多了，慢慢就会变成茧，手上的茧多了就再不会起血泡了!”听了农民大叔的话，再上山挖树蔸时，我就忍着痛，用打满血泡的手，紧紧握住锄头，以至于每次锄头把上都沾满了鲜血，尽管每次都有钻心一样的刺痛，但我坚持下来了。这样日复一日，我手上的血泡慢慢变成了老茧，再握锄头挖蔸子时，也不感觉痛了。我相信了农民大叔的话。这也说明痛到了一定程度，它就不痛了。这是下乡劳动给我上的第一课，它启示我：环境是可以改变人、造就人的，所谓“行到水穷处，坐看云起时”，以乐观、自在的心境面对困难、面对生活，生活总是充满正能量的。

不仅是在山上挖树蔸子，还经常上山砍柴。有一次还到距石门双龙大队很远的青玄大队山上去砍柴。青玄大队有我们家的远亲。因为有远亲的带领，我们得以跨队进山砍柴。这个大队的山就像它的名字一样，被茂密的绿色的树林覆盖。我们不到一会儿便每人砍满了两捆，心满意足地挑回了家。

今天看到窗外郁郁葱葱的山峦，看到山上那些茂密的树林，仿佛又回到了家乡。所不同的是，今天人们再也不会上山砍柴，更不会去挖树蔸子。那时农村生火做饭都是靠上山挖树蔸和砍柴作燃料，现在农村多数地方都用上了液化气或煤，这是社会文明的进步。

站在窗前，看着那些似曾相识的山峦，我不觉得自己是在八百里之外的湘西，仿佛又回到了少年时代农村的老家。我曾在一本书中看过一位作家说过，人们不管走多远，一旦看到与自己家乡相似的景观，就没有了陌生感，仿佛有回家的感觉。今天虽然我置身于异地，看到与家乡似曾相识的景观，真有一种亲切感，而这种亲切感又勾起了五十年前下乡劳动的回忆。尽管过去那些记忆苦中带涩，那些砍柴、挖树蔸的往事充满艰辛。但就是那种经历在我心灵深处，仍不失为一种十分珍贵的记忆。

2019 年 9 月 29 日于吉首民族宾馆

乾州漫步

我第二次到湘西吉首的乾州是在一个微风细雨的深秋夜晚。

记得首次应朋友之邀来到这里，正是夏末秋初之际。虽说也是夜晚，但那年的初秋如夏，显得特别燥热。加上之前对乾州没有什么印象，只是为了证明自己到过乾州古城，了却一桩心愿。于是在朋友的陪同下，在燥热的氛围里，浮光掠影般地走了一趟。乾州当时给我的印象是，规模太小、环境太静，作为旅游地，还不如毗邻的凤凰沱江。那次来过后，我觉得乾州这座古城远没有想象中的那么繁华和热闹，不免有些失望。

这次重来乾州，听了乾州古城当地文管部门的同志介绍蕴藏在古乾州背后的人文历史，我对乾州古城的印象，又有了不同的感悟。

那天，深秋的晚风夹着几分凉爽，天空断断续续地下着小雨。走在铺满青石板的古道上，感到特别惬意。我们参观了胡家塘的古建筑住宅群落，穿越了北边的拱极门，登上了南门外的月城，祭拜了供奉着孔圣人的文庙，流连于名人故居。那些飞檐高耸的古建筑，那些巧夺天工的城堡，还有那些积淀了厚重文化历史的古宅深院，既让我大开眼界，又让我为这方水土孕育了如此之多的武将文人感到震撼。特别是在这些名将大家故居的短暂造访，让我对乾州古城有了新的认识。

我们沿着古石板巷道，来到了一位爱国名将罗荣光的故居。这是一幢木质结构的瓦房，站在古石板小街上看，这幢木板瓦房不显得特别，只是那周围花木窗和木屋西端飞檐高翘的城墙，才显示了故居主人的不凡气宇。罗荣光在清光绪年间曾任天津镇总兵，驻守大沽口炮台30年，曾被誉为“天下第一海防”。1900年6月，八国联军入侵，兵临大沽，妄图攻占天津、进逼北京。罗荣光大义凛然，率领三千将士，奋勇抵御洋贼，终因弹尽粮绝，以身殉国，表现出中华英雄儿女宁死不屈的民族精神。为纪念这位为国捐躯、血溅大沽炮台的民族英雄，新中国成立后，天津市在大沽炮台遗址陈列馆展出了他的生平事迹。

离开罗荣光故居，行走在乾州古城的青石古道上，当地同志还如数家珍地介绍了从当地走出去的，为国家独立推翻封建统治的名人名将。如参加辛亥革命、推翻清王朝的民国陆军次长傅良佐，抗日名将石邦藩，抗日英烈田耕之，等等。从当地同志充满自豪的脸上，我感到了这里是块滋养着英雄的沃土，是为抵御外侮、维护国家统一曾立下功勋的神奇之地。

当我们正为这方土地出了那么多英雄名将而称颂时，陪同我们参观的当地同志进一步说到，乾州不仅出武将，也出文化大家。如与徐悲鸿、沈逸千、梁鼎铭一同被誉为中国画马四杰之一的张一尊大师就出生在这里。民国时期与张大千师出同门的金石虫鱼画大师杨味蔬也是从这里走向全国；著名的农业教育家黄召棠、当代著名哲学家周礼全都生于斯、长于斯，是乾州古城的深厚的文化底蕴哺育了他们。这方具有深厚文化底蕴的沃土，也曾经吸引众多文化大家来这里寄住或从事进步文化活动。抗战期间著名历史学家翦伯赞曾寄住乾州，在这里研究过乾州历史文化，并与当地知名人士和师生接触，向他们宣传介绍抗日战争军事和政治形势，鼓励大家做好抗日救亡工作。著名作家张天翼也曾到此短暂居住，并创作了一批真实反映社会和人生的作品。新中国成立后，作家周立波、丁玲也曾来过这里采风和体验生活。乾州古城以她特有的文化历史沉淀，哺育了一个又一个文化大家，也为近现代文化大家提供了创作的源泉。

漫步在乾州古城的青石板古道上，听着当地的同志讲述着乾州的一桩桩历史，游览着一座座古阁名宅，我忽然记起了著名作家沈从文曾在《湘西》一文中对乾州古城的评价："地方虽不大，小小石头城却很整齐干净，且出了几个近三十年来历史上有名姓的人物。"我在想，这乾州古城地方不大，但滋养了许许多多名将英雄。乾州古城低调沉静，却让一批批文化大家从这里走向全国，又吸引了众多文化大师来这里汲取历史的营养。重来乾州，我似乎明白了，乾州古城是需要细细品味的。原来，她不是以古城规模取胜，而是以她的厚重的人文历史震撼人；不是以繁华热闹耀眼吸引人们的眼球，而是以她的静谧和饱经沧桑让人受到潜移默化的爱国主义教育。我感到，这方沃土滋养的武将文人，为国家的和平安宁和社会进步作出过不小的贡献；这古朴的青石街道积淀了历史的文化底蕴，不仅是作为旅游胜地最好的载体，而且足以使她在国内众多历史名城中毫不逊色。

原载 2019 年 11 月 22 日《湖南日报·湘江副刊》

山前随想

窗外不远处是蜿蜒起伏的山峦，那郁郁葱葱的苍松让人在隆冬也能感受到生机活力。我每每伫立窗前，看到这苍松绿荫的山峦，一天紧张工作带来的疲惫便一扫而光。我喜欢山，尤其喜欢山的巍峨和险峻，更喜欢山上那些清荣峻茂的丛林和灌木。我虽然是在城里长大，但有许多时候在农村生活。记得最清楚的往事，是在石门上中学时，每个周末我都要从县城回到奶奶居住的老家——官渡公社太坪三队，想帮奶奶干点农活。记得每次回乡下老家，都要翻越巍峨的十九峰。走在那些由石块砌成的蜿蜒曲折的山间小道上，近距离地感受山的险峻和挺拔，比远距离看山要深刻得多。古人说："仁者乐山。"我想看山多了，也许就会增强一些有关仁者的品格，比如坚毅、朴实、善良、敦厚。所以，我喜欢山，更喜欢山的品格。这次到湘西来，又一次近距离较长时间在山里生活，又让我平添了一些有关山的记忆。

每天清晨起来拉开窗帘，首先映入眼帘的就是不远处的山峦。我感到，这起伏的山峦，对我是如此熟悉和亲切。有时山峦被晨雾笼罩着，这白色的晨雾如同轻柔的薄纱，将山峦罩住，使你无法看清它的真实面目。有时天空下起雨来，在雨中，密集的雨点敲打在山峦的树叶上，发出阵阵声响，让人感受到山峦的生机与活力。最令人惬意的是早晨的阳光照在山峦上，给山峦披上了光亮的盛装。这时候，天空碧蓝碧蓝，山峦也郁郁葱葱，让人记起“天山共色”所展现的美好意境。

进而让我对湘西感受最深的是，湘西人凭着山的坚毅、朴实、善良、敦厚的精神，将地处深山的湘西改变了贫困落后的面貌，走出了一条“实事求是、因地制宜、分类指导、精准扶贫”的脱贫致富之路。“十八洞”创造的精准扶贫的经验，正推动着中国乡村脱贫致富走上乡村振兴的道路。昔日落后的湘西州府所在地吉首，正以崭新的面貌迎接八方来客。在州经济开发区，排列整齐的“智能化”机器生产的新产品，正源源不断地运往全国各地。驰名中外的湘泉酒厂，酿造的“内参”“酒鬼”酒香飘四野。湘西人民在党和政府的领导下，创造了消除千百年绝对贫困的奇迹。地处深山之中的湘西，正成为祖国腹地的一颗璀璨夺目的明珠。我为自己有幸来这里工作四个月感到欣慰，更为自己再一次近距离领略到湘西人像山一样宝贵的品格而庆幸。

2019 年 12 月 27 日于吉首

兰亭悟道

我们抵达浙江绍兴的兰亭正好是下午两点时分。下了半个多月的雨，天气终于放晴。天朗气清，惠风和畅，又恰逢三月初三上巳节，太适合实地感受“书圣”王羲之的书法之道了。

兰亭位于绍兴西面会稽山阴。一千六百多年前的公元353年，也就是晋朝晋穆帝永和九年的三月三日，也称上巳节，王羲之与当时的名士谢安、孙绰以及本家子侄王凝之、王献之等四十余人宴集兰亭，饮酒赋诗、各抒胸臆。事后将诗结集，王羲之为诗集作序，并命名为《兰亭序》。这篇序仅有324个字，篇幅不长，但就是这不长的324个字，成了流传千年的书法佳品和散文佳作。一篇简短的书法散文造就了一代书圣，也将兰亭这个小小村落变成了闻名遐迩的文化重镇。走在通往兰亭的路上，忆记起过去这些有关兰亭的逸事，我在想，一篇文章竟然能产生如此重大的影响，足见优秀的文章不在于字的数量，而在于蓄涵其中的质量。

刚到兰亭入口处，我们远远看见一块巨大的石碑上雕刻着“兰亭”二字。这是按王羲之《兰亭序》的笔迹临摹下来的放大体，虽说放大了，但仍然是那么有神韵和有风范。在浅黄色的石块上，用红色刻下的带有神来之笔意味的“兰亭”二字特别醒目。走到碑前，似乎有一种浓厚的书香气味充溢着我们的心扉，使我们感受到了文化的力量。

进入兰亭文化园，我们依次参观了“鹅池”碑亭、兰亭碑亭、曲水流觞小溪及流觞亭、御碑亭、兰亭碑林、王右军祠、临池十八缸、兰亭书法博物馆，处处都能感受到王羲之留下的笔迹，时时都能感受到兰亭的书香气息。最后我们来到了兰亭古道。我们行走在据说是南北朝时修建的古道上，看到兰亭周边郁郁葱葱的山峦，回想起一千多年前王羲之在这里写下《兰亭序》的情景，我们便开始探寻《兰亭序》所蕴含的有关书法与书道、与人品、与人生之间的奥秘了。

史料记载，王羲之的《兰亭序》是当时乘着酒兴即兴写成。据说回到家后，酒醒了又写了很多次这篇集序，但都不如这篇写得好。这说明书法这门艺术是有其内在的奥秘的。从《兰亭序》的字里行间，能感受到她的结体欹侧多姿、错落有致、千变万化，曲尽其志；她的笔画如中锋之骨、侧笔取妍，时而蕴藉含蓄，时而锋芒毕露；她的章法疏朗通透、形断意连、气韵生动，风神潇洒。记得当我站在兰亭碑亭前，又一次看到《兰亭序》的碑刻全文，依旧不能不为她的神来之笔所吸引、所折服。然而让我感悟最深的，首先是她书道不同凡响的辩证思维。她将多种对立的矛盾既充分展示，又统一其中，如大与小、高与低、动与静、疏与密、刚与柔、枯与膏、粗与细、肥与瘦、虚与实、浓与淡、干与湿，这一对对矛盾在一篇作品中都充分地表现出来，但又能做到和谐统一，充分展示了书法辩证思维的张力。其次是她书道的美学思维。整篇都表现出字体的韵律之美，质地之美和境界之美。欣赏《兰亭序》书法作品，如同观赏一幅美丽的山水国画，让你赏心悦目；又如同欣赏一曲美妙动听的乐曲，让你感到十分的惬意；还如同观看一场力与美的舞蹈，让你周身热血沸腾。最后是她书道的艺术思维。王羲之受当时谢安等文人名士诗兴的启发，在四面茂密竹林覆盖的崇山峻岭下，在潺潺流淌的清澈的溪水旁，趁微醺任情恣性，挥洒自如完成了这篇作品，达到了心境与环境高度融合，形式和内容的高度统一，以至于不可重复、不可复制。诗画文的创作讲究“情景一失永难摹”的创作境界，正体现了创作的艺术思维及其优秀作品的不可重复性。我想，辩证思维、美学思维和艺术思维的有机统一，是让《兰亭序》千年不衰的书道奥秘所在。

我行走在具有千年历史的兰亭古道上，一边感悟着《兰亭序》的书道，也一边回忆体现着王羲之人品的一些往事。我感觉，王羲之的作品被世人视为珍宝，不仅仅因其艺术价值，更与他坚守“志于道，据于德，依于仁，游于艺”的人品不无关系。据史料记载，王羲之担任过会稽郡内史，被当朝者罢官后便不再染指官府之事，静下心来苦练书法。他处在东晋，此时玄学盛行。他从不与此风气合流，并在文中公开批评反对“虚谈废务、浮文妨要”之风，表现出他不甘虚度岁月的进取精神。这在当时是需要勇气的。这也体现了他特立独行，不随俗流的宝贵品格。那么“东床快婿”的民间传说，也从一个侧面反映了他纯朴归真，不媚俗，藐视权贵的品性。所以，“书品如人品”常常被人们用来形容书法作者的品格与书法作品品质之间的关系。王羲之不仅书法出众，人品也好。人们把他的《兰亭序》作品奉为珍宝也就不足为奇。历史上一些名人，因贡献巨大而享有盛名。同时，他们的书法作品水平之高，也为他们增色不少，他们文武兼备、雄才伟略。如唐太宗李世民使得行草书在唐代以后盛行；宋徽宗自创了“瘦金体”至今仍被人广为传习；清代康熙和乾隆书法作品更为世人称道。他们都以雄才伟略打天下，又以文采飞扬治天下。他们的书法与他们的大业同样受人赞道。同时，还有一种现象耐人寻味。有些名人书法不差，但由于人品不好，即使书法的技艺很高，也不被人推崇。如过去讲书法大家“苏黄米蔡”，苏即“东坡”，黄即“庭坚”，米即“米芾”，蔡原指“蔡京”，因此人人品不好，蔡就改成“蔡襄”了。还有如秦桧、袁世凯等，这些人书法技艺水平都不低，但历史上做了坏事，名声不好，所以书法技艺再好，也不被人推崇。这也从反面看出了书品高低与人品优劣是紧密相连的。

行走在兰亭古道上，我默默地吟诵着《兰亭序》的全文，不止一次地被她优美的文字所感染，不止一次地被她对人生的深刻认知所感动。特别是关于对“生死”的认知，更让我深深地震撼。我感到这是《兰亭序》对生死观最精彩的描述。她借古人之口，发出的“死生亦大矣”的感叹，时时警醒我们生命之短暂，告诫我们既要重视为什么而生，更要重视为何而死。在“生死”这个问题上，我记得法国十六世纪著名思想家蒙田也曾说过：

“生的本质在于死。”还有二十世纪德国哲学家海德格尔在他的名著《存在与时间》中也曾提出过“向死而生”的理念。他们在这些理念里，道出了人生的价值和生命的意义。死得其所是更好的生，是永恒的生。那么怎样才能做到更好的生和永恒的生呢？我由此联想到中国古代的思想家对生死的解读：儒家重死，道家重生，佛家力图超越生死。儒家因追求“内圣外王”，重视道德和操守，故能取义舍生、蹈死如饴；道家认为“生死气化，顺应自然”，希望人们在有限的生命中，充分享受生命赐予的欢乐；而佛家认为死是轮回的必然过程，实现自我不在于对“我”的执着，而在于超越生死，超越利害得失。

行走在这兰亭千年古道上，我体味着《兰亭序》关于“生死”的认知，联想起这些中西思想家的生死观，我明白了《兰亭序》及其作者创作的故事，所要展示给我们的，不仅是书道的精彩和人品的珍贵，更是诠释出生死的真正含义。《兰亭序》所谈的生死观，既有儒家的义，也有道家的利，还有佛家的超越。我感到，《兰亭序》的生死观是儒释道思想之大成。我想，这大概是《兰亭序》最弥足珍贵之所在吧。

行走在兰亭千年古道上，环顾会稽山苍苍莽莽的山峦，忆及王羲之书道的一些往事，我感到自己似乎悟出了《兰亭序》的书法艺术之道，也悟出了隐含在《兰亭序》中更深层次的人品之道和生死之道。

原载2020年1月3日《湖南日报·湘江副刊》

湘西记忆

明天就要离开湘西自治州，离开朝夕相处4个月的湘西州的田园山水、屋舍街景。

深夜，我坐在吉首民族宾馆房间里，四周一片安静，静得连针落地的声音几乎都听得见。在寂静的夜里，我伏在案前，回想着在这里生活工作的点滴，心中多少生出一些不舍。记得刚从长沙来这里的时候，还有一些不习惯，住惯了闹市，一下子静下来，感觉有些不适应，特别是一想到在这里要工作生活3个多月，不免觉得时间太长。现在回眸一看，4个多月都过去了，反而觉得时间好像是转瞬即逝，自己习惯了这里的生活，在湘西找到了心灵的慰藉之处。每天早上拉开窗帘，透过玻璃窗，看到不远处起伏的山峦，我想起了过去在石门官渡乡下生活的情景，特别是山上郁郁葱葱的松树和树林中升起的一层层白色的晨雾，以及从山那边偶尔传来的一阵阵雄鸡啼鸣的声音，十分熟悉和亲切，让我仿佛回到了少年时代。

那是20世纪60年代的末期，我随下放的父母亲来到农村。在农村一年多的时间里，我多次上山砍柴，我总是感到自己就应该是那大山里的孩子。很多个清晨，我乘着晨雾进山，山上茂密的树叶上缀满了晶莹剔透的露珠，丛林中散发着阵阵树木花草的芳香。幽谷中不时有鸟儿在鸣唱，有时还可以听到野猪、野鸡在深山里发出的啼鸣。那时刚刚从县城到乡下，耳闻目睹了深山老林中的这番景色，感到十分的新鲜和好奇。在乡下的那些日子里，我对苍翠的山峦充满了好奇和憧憬。她也像一幅美丽的画卷，深深地印在了我的记忆中。来湘西住在民族宾馆里，每天清晨看到苍翠欲滴的山峦，看到丛林中升腾起的晨雾，真有一种久违的感觉，于是对这里的陌生感一扫而光。

每到夜晚，不远处的山峦被笼罩在一片黛色之中，山中偶尔有若明若暗的灯光。远处不时传来一两声狗吠的声音，这声音让人回归到久远的原生态生活的情景之中，仿佛让人进入了童话般的世界。有时天上有明月，月下山峦幻成了深蓝色，那层层叠叠的树木，宛如一排排哨兵在为我们站岗。人们说“湘西很神秘”，这话不假。到湘西不久，我就被湘西神秘美丽的景色深深吸引，喜不自胜。在这里少了喧嚣，多了静谧；少了快节奏，多了慢时光；少了高楼大厦，多了田园山水。湘西就是这样让我深深爱上了她，而且依依不舍。

在湘西还有一处地方是让人难忘的，那就是吉首大学。因为工作的缘故，这 4 个多月多次去吉大校园。我们是初秋来湘西，经过了中秋、晚秋和初冬。秋天是收获的季节，也是大自然景色最为丰富多彩的时节。校园湖边的水杉由绿色变为红色，后来已落光。树的倒影映在水中，给本来就美丽的湖水增加了深不可测的美。校园里最多的是枫树、银杏树，在秋霜的熏陶下，树叶变成了金黄、深红。深秋的吉大校园，就像一幅五彩缤纷的图画，让人陶醉，让人流连忘返！走在吉大校园，就如同在一幅精美的图画中漫步，人赏心悦目。

然而，更让人感受到浓厚文化氛围的，是设在吉首大学的“沈从文陈列馆”。在吉大校园里，处处都能感受到沈从文留下的印记。沈从文是从湘西凤凰大山里走出的一代宗师。他从湘西向外探寻人生发展道路时，只有小学文化。他凭着超出常人的毅力与勤奋，最终成为一代文化大师。他的文学著作等身，《边城》等小说被译为多种文字，散文更是被后人广泛传颂。晚年他从文学创作转入了中华民族服饰研究，编撰了开创中华民族服装文化的全集及图册。这个文学和民族服饰的研究，使他登顶了中国两座文化的高峰。在湘西，在吉首大学，到处都能领略到沈从文深厚的文化底蕴。人们把沈从文看成湘西文化的灵魂，沈从文影响着一代又一代湘西人，从这里走出大山、走向世界。我感到沈从文留给湘西的，不仅仅是他的文字作品和民族服饰文化的成果，还有他坚忍的性格，勤奋进取的意志，以及勇敢走出大山敢闯世界的开拓精神。他的这些性格、意志和精神，已深深融入湘西人的血液之中，激励着许许多多的湘西青少年刻苦地学习和勇敢地走出大山。我想这是沈从文先生所始料不及的，也是沈从文先生留下的重要的精神财富。

在湘西 4 个月，留在我记忆深处的事还有很多。湘西不仅因她的山水之美享誉海内外，而且她人格化的毅力与意志更撼人心魄！湘西是一座精神富矿，她是需要细心挖掘和认真品味的。

2020年1月9日于吉首民族宾馆612房间

桃源的街

在我少年的记忆中，桃源县城的街永远是那么古朴和自然，她记录了桃源县城历史嬗变的轨迹，也是我心中永远无法抹去的乡愁。

桃源县城的街是按东南西北的方位取名的。东街是一条临沅水的街。在我的记忆中，从上至下，依次有县人民银行、玉器雕刻社和县人民医院等坐落在这条街上，还有一家规模较大的粮店和轮渡码头。南街是县城里最繁华的一条街，那里有众多的商贾铺面，熙熙攘攘的人群使这条街十分热闹。尤其是坐落在这条街上的桃源汉剧院，以唱荆河剧而著名。每当夜深剧院散场时，这条街常被观剧的人堵得水泄不通。县委、县政府的所在地亦是在南街和西街的交会处。在我少年的记忆中，那里是桃源县的政治中心，也是人们比较关注的地方。还有一处景观记忆深刻，那就是由边街通往南街的城南“上桥”，那单拱形的桥面铺满青石板，桥头立着一块篆刻着“上桥”的石碑，是桃源县城历史久远的标志。西街是不太热闹的一条街，但过了土桥便是闻名遐迩的桃源纺织印染厂。这座上世纪 60 年代中期建成的棉纺织印染厂，当时号称是全省大型纺织印染厂之一。它是桃源的骄傲，也是当时常德地区最重要的工业企业之一。由于桃源纺织印染厂的建立，地处城区西郊偌大的二里岗变成了一座纺织印染工业新城。北街比较冷清，但有县人武部、县长途汽车站和桃源大饭店在此，特别是大片的旧式建筑群和用于防洪的古石柜上的亭台楼阁，让人记忆深刻。

少年时我一直在外祖母家生活。外祖母家既不在城里的东街西街，也未能住到南街北街，而是住在被当时人们称为“城里”的边街。既然是边街，在当时人们的印象中是比较偏僻的。虽说位置偏远一点，但那时的桃源县城的边街却有迄今都让人引以为豪的地方。

边街位于桃源县城沅水的上游，建有桃源师范学校，这所由辛亥革命先驱宋教仁先生在 1912 年创办、以培养小学老师为目标的师范学校，饱经历史的沧桑。在新中国成立后被命名为省立二女师，1953 年 8 月正式定名为湖南省桃源师范学校，此后一直沿用这个校名。是湖南省最早创办的六所师范学校之一，从这里走出了不少的爱国志士和教育界的先驱。桃源师范学校的附属小学，简称“桃师附小”，当时也是知名的小学，雄厚的师资力量使这所学校熠熠生辉。街上还有漳江小学。这所小学的前身是始建于明代的漳江书院，辛亥革命先驱宋教仁曾在这里求学。漳江书院几经变换后改办成漳江小学。这是一所完全高等小学，我曾有幸在这里从小学二年级一直读到五年级。那青砖红瓦构成的古香古色的校舍，那宽阔整洁的操场，特别是那教学严谨的老师，给少年的我留下了深刻的印象。我现在都还记得我的语文老师段顺成先生，他国文功底深厚，经常给我们深入浅出地讲解课文，并延伸出课本外的许多掌故。特别是他一手漂亮工整的硬笔书法，让我至今难忘。那时，我不知不觉地模仿他的字体学习写字。桃源边街上的这三所学校，足以让它在桃源县城的所有街道中毫不逊色。特别是这三所学校与一个响亮的名字——宋教仁联系在一起。沿着边街往前走，有一条“后江”。这条江不宽，名气却不小，沈从文的《桃源与沅州》多次提到它。在当时这个地方也是远近闻名的。

可以说，桃源县城的边街，虽地理位置不在城中，但它久远的历史渊源和厚重的教育底蕴，让城中任何一条街都望尘莫及。那时的边街可以说就是一条名副其实的教育街。所幸的是，在20世纪60年代，住在这条街上的人，大多数是一些普通居民。他们身居社会的底层，却享受了“教育街”上良好的教育资源。我还记得，那时边街上居民住的是拥挤的木屋瓦房，高高低低的木屋沿街两边一字排开。每间木屋临街面不宽，但进深却很长，一般有十多米。木屋的后面都有一块一分左右的菜地，供自己家里人种菜享用。别看一分左右的菜地，却能帮助一家人解决蔬菜之需。这些木屋，虽然比较低矮破旧，但因为居住方便，居民间往来频繁，生活成本低，大家都生活得很愉快。邻里间也很融洽，不像现在人们住着高楼大厦，邻里之间互不认识，互不往来，形同陌路。

特别值得一提的是，这条街上居住了几十个孩子。这些孩子年龄大约在 7 ～ 13 岁，一般是小学一年级至初中二年级，而且男孩居多。那时放学后作业也不多，做完作业就成群结队地出去玩了。玩的内容，是从电影里学来的分成两队“打仗”的游戏。通过玩这些游戏，大家非常开心，也增进了彼此的友谊。

我自 20 世纪 60 年代末离开桃源县城，一晃就是 40 多年。虽说其间也曾回桃源探望，但总是来去匆匆，对桃源街道的变化只是偶有所闻。今年因招商引资的缘故，陪同客商回访桃源，有了比较充裕的时间参观桃源县城的街道。当我乘车在桃源县城街道上穿行，看到桃源县城扩大了好几倍，少年时的街道已不见踪影。宽阔大道代替了过去窄小的街道，高大的楼栋替换了那些砖瓦木屋，感到桃源县城街道发生了翻天覆地的变化，不由得心底里为她这些年的巨大进步感到欣慰。特别是近 10 年，桃源县城的街道已焕然一新，一个现代化的县城展现在我们的面前。

在分享桃源县城巨大变化和飞速发展的同时，另一种滋味也在我心中滋长了。一些桃源县的古遗址，一些少年记忆中的古街道已无处寻觅。像年少时经常走过的城南“上桥”已被拆除；城北建筑群内的古迹在旧城改造中不见影踪；还有那我们经常路过的、曾被沈从文在《桃源与沅州》中多次提起的“后江”也已填平。见到如此情景，我的心中不免生出一些遗憾。我想，这些承载和见证桃源县城变迁的珍贵遗迹，是城市的记忆，也是在这里生活和走出去的桃源人心中抹不去的乡愁。

傍晚，当我站在曾经生活过的边街旧址，登上新砌成的城墙楼阁，看到夜色朦胧中流向远方的沅水，我的眼睛渐渐模糊了。桃源的街道如今变样了，一个初具规模现代化的城市让人为之高兴自豪。与此同时，我那少年记忆里的一条条古朴的、蕴含自然风情的街道却不复存在，心中不免生起一些遗憾。我想，当前在城镇化建设的过程中，都在强调：要让人们“望得见山、看得到水，记得住乡愁”。那么作为承载着厚重文化历史记忆的县城，在今后推进现代化的城市建设中，是否应对这些遗迹作适当的保留呢？

原载 2020 年 5 月 15 日《湖南日报·湘江副刊》

鼓浪屿

到了厦门，鼓浪屿是必去之地。

到厦门的那天下午，我们在住地稍作休息之后，就在朋友的陪同下去了鼓浪屿。厦门市区与鼓浪屿只隔着一条600米宽的鹭江，说是鹭江，其实是一道海湾。坐在由市区前往鼓浪屿的轮渡上，我顿生疑惑，这么一点宽的江面为什么不架几座桥，靠桥连接市区与鼓浪屿，交通不是便捷多了吗？与我们同去的老丁同志看出了我的疑惑，向我们说起了未能架桥的原委："鼓浪屿面积不大，道路密集如织，纵横捭阖。之所以未修桥，主要是不允许市区的汽车开进岛上，而惊扰了鼓浪屿的宁静。"听罢老丁的介绍，我们的心结便解开了。同时，对当地政府保护鼓浪屿原生态生活方式的远见卓识增添了几分敬意。

鼓浪屿，旧称"圆沙洲""圆洲仔"。1573年，时任泉州知府丁一中来到岛上，听闻岛上有擂鼓之声，循声觅迹，只见沙滩上有块两米多高、中有洞穴的礁石，水涌洞穴，浪击礁石，发出阵阵擂鼓之声，便将此石命名为"鼓浪石"。鼓浪屿的雅名也由此而来。鼓浪屿的名声之雅，不因它名字本身，更多的是缘自它饱经历史沧桑的经历。我们在鼓浪屿作短暂的造访之后，更加深了对那些兴衰往事的了解。

登上鼓浪屿的轮渡码头，我们就被它造型各异的房屋建筑群落所吸引。据与我们同行的老丁介绍，鼓浪屿其实并不大，整个面积仅1.78平方公里。但就是这么一个不大的小岛，在十九世纪中叶至二十世纪中叶的一百多年时间，英、美、德、日及西班牙、荷兰、丹麦、葡萄牙、奥地利、瑞典、挪威、比利时等西方列强在这里建立了领事馆。所以，鼓浪屿上的房屋建筑，都深深打上了西方建筑风格的印记。

我们行走在鼓浪屿热闹且密集、狭窄的街道上，看着路边那些形状各异的建筑，心里五味杂陈。单从建筑风格上讲，这里真可谓建筑的万国博览园。世界建筑史上有名的古希腊三大柱式结构“陶立克柱式”“爱奥尼克柱式”“科林斯柱式”在这里都有样本。而形状不同的屋顶，更是式样繁多，如哥特式的尖屋顶、伊斯兰圆顶。巴洛克式的奢华、洛可可式的贝雕、罗马式的壁柱、北欧式的壁炉等，令人目不暇接。这些风格各异的建筑，凝聚着各国劳动人民的勤劳和智慧。

但从一国主权的角度看，十九世纪中叶，中国沦为半殖民地半封建的国家后，积贫积弱，早已丧失了作为一个主权国家应有的地位和尊严。据史料记载，自1903年5月1日开始，到1949年10月中华人民共和国成立之前，名义上这里是英、美、德、法等13个国家设立的领事馆，其实就是这些外国列强的“公共租界”。位于这里的外国领事馆风格各异的建筑，就是当时这些殖民主义者入侵中国的见证。从这个意义上，鼓浪屿的建筑，也是中华民族屈辱历史的一个缩影。于今，鼓浪屿回到了祖国人民的怀抱，鼓浪屿上的人民开始当家作主。

我们行走在鼓浪屿曲曲折折的街道上，看到不少游人在那些风格各异的建筑前合影；看到不少的青年男女在曾经为“公共租界”的啤酒和咖啡小屋尽情地享受着休闲的时光；看到一些上年纪的老人、小孩脸上露出幸福的微笑，坐在哥特式、巴洛克式等西方风格的别墅前坪，摇着芭蕉扇在树下乘凉。我们感到鼓浪屿是个美丽的岛，它的美丽饱经了历史的沧桑；生活在岛上的人们是幸福的，他们的幸福是因为洗刷了近代以来的屈辱，人民真正做了自己国家的主人。我们这些短暂造访的游人，从鼓浪屿的近现代历史的变迁中，感受到了只有当一个国家强大了，她的山河才真正美丽，她的人民才有真正的幸福。

原载 2020 年 12 月 11 日《湖南日报 · 湘江副刊》

品樱花

为一睹樱花盛开的景色，今年三月初的一个周末，我们便赶往省植物园的樱花园。前一阵子阴雨笼罩，这几天变成阳光灿烂，心想经过这一冷一热温差催化，目前植物园里的樱花一定开得很繁茂吧。想到植物园里铺天盖地的樱花景象，我们便不由得加大了汽车油门，恨不得马上进入公园，欣赏那红的似火、粉的似霞、白的如雪的樱花了。

随着滚滚的人流，我们进入了植物园。然而，出乎我们意料的是，植物园中除了山茶花和几株桃花正在开放外，偌大的樱花园竟没有一点动静，宛若层层叠叠的樱花还在做梦似的。这不禁让我们感到意外。与我们同样有这种心情的众多观赏者也都表达了这种感受。有的说："去年稍稍来晚了几天，樱花就无影无踪了。"有的说："赏樱花就是那么三四天，一旦错过，就只好等到来年了。"还有人说："早来了也不行，好不容易逮个周末来观赏，但樱花却一点踪影都没有，这樱花真是难以捉摸。"听着游客们众多的议论，我也感同身受。一方面表达了对樱花的喜爱，另一方面也认为樱花的绽放时间真的太短了，一不留意便稍纵即逝。看着人们兴致勃勃地进园区，而又带着十分失落的心情离开，我感叹，春季观樱花成了人们生活中既爱又痛的一件事！

没看到樱花绽放的景色，我们开始在植物园枝条密集的樱花树下盘桓，这时有关樱花的往事便一起涌上心头。

以前，在我的心目中，一直以为樱花这种植物是从日本传过来的。一谈到樱花，首先就会想到日本。的确，在日本樱花是作为“国花”被尊崇的，春季观赏樱花似乎是日本民族的一大爱好。历史上，据说从江户时代，在日本民间就开始盛行了，现代日本政府更是把每年的3月15日至4月15日作为樱花节。在这个季节里，日本人群聚各地赏樱名所，席地而坐于樱花树下，举杯高歌、谈笑春光，感悟人生如樱花般绚丽而短暂，并以此作为“樱花盛宴”。随着中日友好关系的恢复，我国一些文化名胜之地，陆陆续续从日本引进了樱花树，并把它们作为两国友谊的象征。武汉大学的樱园，从日本引进了许多樱花品种，如早樱、晚樱和垂枝樱；还有上海植物园的樱花树，也是从东京引进的，品种多为东京樱花染井吉野、日本早樱。尤其是杭州西湖柳浪闻莺公园，从日本引进的多个樱花品种，连成一片。十多年前，我曾到过那里，置身其中，就好似到了日本东京上野樱花园一样。特别是在层层叠叠的樱花园中，一块石碑引人注目，石碑上刻着“中日不再战”几个大字，让人感慨良多。因此，在我们的习惯思维中，认为樱花这种植物是日本所独有并传入中国，包括春季观赏樱花的习俗也是从日本引进的。

但后来看到一份史料，改变了我们对樱花发源于日本的看法。日本有一本权威著作叫《樱大鉴》，在这部著作中，作者对樱花的历史作了这样的记载：樱花原产于喜马拉雅山脉。被人工栽种后，这一物种逐步传入长江流域、西南地区和台湾岛。在秦汉时，宫廷皇族就已种植樱花，距今已有2000多年的栽培历史，汉唐时代已普遍栽种于私家花园中。至盛唐，从宫苑廊庑到民舍田间，随处可见绚烂绽放的樱花。日本这本权威著作对樱花历史的描述，对樱花的发源地作了与我们的习惯思维大相径庭的结论。按此说法，被称为日本“国花”的樱花的发源地，不是日本而是中国。种植和观赏樱花的习惯最初也是来自中国，中国才是樱花培育、观赏的发源之地。

对这种说法，刚开始我也是将信将疑。后来通过品读唐诗、吟诵宋词，领略了樱花在古代中国的风采，佐证了中国的樱花先于日本。如唐代诗人白居易在公元790年前，对樱花栽种这样称颂道：“小园新种红樱树，闲绕花行便当游。”而唐代诗人李商隐观赏樱花时，更是把樱花盛开的景象描写得惟妙惟肖。他在诗中写道：“何处哀筝随急管，樱花永巷垂杨岸。东家老女嫁不售，白日当天三月半。溧阳公主年十四，清明暖后同墙看。归来展转到五更，梁间燕子闻长叹。”还有宋朝王僧达在仔细观摩樱花树花与叶谁先冒出的特点后，写出了樱花习性的好诗：“初樱动时艳，擅藻灼辉芳，缃叶未开蕾，红花已发光。”这些唐宋诗词关于樱花的描写，说明早在唐宋年间，樱花的种植、观赏在中国已形成气候。我便确信樱花始于中国，也确信樱花是从中国传入日本的。

因为唐朝是中国的鼎盛时期，中日之间的交往日渐密切，日本那时向中国学习，不仅学建筑、服饰、茶道、书法，而且把樱花种植的技术也一并学去了。再从史料上看，日本樱花的种植、观赏从上层社会开始，仅有1000多年的历史，也是在唐代200多年之后。因此，可以说樱花这种物种的发源地，以及这种观赏樱花的习俗，最早还是来自中国。

我们徜徉在樱花树下，回味着樱花的这些往事，心中充满了对樱花源自我国的自豪感。但同时也对日本民族能将从我国传入的樱花这种植物，发展到今天这么繁盛，并作为日本国花加以尊崇，感到了惊讶！据说日本目前新培育的品种就超过300种。特别是樱花绚烂而短暂的自然属性与日本民族的武士道人文精神相结合，形成了独特的日本美学文化和民族精神。反过来又向其他地区输入，并向其发源地的中国输入。其中原委真是耐人寻味。从这里我们是否也得到一些启示呢？我在想：小到一种植物，大到一个国家，不论你之前如何先进、繁荣，如果不能持续努力、持续创新，到后来都会落后；反之，你没有先天良好的基础，但如果你能虚心地学习，取人之长并与时俱进，到头来也会实现超越的。

漫步在植物园枝条交错的樱花树下，想到樱花树的历史变迁，我感到，今天虽然没有欣赏到樱花盛开的场景，但却品读出了樱花这个物种在迁徙过程中引申出来的深刻道理。

原载2021年2月26日《湖南日报·湘江副刊》

怀念祖父

盛夏，我伫立在祖父的墓前，凝视着掩映在苍松翠柏之中的墓碑。白底的墓碑上，镌刻着烫红的三行字。上方一行小字："革命烈士遗址遗迹"。中间排列着七个大字："宋人杰烈士之墓"。下方落款："石门县人民政府立"。

视线越过墓碑，远处，是高耸入云的湘西五雷山脉。蓝天白云下，可以清晰地看见绵亘着的重峦叠嶂。墓地的前方，则是发源于慈利县苗市的道水河，这条常年流淌不息的小河，一直陪伴着在此长眠的祖父，度过了几十个春夏秋冬。

我不知道多少次到祖父墓前拜谒，但这次的意义不同以往。因为今年正值中国共产党诞生一百周年。祖父作为 1925 年就加入中国共产党的早期党员，若泉下有知，见证中国共产党走过的百年辉煌历程，而自己曾为之献身的事业已取得让全世界为之瞩目的历史性成就，我想他一定十分欣慰。

此刻，我心里充满了对祖父的敬仰和思念。过去从当地前辈口中听到的，和从相关史志上看到的有关祖父的往事，一下子涌上心头。

祖父宋人杰，1901 年出生于石门县官渡桥宋家塝。他的父亲是一名清代贡员，幼年在父亲的熏陶和教诲下，就显示出异于常人的聪慧天资。6 岁读私塾时，祖父已能熟背唐诗宋词、《三字经》和《论语》部分章节。12 岁进入石门县第二高等完全小学（今夏家巷花山寺旁），后考入石门中学，与王尔琢、郑洞国为同班好友。在校期间，他常与王尔琢、郑洞国等同学议论时政，立志忠心报国。从少年时代起，就有“不为人杰，亦为鬼雄”的凌云壮志。初中毕业，王尔琢考入湖南甲种工业学校，后考入黄埔军校；郑洞国考入湖南省商业专门学校，后考入黄埔军校；祖父考入常德高等学堂，毕业后考入国立武汉大学。至此，他们三个同班好友开始了不同寻常的人生之路。

听家乡的老人讲，在常德高等学堂毕业时，祖父成绩优异，同时考取了北京大学和武汉大学。因家中经济拮据，只好选取了距石门县较近的武汉大学。上大学的这点费用，也是在众乡亲的资助下勉强凑齐的。因此，在他年轻的心里，就立下了“要发奋读书，将来报答众乡亲”这样朴素的报恩愿望。

进入武汉大学后，祖父更加勤勉刻苦，除完成学校规定的课程外，他还充分利用学校图书馆丰富的藏书，阅读了《共产党宣言》《新青年》等大量中外进步书刊，开始接受马克思主义教育。在校期间，他经常与共产党人和进步知识分子接触，积极参加武大中共党组织发起的学生运动，为马克思主义在武大的传播做了大量工作。这时，他的视野更开阔，从一个农村青年逐步成长为一名有共产主义觉悟的战士。同时，他还与王尔琢保持着密切的联系，经常向他传递情报。1925 年 1 月，经上级党组织批准，他加入了中国共产党。

祖父自幼生长在乡下，对生活在社会最底层的贫苦农民怀着深深的同情。从入党的那一刻起，他更坚定了理想信念，立志将自己的一生献给党，献给为劳苦大众谋求解放的事业。

1926 年 9 月 1 日，北伐军占领武汉，祖父为之欢欣鼓舞。按中共地下党组织的指示，参与组织武大学生支持欢迎北伐军的活动。此前他还按党组织的指示，安排同乡好友王尔琢在武汉黄土坡 21 号民舍与妻女会面团聚，以叙久别的夫妻、父女之情。后虽因王尔琢随周恩来参加南昌起义而未能成行，但王尔琢对祖父的这份情谊十分感激，他在给其父的“托孤书”中还专门提到了此事。

1927 年，蒋介石背叛革命，在上海发动了“四一二”反革命政变。同年 5 月，许克祥在长沙发动“马日事变”。石门县城被笼罩在一片白色恐怖之中。一些意志薄弱者开始退党，有的甚至叛变投敌，成了敌人的帮凶。在这个重大的历史关头，祖父不但没有被吓倒，反而更加坚定，积极地开展党的地下工作。

1928 年 1 月，贺龙、周逸群等一行 22 人从上海来到石门夏家巷，计划与石门县委取得联系，开展武装斗争。祖父得知此消息后，感到情况危急，马上设法联系上了贺龙随员黄鳌这位曾在武汉认识的游击队负责人。经黄鳌同志引荐，祖父连夜见到了贺龙，及时将石门县委遭敌人破坏、县委军事部长罗效之叛变投敌并要联合民团一道抓贺龙的情况作了汇报。在劝贺龙一行赶快离开这危险之地的同时，祖父紧紧握着贺龙的手压低声音说道：“总指挥，让我跟你们一起干吧！”贺龙非常感动，小声对祖父说：“半年后，我带队伍来接你。”接着贺龙、周逸群一行与祖父告别，乘着夜色走小路、穿荒滩，继续西行，经慈利回桑植洪家关去了，由此躲过了一劫。

1928 年 3 月，军阀 43 军雷世光师开进石门，23 日突然包围了石门中学，将祖父宋人杰等人逮捕，押至雷世光师部驻地一一进行审讯，对祖父进行了七天七夜的严刑拷打，要他交出地下党员名单，并劝他脱党自首。面对敌人的酷刑淫威，祖父大义凛然、不为所动。敌人无计可施，3 月 29 日（农历闰二月初八），祖父被国民党反动军阀杀害于石门县城近郊的尼古滩，时年 27 岁。他为党和人民献出了自己年轻的生命。1951 年，人民政府追认祖父为革命烈士。

伫立在祖父墓前，远眺着绵延巍峨的五雷山峰，回想起祖父短暂而宝贵的一生，我的心久久不能平静。我想，祖父有形的生命消失了，但他所为之奋斗的事业，就像这高耸入云的青山一样，长留人间；他的英名，就像这涓涓不息的道水河，让人们永远铭记。在他短暂的生命中，书写出了灿烂、永恒的生命乐章，值得我们永远敬仰和怀念。

原载 2021 年 8 月 6 日《湖南日报·湘江副刊》

长沙清晨叫卖的号子

20 世纪 90 年代初，我刚从常德市来省城工作，就住在东茅街上的一个小院子里。院子的旁边有条小巷，名叫小东茅巷。这条用麻石砌成的小巷，传说是民国时期长沙城里巨富商贾的云集之地。随着民国的消亡，这些巨富商贾也如鸟兽散，只留下一幢幢破败的房子，这条小巷也就失去了当年的繁华。

听人讲，在新中国成立后的很长一段时间里，这条小东茅巷十分冷清，白天只偶尔有行人路过。但每到清晨，天刚蒙蒙亮，这条小巷里各种早点食品的叫卖号子，却一直异常热闹，尤其是以“大馒头、小馒头、窝窝头”的叫卖号子最为响亮。这些清晨的叫卖号子，就像机器发出的那种单调、低沉、干涩的声音，我每天清晨就是被这种叫卖号子闹醒。

刚开始，我听到这叫卖号子很不习惯，抱怨这频繁的叫卖号子吵醒了瞌睡，搅乱了清晨的宁静，因此心里对叫卖的小贩也很反感。特别是看到推着小平板车的小贩，用旧被子包裹着馒头等食品时，内心嫌这些馒头不卫生。因此很长一段时间里，我也从未买过这些馒头当早餐。

有一次，冬天下雪了，我所在的小区停电，机关食堂无法供应早餐。无奈之下，我们只好去推着小平板车的小贩那里买早点。我递过零钱，小贩从车上旧被子中拿出两个冒着热气的馒头，然后用透明的塑料袋装好递给我。就在我从小贩手中接过馒头的一瞬间，我看见了小贩手冻得像仔姜一样又红又肿，他的眼睛里布满了血丝，脸上露出十分疲惫的神情。见此情景，我没有立即离开，找个话题与小贩聊了起来。从小贩的口中得知，他是北方农村人，为了生计来到长沙。他在远离城市的郊区租住民房落脚，民房既是家，又是食品加工坊。他特地说明，他开的食品加工坊有卫生许可证，并经常接受卫生、质监部门的检查。他告诉我，他一年四季几乎每天凌晨两三点多钟就开始做馒头等食品，四点多钟就要推着小平板车进城，六点多钟就开始走街串巷叫卖了。

听了小贩的介绍，我心头猛地一颤，不由得被小贩的顽强的生活态度所感染。我仿佛看见他凌晨两三点起来揉面团、做馒头、蒸馒头的情景；我仿佛听到他乘着夜色推着小平板车发出的沉闷的声音。我深深地感到了他的不易。一个勤劳的小贩形象在我面前忽然变得高大起来。

自从经历与小贩近距离的接触交流后，我对小贩变得亲近起来，经常有意无意地去小贩那里买早点。清晨再听到叫卖号子也感到十分悦耳。有时清晨没听到小贩叫卖号子，还觉得不习惯了！

时代大步向前，当年小街拓宽成大道，有一些小巷被修葺一新，有些房屋修旧如旧，恢复了往日古香古色的民俗风格。为了更加便民，在城区的大街小巷增设了林林总总的门面摊点，这些整齐的临街门面和摊点，将食品加工坊或生产车间与门面摊点合成一体，小商小贩们再也不需要清晨进城，再也不用推着小车走街串巷叫卖了。看到城市的这些变化，看到小贩在固定的整洁的临街门面摊点生产经营，劳动强度减轻了许多，我为小贩们良好的生产经营环境感到欣慰，我为党和政府执政为民的理念叫好，我为这座城市的文明进步感到高兴！

如今的清晨，偶尔也能听到小贩从临街门面摊点上发出的叫卖号子，但早已不是过去的那种单调、低沉、干涩的声调。我似乎从叫卖号子中，听出了他们对今天幸福生活的赞美和对未来生活的希望。

原载 2022 年 8 月 12 日《湖南日报·湘江副刊》

夹山漫笔

从石门县城沿着澧水河往东，再往南约行八公里，便到了环翠挹秀的夹山。

夹山东西双峰对峙，双峰一凸一凹的山势如同夹子，据说这就是“夹山”之所以得名了。但夹山闻名遐迩不是因为山势的奇特，而是因为这里有一座千年古寺和一座不同寻常的古陵。据史料记载，夹山寺始建于晋，兴于唐宋，盛于明清。致使夹山寺出现重大机缘的，是明末清初时，这里来了一位名叫奉天玉的高僧。这个高僧后来才被人发现，他就是号称大顺帝的李自成，也称李闯王。正是因为李自成冠以高僧的法号来到这里，后又在此圆寂并建陵墓，夹山寺便开启了一个全盛的时期。

夹山的四周古木参天，曲径通幽，古寺藏于深山溪涧且人文昌盛，古陵幽静大气且底蕴深厚。一座古寺，一座古陵，让夹山充满了神秘的色彩。为探求这里的神秘之感，初秋，我们来到了久负盛名的夹山。

刚步入夹山古寺前坪广场，就可以看见坐落在广场前面偌大的碧岩湖。初秋的夹山，天空万里无云，一轮朝日从空中放射出耀眼的光芒。湖水清澈透底，在阳光的照耀下，湖面波光粼粼，为初秋的夹山平添了深远幽静的氛围。广场正中央耸立着高大的石碑牌坊，牌坊两侧镌刻着一副对联，格外引人注目。上联是“寺古追唐宋”，下联是“林隐藏帝君”。从这副对联中，可以感悟出古寺的年代久远，也品读出了夹山林荫深处不同寻常的历史风云。此时此刻的夹山显得十分静谧，只有偶尔从古寺深处传来的断断续续的木头撞击古钟的声音。在深山谷中，这钟声似有若无，更衬托出山中的幽静。广场西边是一座小山，半山腰坐落着规模宏大的闯王陵殿。由广场通往闯王陵殿，是一条用仿古青石板砌成的宽阔的阶梯。我们沐浴着初秋的阳光，迎着和煦的微风，沿着青石板拾级而上。

行走在这条古香古色的青石阶梯上，我们仿佛在穿越时空隧道，好像又进入了明代末年那个不同寻常的岁月。明代末年的陕北饿殍遍野，民不聊生，兵荒马乱。1629 年，李自成随高迎祥在陕北揭竿而起，南征北战，屡建战功。1640 年，李自成率领起义大军进入河南，又将李岩、牛金星、宋献策等将才谋士收归麾下，使起义大军如虎添翼，并打出了“均田免赋”顺应民意的旗帜。各地广大民众遥相呼应，“迎闯王，不纳粮”的口号响彻四方。起义大军所到之处，深受民众的拥护和欢迎，而官兵却吓得闻风丧胆。当时的起义大军以摧枯拉朽之势，克襄阳、下湖广、破潼关、夺西安、渡黄河、战太原、打大同，最后直捣明朝老巢北京，逼得崇祯皇帝煤山自尽。1644 年 4 月 25 日，是 38 岁李自成的高光时刻。他头戴斗笠、身披缥衣、乘坐乌驳马，率领起义大军从德胜门进入北京城，受到当地民众张灯结彩夹道欢迎……行走在古朴的青石阶梯上，仰望着气势恢宏的闯王陵殿，我的眼前像走马灯似的浮现李自成率领起义大军横扫大半个中国的历史画面。那时的李自成可谓雄姿英发，踌躇满志。

一会儿，我们便登上了闯王陵殿的前坪。此刻的闯王陵殿十分幽静，只有山谷树林中传来的阵阵窸窸窣窣微风的声音。为了尽快一探李自成陵殿内的究竟，我们在前坪未作停留，径直进入闯王陵殿的大厅。步入大厅，便可见正前方有一座李自成端坐的全身塑像，塑像上的李自成已脱下了戎装，其模样是一个僧人打扮，完全没有了当年驰骋风云的气概。只见他胸前悬挂着一串佛珠，右手拿着一本翻开的经书，面部神色十分凝重，眼睛里蕴含着深不可测的光芒，似乎是在凝神思考。是的，在这幽静的古寺中，有利于他深刻地思考。从他在夹山寺创作的《梅花百韵》系列诗句里，从他兴复夹山寺、建成“九殿一宫”和僧徒“甘苦与共，力耕自食”的行为中，可约略感知到李自成在这座远离尘嚣、幽静的古寺，应作了痛定思痛的思考。这些思考也许包括：如果进京夺取政权后，不被胜利冲昏头脑，仍能保持起义之初“不好酒色，脱粟粗粝，与其下共甘苦”的本色；如果仍能继续心系民众，为民着想，不深居皇宫，沉湎于锦衣玉食、纸醉金迷的生活；如果仍能居安思危，枕戈待旦，不疏于边关边防；如果仍能加强对同僚和部下的管理，不纵容他们横征暴敛，抢掠财物……那大顺朝的历史又将会是另一番景象，绝不会仅仅进京建立政权40天，在武英殿登基才当上两天的大顺永昌皇帝，就被清军打得落荒而逃，最后只落得归隐夹山寺当了一名僧人。我思忖着，李自成在夹山出家当僧人之后，到底作没作过这些思考，我们不得而知，但历史没有“如果”，也不会“重来”，只有残酷的现实让后来者警醒！

参观完闯王陵殿，我们带着一种十分复杂的心情，重新回到了大殿的前坪。站在前坪极目远眺，可以看得见闯王陵殿被苍苍莽莽的群山环抱着。虽然陵殿外墙已略显褪色，但在秋阳的照耀下仍然熠熠生辉。李自成所创建的大顺王朝虽然如昙花一现，但留下的深刻历史教训却历久弥新。

我记得历史学家郭沫若在纪念李自成领导的农民起义军攻入北京300周年时，特地撰写了《甲申三百年祭》一书，从史论的角度深刻地揭示了李自成“其兴也勃焉，其亡也忽焉”的历史嬗变过程。我记得中国共产党的几代领袖，更善于从历史中吸取经验和教训。在延安整风时期，毛泽东主席曾要求将《甲申三百年祭》印发全党学习。1949年3月5日，在党的七届二中全会上，对全党同志提出了“两个务必”的要求。1949年3月23日，毛泽东主席在离开西柏坡前往北平时，称之为“赶考”，并斩钉截铁地说：“我们绝不当李自成！”进入新时代，习近平总书记更是向全党发出了“不忘初心、牢记使命”的谆谆教导。在庆祝中国共产党成立100周年之际，再次要求全党以史为鉴，开创未来，增强忧患意识，始终居安思危，并反复强调“江山就是人民，人民就是江山。中国共产党领导人民打江山、守江山，守的是人民的心”。

历史学家的经验总结，共产党领袖的谆谆教导，让人时刻保持警醒，并将长久地鞭策着我们不忘初心，不可懈怠，继续前行！

2023 年 8 月

难忘的小楼

离开江西井冈山已经有很长一段时间了，我最不能忘怀的是井冈山下那栋小楼。

那天，我们参观了井冈山上的黄洋界、茨坪、大井、小井等纪念地。最后，我们冒着蒙蒙细雨，沿着山下溪边的小路，来到了井冈山茅坪谢氏慎公祠后面一栋小楼。这既是一栋十分普通的客家小楼，也是一栋不寻常的小楼。说它普通，是因为小楼外形与当地农家小楼没太大区别。它的外墙呈赭黄色，有上下两层，每层约三米多高，第二层楼顶有一个八角形的天窗，当地人称它为“八角楼”。说它不寻常，是因为中国共产党和中华人民共和国的缔造者毛泽东同志曾在这里居住，并写下了《中国的红色政权为什么能够存在？》和《井冈山的斗争》这两本著作。在这两本著作中，毛泽东同志着眼于当时国际国内政治、军事、经济、社会的现状，客观地分析了中国共产党和红军生存发展的可能性，并从军事、土地、政权、党的组织、革命性质、武装割据这六个方面进行了深刻的论述。特别是创造性地提出了建立工农武装割据的思想，为后来形成中国革命道路理论奠定了重要基础，为当时处于迷茫中的党和红军指明了前进方向，增强了人们对红色政权必胜的信心。这栋小楼因为与一位伟人和伟大的思想联系在一起而显得不同寻常。

那天，我们怀着虔诚的心情走进了这栋小楼。顺着狭窄的木扶梯，登上了位于第二层的毛泽东同志卧室兼办公室。室内陈设的简朴让人顿生敬意！借着楼顶八角窗户投射进来的光亮，可以看清，室内一角摆放着一张旧床，床上放着一卷薄薄的紫白色相间的蜡染土被。床的一侧约有半米见方的小窗，窗户下面是一张小书桌，书桌旁边摆放着一盏豆油灯，书桌中间是用透明玻璃罩着的两本书。一本是《中国的红色政权为什么能够存在？》，另一本是《井冈山的斗争》，是毛泽东同志 1928 年 10 月、11 月在这里完成的。看到室内如此简朴的陈设，目睹着这些毛泽东同志曾经用过的原物，我的内心受到了极大的震撼！当年毛泽东同志就是在这样艰苦的条件下，借着这盏豆油灯发出的微弱的光亮，写出了这两部闪耀着万丈光芒的鸿篇巨作，从此将中国革命引上了唯一正确的道路。

我伫立在小书桌前，带着十分崇敬的心情，目睹着室内简朴的陈设，联想到之前在黄洋界、茨坪、大井、小井陈列室看到的那些艰难的历程。了解到毛泽东同志创立井冈山革命根据地所遇到的艰难险阻和经受的无数挫折，我的眼睛慢慢潮湿了。我想，毛泽东同志作为党和军队的创始人，作为开国领袖，在创业之初是多么地不易！他的不易不仅是生活条件的艰苦，要忍受着饥饿、病痛的困扰；也不仅是面对敌人的疯狂围剿，在数倍于我军力量的敌人围追堵截中，使红军获得一线生机；还表现在他的许多正确主张不被当时“左”倾中央主要负责人采纳，政治上受到打击，职务上受到不公正对待。我记得毛泽东同志在井冈山曾被误开党籍；1929 年又落选了红四军前委书记；特别是 1931 年到 1935 年初，在红军长征前后，他完全丧失了党内和红军内的一切权力，变成了一个无职无权的“普通人”。面对这些挫折和委屈，他仍然以大局为重，服从组织决定，忍辱负重地忘我工作。他仍然关注着前线硝烟弥漫的战况；仍然不露声色地从事苏区社情民意的调查研究；仍然手不释卷地研读马列著作；仍然认真客观地总结对敌斗争和红军建设的经验教训……

毛泽东同志虽然身处困境，但为了党和红军崇高的事业所展现出来的坚强意志，所达到的完全无我的崇高的精神境界，所拥有的容得下巨大委屈的豁达乐观的胸襟，是他作为一代伟人最宝贵的品质。也正是这种宝贵的品质，使他能够带领中国共产党和红军战胜一个又一个艰难险阻，夺取一个又一个伟大的胜利。陈列在黄洋界纪念馆的诗词为证，1965 年 5 月，毛泽东同志在重上井冈山时创作的《念奴娇 · 井冈山》，就表露了这位伟人的心路历程：“犹记当时烽火里，九死一生如昨。独有豪情，天际悬明月，风雷磅礴。一声鸡唱，万怪烟消云落。”伟人创业的艰难，从“九死一生”中可见一斑；又从“独有豪情”中体会到了伟人海纳百川的博大胸襟。

井冈山下的这栋小楼，是毛泽东同志艰难创业的一个缩影，是引导中国革命航船冲破迷雾、驶向胜利彼岸的一座灯塔，是留给我们党和人民最宝贵的精神财富。

我们永远难以忘怀这栋小楼。

2023 年 8 月

域外杂记

重到美国的断想

2011 年的 4 月下旬，连我自己也没有想到，会在这个时间再次来到美国。初到美国是在 2006 年的 12 月，那次是应北美汽车工业协会的邀请，去过了底特律、纽约、华盛顿、旧金山、洛杉矶等几个主要城市。时隔不到六年，我又重新开启了美国本土之旅。只不过那次是专门去美引进通用汽车技术合作的商务谈判，而这次是借道美国去南美。

我们是于 2011 年 4 月 27 日下午 4:20 到达芝加哥奥黑尔国际机场的。离开北京时也是 4 月 27 日下午 4:10，因为在太平洋上飞过了国际日期变更线，时间又减少了一天，所以 27 日从北京出发，尽管飞行了 12 个多小时，到达美国时还是 27 日，似乎时间还停留在原地。这倒让我对时空观产生了遐想。速度可以改变时间，也可以改变空间。速度越快，如宇宙飞船超越了人类现有的时空就不会受到现有的时空观的束缚。像我们今天在原地生活，时空依照现有的时空观发生变化。但如果往东走，跨越国际日期变更线，人的寿命却又多了一天。如果往东的速度越快，在同样的时间绕地球更多圈，甚至脱离地球，则可以使寿命更长地延续下来。这样一联想，倒觉得这是一种有趣的事情。

从遐想回到现实中来，我的眼前呈现出来的是实实在在的芝加哥城。飞抵芝加哥城上空，从飞机上俯瞰芝加哥城，看到的是鳞次栉比的高楼大厦，这情景让我们感到一些兴奋，但落地后的经历却让我们兴致大减。

刚进入芝加哥国际机场，首先让人遇到的是很烦琐且效率低下的过境手续。偌大的候签大厅排了很多的等待过境的签证之人，而签证入境的口子却只有少量几个。我们大约等待了两个小时才来到入境签证处，签证官向我们问了几句无关紧要的话，按了指纹就进到关内。我们发现不少人尽管心里有不少的意见也只得憋着，他们对签证官员那种拖沓懒散的作风表示出了极大的不满。由于被长时间地延误，我们对芝加哥城原有良好的印象一扫而光。出了机场，我们约莫坐了 40 多分钟的车，便进到芝加哥市内。路上两边高大的建筑物以及五光十色的霓虹灯光，再也引不起我们的兴趣，只想尽快到住地，早点休息以缓解长途旅行带来的疲劳。

虽说芝加哥机场入关时给我们的印象不好，但芝加哥作为一座国际大都市，特别是芝加哥人民的勤劳和聪明才智，我还是早有耳闻。他们靠艰苦奋斗修建运河，将内湖与海洋连通的壮举，曾深深地影响过我。芝加哥位于美国中部的伊利诺伊州，面积 606.2 平方公里，人口 309 万，为美国第三大城市。芝加哥作为一个内陆城市原本与海洋是不通的，1848 年当地民众修建了伊利运河，将芝加哥市附近的密歇根湖与纽约连通。20世纪80年代，又开通了圣劳伦斯海道，使大西洋的两万多吨级的海轮通过圣劳伦斯湾直接进入芝加哥，从而使该市拥有了湖、河、海连通的大港。大港的开通和丰富的资源，让芝加哥发展成本低廉，使这里成长起了世界多个“之最”。芝加哥机场是世界最繁忙的机场，在世界十大机场中排名第一；有世界最大的粮食交易所——芝加哥粮食期货交易所，它的大豆、小麦价格影响着全世界；有美国最高的摩天大楼，连纽约帝国大厦以及“9·11”以前的纽约世贸中心也为之逊色；还有美国最大的科技博物馆和世界最大的照明喷泉。这些世界之最凸显了芝加哥在美国的地位，也凸显了芝加哥人民的勤劳与智慧。这也进一步证明了“人民是创造文明的动力”这一真理。

2011年4月28日凌晨2:46于美国芝加哥Central Loop Hotel

湖

年少时我就对湖心向往之。小时候住在外祖母家，屋后有许多宽大的水塘，当时误以为就是湖。最高兴的是在长辈们的带领下，到被我误以为湖的水里捕鱼捞虾，或捞水草。在我儿时的记忆中，湖就是一片可以捕鱼、捞虾，藏有许多童趣的地方。后来随着年龄的增长，阅历的增多，特别是到了国内一些知名湖考察，对湖的认识又加深了一层。到鄱阳湖，品《滕王阁序》，听渔歌唱晚，赏水天一色，感受到湖的万般风情；到洞庭湖，诵《岳阳楼记》，看一碧万顷，观万千气象，感受湖的忧乐情怀；到昆明湖，吟对联长诗，看湖上风来，忆千年往事，感受湖的历史底蕴。这些阅历，使我对湖承载的丰富内涵的认识产生了质的飞跃，从而也勾起了我对中外湖进行比较的愿望。这次访问芝加哥，给我提供了一次感受国外湖的机会。

芝加哥是全美第三大城市，使这座城市能熠熠生辉的是环绕在她周围的密歇根湖。密歇根湖据说是全美最大的内陆淡水湖，面积约为 5.8 万平方公里。在 1848 年以前，密歇根湖与外界河流、海洋是不相通的。勤劳的芝加哥人民从 1825 年就开始修建伊利运河，想与纽约沟通，尔后又修建了伊利诺伊－密歇根运河。20 世纪 50 年代，美国与加拿大合作，又开通了圣劳伦斯海道，使大西洋与密歇根湖连在了一起。因为这些运河，地处内陆的芝加哥成为美国内陆最大的港口，因为她与大西洋连通，又可以称之为美国内陆的海港。芝加哥因此也成为美国水陆交通的枢纽。

我们是中午到达这里的。那天密歇根湖阳光和煦，在习习微风中我们登上了开往湖中的考察船。在一阵急促的“哒哒哒”的机器轰鸣声中，我们驶离了码头，考察船开始在运河中缓缓前行。这条运河连接密歇根湖与伊利湖及大西洋，自密歇根湖经过运河前往伊利湖，中间要穿过芝加哥城。据同行的当地人介绍，原来运河河床比密歇根湖高出许多，运河水就往密歇根湖倒灌，在当年人们不重视废水处理的情况下，城市的生活废水和各种工业排放的废水也随着运河排入了密歇根湖。眼看着偌大的洁净的密歇根湖将被污染，时任芝加哥市的市长在广泛征求专家意见的基础上，形成了将运河河床挖深，让密歇根湖水流经运河，再经伊利湖向大西洋流动的方案。正是市政当局采纳并实施了这个措施，才有了今天流经芝加哥城区的密歇根运河。

船载着我们逆着密歇根湖水流的方向前行。清澈的湖水流过这座城市，让这座城市有了灵性。运河河道不宽，大约几十米，两岸是鳞次栉比的摩天大楼。我们穿行在河道中，仿佛是穿行在高耸入云的建筑群中。这条运河有百余年，也承载和见证了这座城市建筑物百余年的风风雨雨。行进在这条河道上，可以清楚地看见芝加哥市的摩天大厦，尤以西尔斯大厦和阿摩科大厦为代表。据说，这两座摩天大楼分别达到443米和346米，在很长一段时间内，它们在全球分别排名第一和第四。不仅如此，沿着运河在城中穿行，还可以领略其他高楼的风采。如那栋36层哥特式建筑，是驰名全球的芝加哥论坛报社大楼；还有那栋高260米、共60层的建筑物，是芝加哥第一家银行大楼，在1969年竣工时，号称是世界最高的银行大厦。更引人注目的一栋高大的建筑物上，有四根天线高耸入云。这不同凡响的造型，展示了这家公司不同凡响的身份，它就是赫赫有名的波音公司总部大楼。据同行的当地人介绍，芝加哥40层以上大厦就有50余座。这些高大的标新立异的摩天大楼，就像一座历史与现代结合的永不落幕的建筑博览会。

考察船在运河上缓慢移动，隔了不多久就要穿越一座铁桥。我们从桥下驶过，看见这些百年以上的钢桥，显得凝重大气，从桥下可以清晰地看见每一个铆钉都那么完整。桥上川流不息的汽车和人群，构成了这条城中河上最具特色的场景。有人做了统计，整个芝加哥市共有这样的铁桥85座，它们将城市东西两块连成了一体。

考察船不一会儿驶进了船闸。这个船闸将密歇根湖与运河隔开。我们由运河进入密歇根湖时，前面的船闸关闭，待我们的考察船进入船闸后，靠近运河的船闸关闭，靠湖的船闸缓缓打开，让湖水流进来。我们站在船的前舷甲板上，看到深绿色的湖水由 1 米高的平台缓缓流入船闸之中，船闸水位与湖面相平的时候，船闸完全打开，我们的考察船便缓缓驶入密歇根湖了。

我们走上考察船最高一层甲板，极目远眺，一幅壮丽的画面映入我们的眼帘。望不到边的深绿色的湖水从天边层层叠叠地舒展而来，湖上的风卷起阵阵波澜，仿佛要将我们的五脏六腑都洗得干干净净。天上云彩团团锦簇，与湖面相接之处又露出一片碧蓝碧蓝的颜色。空中不时有鸟儿在飞翔，发出阵阵啼叫声，更衬托出了湖面的空旷。我眺望凝视了大约十来分钟，完全被眼前的情景吸引住了，几天长途旅行带来的疲倦一扫而光。

这次考察密歇根湖以及与此相关的密歇根运河，时间虽短，但给人的收获是很大的。我感到：密歇根湖由一个内陆湖拓展为海洋的一部分，使芝加哥市成为美国内陆最大的港口城市，并跃升至全美水路交通的枢纽，从而造就了芝加哥市今天的繁荣。这体现了美国劳动人民的智慧和勤劳。与我国一些湖相比，这里的湖虽然少了一些人文历史底蕴，但她的工业化气息浓，交通便捷，从而形成了显著的工业化和实用性的特色。我想，这大概是中外湖泊区别之一吧。

2011 年 4 月 29 日凌晨 5:21 第一稿于美国芝加哥 Central Loop Hotel

2022 年 3 月 4 日《湖南日报·湘江副刊》刊发

西尔斯大厦里的遐思

到了美国芝加哥市，当地人都会介绍你去西尔斯大厦参观。这是因为她的高度在马来西亚吉隆坡的450米双塔中心大厦落成前，一直保持了“世界第一高楼”的美誉，她是芝加哥的标志性建筑，她是芝加哥的骄傲。

4月29日上午，我们慕名参观了这栋高楼。外墙是镶嵌着青铜色玻璃的幕墙。大楼由三个大的层次组成，由下往上呈梯形排列，又像几个大“品”字层层往上叠加而成，给人一种很稳定的感觉。进入底层大厅，偌大的候梯厅显示不凡的气势，底层高约莫20米。随着熙熙攘攘的人群我们依次排队进入底层电梯，然后乘坐底层电梯先到大楼的10层通过安检，再排队依次进入登高的快速电梯。据同行的工作人员介绍，从10层到103层的天空观景台（Skydeck）仅需要1分钟，可想这个电梯的速度有多快。

在漫长等待后，我们终于进入了登高的电梯。电梯启动了，只感觉人不停地往高处上升，快速地上升！这时，我眼前瞬间仿佛闪现了这座大厦多年前建设的画面。1971年这栋大楼开始奠基，1600多名工人挥汗如雨地劳动在工地，他们用钢铁梁板，一块一块、一层一层地焊接着这栋巨大的建筑。整栋大楼共用了7.6万吨钢，1974年落成对外开放。

电梯飞速地升高、升高。我的思绪也快速地回忆着芝加哥这座城市发展的历史。芝加哥是全美国最大的钢铁生产基地，与她临近的苏必利尔湖丰富的铁矿石，支撑了钢铁工业的高速发展，加之水路、铁路和高速公路枢纽的作用，保证了附近的焦煤能及时运达这里。这些天然的条件，有力地促进了芝加哥钢铁工业的快速发展，使芝加哥很快就取代了美国钢铁城匹兹堡，成了全美最大的钢铁生产中心。

据史料记载，从20世纪60年代到21世纪初，芝加哥钢铁年产量生铁为1800万吨，钢材为2500万吨，焦炭为1550万吨。这里有全美最大的钢铁联合企业。巨大的钢铁产量，促进了芝加哥城市建筑业的发展，40层以上的大厦达到50余座。每天这里都在建设新的摩天大楼，而这些摩天大楼全是钢架结构。在钢结构的外面再用一些大理石、瓷砖和玻璃幕墙进行装饰，便形成了今天呈现在人们眼前的幢幢摩天大厦。钢铁业的高速发展推动了建筑业的蓬勃发展。而建筑业的发展，特别是摩天大楼的建造，有力地拉动了钢铁工业的发展，它们相互依存、相互促进，芝加哥真应该称之为钢铁和建材的城市。钢铁工业与建筑业造就了今天芝加哥城市的繁华。

高速电梯飞速地往上攀升，我的思绪也飞快地转动着。忽然我感到了一丝痛楚，二十世纪六七十年代正是美国这些西方国家工业发展的鼎盛时期。它们在这近20年的时间里，发展了以钢铁、电子计算机、信息技术为代表的现代科技和现代工业，使国家不断地强大，国力不断地增强。而我们却在这段时间内受极左思潮的干扰，导致经济徘徊、技术滞缓。庆幸的是进入20世纪80年代，中国进入改革开放的现代化时期，开始强调尊重知识、尊重人才，重视科教兴国，强调发展是硬道理。经过30多年的努力，中国发生了翻天覆地的变化，我国的经济总量已居世界第二。尽管我国取得了这么辉煌的成就，但在科技领域，与美国等发达国家仍然有不小的差距。我们没有任何骄傲自满的理由。尤其是今天，我们一定要坚持发展这个硬道理，更加开放，更加深化改革，更加注重科学技术的创新。任何时候都要把发展科学技术、发展生产力作为第一位的任务。

在我飞快思考这些问题的时候，电梯也飞速地跃升到了103层，这第103层被称为天空观景台（Skydeck）。走出电梯，站在这观景天台上，可以一览无余地看到芝加哥城市的全景，此时此刻，我感到视野也变得更开阔了……

2011年4月30日晨6:00于芝加哥Central Loop Hotel

巴西圣保罗印象

经过约十小时的飞行，这架从芝加哥起飞的偌大的空中客车开始下降，我坐在机舱里明显地感到了团团气流撞击机身带来的抖动。我打开舷窗遮阳板，向窗外眺望，可以清晰地看见起伏的山峦、茂密葱茏的森林、黄绿交错的田野和错落有致且红白相间的房屋，我知道我们乘坐的这趟空中客车就要降落巴西著名的城市圣保罗了。第一次飞临南美，第一次即将踏上巴西的土地，一种未曾有过的期盼让我有些情不自禁。过去从教科书上读到的有关巴西的人文地理的风情，像走马灯似的清晰地出现在我的眼前。

巴西位于南美洲东南部，北临法属圭亚那、苏里南、委内瑞拉和哥伦比亚，西接秘鲁、玻利维亚、阿根廷和乌拉圭，东濒大西洋。巴西国土面积为851.49万平方公里，约占南美洲面积的46%，是南美洲面积最大的国家。2008年，巴西、俄罗斯、印度、中国因第一个大写字母“BRIC”正好为英语的“砖”，而这几个国家作为经济新型体发展快，在世界经济舞台上正扮演着越来越重要的角色，被经济学家称为“金砖四国”。2011年加上南非的“S”，正好构成复数，称之为“金砖国家”。2011 年 4 月，在中国的海南博鳌召开了金砖国家会议，表现出这几个国家将在世界舞台上承担更大的发展责任的决心。足见巴西的地位之重要。

巴西这个国家气候条件很有特色。气候与我国相仿，只不过我们是在北半球，巴西位于南半球，她的四季与我国相反。我们的冬季，她正好是夏季；我们的春季，她正好是秋季。我们来的时候正好是我国的春季、巴西的秋季，这也是巴西最好的季节。巴西国土 80% 位于热带地区，最南端属亚热带气候；北部的亚马孙平原属于赤道气候，年平均气温达到 27 ～ 29℃；中部的高原属于热带草原气候，分旱季、雨季；南部地区的平均温度 16 ～ 19℃。

最让我不能忘记的是巴西的自然资源，她是一个森林大国，森林面积约占国土面积的 40%，居世界第二，最著名的是巴西红木；再就是她的水利资源十分丰富，水电能力 2 亿千瓦，居世界第二位；据说建在巴拉那河上的伊泰普水电站，是仅次于我国三峡的世界第二大水电站。最让人惊讶的是巴西的矿产资源。目前已探明的矿藏储量 250 亿吨，储量集中、品位很高。其中铁矿的产量、出口量均为世界第一；锰、铝、铀矿均居世界第三；还有铌、钽、铍、钍、镍、黄金等有色金属储量十分丰富。丰富的自然资源和优越的地理位置，让殖民主义者趋之若鹜。我还记起了，历史上这里原为印第安人的居住地。约在 16 世纪，准确时间为 1500 年 4 月 22 日，葡萄牙航海家佩德罗 · 卡布拉尔冒险登上这块土地，他将这块土地宣布归葡萄牙所有。葡萄牙侵略者强夺豪取，使巴西从此沦为葡萄牙的殖民地。而葡萄牙殖民者的掠夺是从砍伐巴西木（葡萄牙语译为红木，Brasil）开始的，故这个带有殖民掠夺意义的名字便成了今天巴西的国名。巴西作为葡萄牙的殖民地，一直将葡萄牙语作为官方语言。

殖民者和殖民地现象是一个十分耐人寻味的现象。作为先进技术、文化的传播者，他们代表了一种先进的生产力，是所谓文明的代表。但作为杀戮、掠夺、战争的代名词，他们又是殖民地历史的罪人。无论是北美洲的加拿大、美国，还是今天的巴西、阿根廷——前者是英国的殖民地，后者像巴西是葡萄牙的殖民地，阿根廷是西班牙的殖民地。这种殖民文化似乎有着十分矛盾的特征，它们一方面推动殖民地的发展和进步；但另一方面也给这些地区的人民带来灾难，对当地人民进行杀戮、掠夺甚至带来战争！下午我们到圣保罗市区参观时，就明显地感觉到了这一点。

飞机徐徐降落在圣保罗国际机场。据陪同我们出访的当地朋友介绍，这是南美最大也是最繁忙的机场。我们报了关，很快地办完了通关手续，便行进在通往圣保罗市区的高速路上了。

陪同访问的当地朋友，一路上向我们介绍起圣保罗的嬗变的历史。我们才知道圣保罗市是南美最大的城市，也是圣保罗州的首府。圣保罗市始建于1554年，她是以天主教圣徒保罗（Paulo）的名字命名。1554年1月25日，葡萄牙殖民者来到这里，发现此地位置优越，便开始在此大兴土木建城，因这一天恰好是天主教纪念圣徒保罗的日子，人们便将这座城镇命名为圣保罗。听完介绍，看到大路两旁不时掠过的哥特式建筑的教堂和各种欧式风格的建筑物，我们的心里对葡萄牙殖民者又有了新的认识。这些殖民者来到这片印第安人的居住区，不仅有凶神恶煞的一面，也有文明传教的一面。目前据说圣保罗市多数人都信奉天主教，从这里也可以看出宗教的力量远远大于武力镇压的力量。它来得更隐蔽、更持久，更能征服殖民地的人心。

不一会儿，汽车载着我们路过圣保罗大教堂。这座始建于1913年的哥特式建筑的大教堂直到1954年才建成。这座高耸入云的哥特式建筑，真令人震撼！教堂前是宽阔的森林广场，广场上聚集着身着各式服装、不同肤色的人。当地的朋友告诉我们，每到周末这个教堂便挤满了来做祷告和忏悔的信徒，他们以这种方式来拯救魂灵，洗刷罪孽，同时也寄托慰藉。我常常想，信奉某种宗教，的确能规劝人们弃恶扬善，但也不能完全阻止一些人行恶。吸毒、抢劫、杀人等犯罪的行为不也充斥于这个城市吗？当地朋友介绍，这个大教堂周围混杂着一些专门靠打劫为生的匪徒，特别是针对外地人，劝我们不要下车进入教堂参观。对此我们不禁纳闷起来。同行的当地朋友看出了我们的疑惑，接着解释道：“教堂虽然是神圣之地，但圣保罗市是一个贫富悬殊的城市。圣保罗的窃贼不是少数，这些劫贼常常出没在大教堂的周围，他们最喜欢以外地游客为抢劫对象。”当地朋友的这番话语，让我们对该地的巨大贫富差距加深了了解。

离开大教堂，我们去了位于市区的独立公园。公园内有仿照法国凡尔赛宫建成的皇宫。据说这座公园是为了纪念巴西宣告独立时用的，但遗憾的是，在巴西宣告独立时，这座宏伟宫殿没有如期竣工，于今却成了供人们游览的景观之一。我们顺着宫殿的台阶拾级而上，不禁记起了过去从历史教科书上读到关于巴西独立有趣的故事。

葡萄牙占领这块土地后，1821 年，葡萄牙国王便派了佩德罗（Pedro）在此任摄政王，这个摄政王当政一段时间后便宣布独立，脱离葡萄牙的统治，并于 1822 年建立巴西帝国。葡萄牙国王看见自己的儿子宣布独立甚是恼火，想派兵平叛，但远隔万里之遥，没有精力进行讨伐，只能眼睁睁地看着葡萄牙的领地独立出去。佩德罗当国王不久，又被当地巴西人赶下台，到了 1964 年 3 月巴西军人政变上台，实行独裁统治，1967 年将国名定为巴西联邦共和国。不论巴西政权怎么更替，但它作为葡萄牙殖民地的历史是无法改变的。葡萄牙在长达 300 年的统治时间里，深深地影响了这里的文化、历史、科技、习俗等诸多方面。在圣保罗市区可以见到葡萄牙等欧洲国家文化留下的深深的印迹，特别是她的建筑，彰显了欧洲建筑特色，不论是风格各异的别墅群落，还是摩肩接踵的摩天大楼，都融进了欧洲建筑元素，使人走在大街小巷都仿佛有在欧洲城市踽踽而行的感觉。

行进在圣保罗的城市里，印象深刻，我们这些初次到巴西圣保罗的造访者对它有了粗浅的认识，同时也对葡萄牙殖民者，特别是对葡萄牙这个早期帝国有了更深的认识。昔日称雄世界的葡萄牙帝国，当年真是纵横捭阖、野心勃勃。但随着殖民地人民的觉醒和反抗，这些强夺豪取的殖民者只能偏安一隅了。我体会出，这个世界上所谓的强国也不是一劳永逸的。

2011 年 5 月 2 日清晨 4:27 于巴西圣保罗 Sofitel Luxurx Hotel

伊瓜苏大瀑布

很早以前就听人说起过南美的伊瓜苏大瀑布。这个瀑布位于阿根廷北部与巴西交界处的伊瓜苏河下游，被人们誉为南美第一奇观。伊瓜苏在当地印第安人的瓜拉尼语中意为“大水”。到巴西的伊瓜苏看瀑布也是我多年的愿望，没想到 2011 年，这个愿望终于变成了现实。

那天清晨我们早早地就到了伊瓜苏镇，原以为到了伊瓜苏镇就可以看到瀑布了，但随行的小郭告诉我们，还要搭乘汽车，穿过 15 公里的原始次生林才能走进伊瓜苏大瀑布。于是，我们在焦灼不安的情绪中登上了开往伊瓜苏大瀑布的大巴。

汽车在原始次生林的公路上穿行，沿途路边枝繁叶茂的各种原始次生林的景色我们也无心欣赏，一心只想早点到伊瓜苏大瀑布跟前，一睹她的风采。约莫走了半小时，车在一处高地停下来。随行的小郭往前一指告诉我们，前面就是伊瓜苏大瀑布了。我们循着小郭手指的方向远远望去，只见几条白而发亮的水帘柱从悬崖上落下来，没有气势，也没有水雾。我们心里纳闷：这几条水柱也可称得上世界著名的大瀑布？！我们心里顿时懊悔了。小郭似乎看出了我们的心思，告诉我们这里不是主瀑布，并说道：“伊瓜苏大瀑布是一个瀑布群，瀑布平均落差40米，最大落差82米，大大小小的瀑布错落有致地排成一个马蹄形，洪水期宽度大约有4000米，比位于津巴布韦和赞比亚接壤处的维多利亚瀑布还要宽很多，为‘世界第一宽’瀑布。特别是处于最顶端的瀑布咽喉，气势非常磅礴，有‘魔鬼咽喉’之称。”听罢同行小郭的介绍，我们将信将疑，沿着崇山峻岭中的小道，一直朝着马蹄形的瀑布方向走去。

小路的两边是参天原始森林，遮阴蔽日。其间不时可以看到野猪、山猫、猿猴在林间出没，似乎对远道而来的我们表示欢迎。山的对面也可以看到一条条闪着银光的小水柱从高处悬崖直泻山脚，发出水柱落下时撞击山谷沉闷的声音，这声音从对面山脚飘至我们的耳际。对面山脚下是一条奔涌的河流，当地人称之为巴拉那河，河床不宽，但水流量却很丰富，流速很快，小水柱从上落下时激起了团团浪花，让人目不暇接。我们急促地往像小水柱的瀑布群深处走着，忽然空中飘起了一阵阵雨丝，抬头一看，只见雨丝从天空纷纷扬扬地落下来。我感到疑惑，天空分明是阳光灿烂，朵朵白云停在空中，这从哪儿来的雨呢？同行的小郭告诉我：“这是瀑布口瀑布从悬崖上坠落时溅起的水雾，这水雾由风送至这里。”听罢，我想这瀑布落下的水柱肯定是十分壮观的，不然怎么会有这漫天的水雾呢？

我们继续沿着崇山峻岭中的小路急促地往前走，拐过前面的小山坡，定睛望去，一幅摄人心魄的画面展现在我的眼前。瀑布飞流而下形成的雨雾铺天盖地般地落下来，落在河床上变成了块块白色的云雾；又像千万只受惊的白色的羊从悬崖急奔而下，发出雷鸣般的吼声。此时，你分不清谁是云团，谁是水瀑，只见阵阵雨雾夹着雨水从天而降。忽然间雨水比先前大了许多，我们的头上、脸上、身上都被雨水淋了个半湿。这时一道七色彩虹从这边山谷后传到那边山谷之中，像一座巨大的天桥发出的七彩之光。近距离看到这偌大彩虹，我们不约而同地惊叹不已。当地人把这七色彩虹视为“圣洁之光”。这清澈的河水，从高达80多米的高空落下时为乳白色，落进河里翻起了滚滚白色浪花。它一会儿又成了浅蓝色，一会儿又幻成深绿色。这洁净的水晶莹透亮，没有一丝杂质，让人忍不住从河中掬一捧来细细品尝。

这时瀑布水声似乎分外响了。我们顾不上路途的疲劳，快步向称之为“魔鬼咽喉”的瀑布中心走去。顺着人工搭成的小木桥，我们来到了瀑布下面。抬眼望去，只见千万条水柱构成的白练从几十米高的悬崖上奔涌而来，那力量、那气势真是动人心魄！溅起的水雾，如同蒙蒙细雨纷纷地洒落下来。不少有经验的当地人都穿上了事先准备好的雨衣，防止从高空落下的水打湿衣服。我们却没有任何准备，什么也没带，被这从天而降的水雾淋了个透湿。这时我们全然不顾浑身湿透，久久地站在瀑布边的小桥上眺望凝视。我们一边欣赏瀑布壮丽的景观，一边吸吮着水雾带来的湿润清新的空气。此时此刻，我们真有一种超凡入圣的感觉。一切都那么纯真，那么自然！我们感到这是大自然给我们长途奔袭到这里最好的馈赠。

约莫片刻工夫，我们又从瀑布下面，跃上了山顶。从上往下看，瀑布仍然是那么有气势，能够看见伊瓜苏河水怎样流经这里突然变成这奇异景观的。有一句话说得好——“瀑布的奇观是河道无路可走而逼出来的”。这伊瓜苏河在上游本来是缓缓平坦的，但到了这里却变成了落差几十米的悬崖绝壁，水流还得前行，不能停滞，只得做了“生死一搏”的选择，从高达几十米的悬崖上纵身落下。这一落下就演绎了精彩绝伦的水流风姿。本来一条默默无闻的河，由于这“无路”抉择，展现出了无与伦比的风采。此时一个灵感袭上我的心头，我想人生的经历何尝不是如此呢？人生坦途，一帆风顺，是无法上演美轮美奂的精彩人生的。恰恰是在无路可走而“逼上绝路”时，才能演绎出连自己都无法预想的精彩事业、精彩人生！从瀑布之路联想到人生之路，这是我在观赏伊瓜苏大瀑布时收获的另一种感悟。

水雾还在不停地从天空飘飘洒洒地落下。我们站在瀑布旁边山峰的高处远眺，久久不忍离去。我们注视着伊瓜苏河水闯过悬崖，变幻成了磅礴大气的瀑布之后，沿着新的河道急促地向前流去……

2011 年 5 月 3 日清晨 5:05 于伊瓜苏小镇 Bourbon Hotel

伊泰普水电站

5月3日上午9:30，我们乘坐的巴西航空公司空客A320飞机缓缓地驶向伊瓜苏机场的跑道。阳光透过舷窗照进舱内，照在我们的脸上，感到一阵阵暖意。突然，飞机调了一个头，在跑道一端的起点停了下来，飞机发动机的轰鸣声忽然格外响了起来。瞬间，飞机在跑道上开始高速行驶，加速，加速，再加速！一会儿这个庞然大物轻轻地驶离跑道，往上，往上，再往上！我紧贴着舷窗，朝窗外久久凝视。伊瓜苏城市变得越来越小了，成片的绿色森林在飘浮着的白云下面，越来越呈现出深绿色。在苍苍莽莽的森林中一条宛如白练的河流，不断向远方延伸，延伸，直到消失在尽头。飞机越飞越高，地面的房屋、村落、森林、河流和微微隆起的山峦越来越模糊。而昨天参观伊泰普（Itaipu）水库和伊泰普水电站的所见所闻，这时却越来越清晰地出现在我的眼前。

"伊泰普"原是巴拉那河中一个小岛的简称，在印第安语中是"会唱歌的石头"的意思。这段发源于巴西高原的河流，在这里河道变窄，而河水却变得水流深、落差大。据当地朋友介绍，河宽只有400米，而水深却达45米以上，落差则高达120米左右，形成了一个天然的筑坝蓄水之地。河的西岸是巴拉圭，东岸是巴西。因此，这一段河流归两国共有。当地朋友说，为共同开发这一丰富的水利资源，巴西和巴拉圭政府商定共同建造伊泰普人工湖，蓄水发电，并将这个水电站取名为伊泰普水电站。这项宏大的工程于1974年5月动工，直到1991年5月才竣工，前后共花去了17年。伊泰普水电站在当时创造了装机容量、蓄水量、总坝长等多个“世界第一”的美誉。这些世界第一的纪录，直到2006年我国建成三峡大坝水电站后才被改写。

乘着大巴参观伊泰普水电站，首先我们来到大坝对面的景观亭。站在亭中远远望去，只见大坝像一条绵延的大山横卧在我们的面前。18根粗圆的发电水泵稳稳地耸立在大坝中间，像18个巨柱支撑着大坝。这时有一个电泵正喷着水，粗大的水柱从高空的泵站落下，形成了一道壮观的风景。大坝下面是奔流不息的巴拉那河，上游注满的河水携带巨大的力量推动大坝上多个水泵高速运转后直泄河中，又不知疲倦地往下游流去，这情景真让人震撼！

一会儿，我们又来到了主坝上，车子载着我们缓缓地在宽广的主坝上行进。右边是18台雄伟的发电机组和2个宽大的泄洪道，透过车窗可以看见大坝下方的广阔的原野和蜿蜒起伏的群山，在阳光的照耀下，显得异常雄峻开阔。左边是宁静宽广的湖面，湖的两旁是苍翠欲滴的群山。远远望去，水天相接处呈现出一片湛蓝色，此时，你分不清何处是湖水，何处是天空。

我们一边观赏车窗外风景如画的景色，一边饶有兴致地听着当地朋友介绍伊泰普湖和伊泰普水电站的过往的历史。这座人工湖坝长 8500 米，主坝长 1500 米，坝高 176 米，蓄水量达 290 亿立方米，湖面纵深 175 千米，湖最深处可达 250 米。发电的总装机容量达到了 1260 万千瓦。发电站产生的电能由巴西和巴拉圭两国平均分享，而且规定，一方用不完必须卖给对方。巴拉圭用电量少，所以大部分电量实际上由巴西使用。

车在大坝中间停住了，我们下了车，在湖坝上近距离地感受着湖水的灵性。远处湖水呈碧蓝色，湖面不时送来阵阵轻风，阳光照耀下的湖面泛起了微微波浪。我知道，这看似宁静的湖水，其实正孕育着巨大的能量，准备全力做一次冲击，形成新的能量。这时，有一阵钟声飘至我们的耳际，这钟声断断续续、似有若无，让人更感到了湖面的空旷与宁静。我们站在湖堤上，久久眺望凝视，不忍离开，想把这湖光山色长久地留在心里。不知过了多久，在当地朋友的催促下，我们才依依不舍地上了车。汽车又在大坝上徐徐开动了，我向宽阔的湖面最后看了一眼，心中喃喃地说道："再见了，伊泰普人工湖！再见了，伊泰普水电站……"

今天当我坐在机舱内，回忆起昨天看到的伊泰普水电站的情景，想到那些参与电站建设的决策者、设计者和建设者，我的内心就不能不充满了对他们的敬佩之情。这些平凡的劳动者创造了令世界瞩目的奇迹。

2011 年 5 月 4 日凌晨 5:04 于巴西里约热内卢 Sheraton Hotel

里约热内卢掠影

我们是5月3日到达巴西里约热内卢的。临近中午，飞机抵达机场。接着我们乘着中巴往城区进发。沿途看到的全部是低矮的小砖房，曲曲折折的街道和临街乱搭乱建的小商铺，给人感觉是脏、乱、差。我坐在车内，心里一阵纳闷，难道这就是驰名全球的美丽海滨城市里约热内卢吗？我感到有些迷惘了。

车还在急速地往城区驶去，我的迷惑似乎随着滚滚的车轮，越滚越大。午餐后，当地朋友带领我们登上了坐落在市区最高处的科尔科瓦多山主峰，也称耶稣山。从山上鸟瞰里约热内卢市的全貌，这个疑惑才释然，但另一种情绪又滋长了。原来我们从飞机场路过的一段低矮的民房区，只是社会底层老百姓的民宅，而号称里约热内卢风景名胜，也被人们形容驰名全球的风光带，是靠近大西洋海滨的一带。

站在耶稣山上俯瞰全城，东边是宽广的大西洋，海天相接之处一片湛蓝。海面上有一些船只在缓缓移动，在最远处还停着几艘远洋大货轮。海洋中间有几处小岛，岛上层层叠叠长着许多树，郁郁葱葱。小岛上空盘旋着不少的海鸥，此情此景让人心旷神怡。紧靠宽阔海岸的一侧是拔地而起的山脉，当地人叫它科尔科瓦多山脉。这山像一块巨大的屏障将大西洋与里约热内卢市区隔阻开，只是在中间留出一个巨大的凹形，将海水引入市内，形成了一泓海湾，就像是市区的一个内湖。依着海岸线布满了各式各样的建筑物，哥特式的、巴洛克式的、北欧式的建筑应有尽有，大有万国建筑博览会的气派，这与机场附近低矮、破旧的民宅形成了强烈的反差，富人区与贫民区形成了鲜明的对照。

在海湾与海岸线的相交处，有宽广的滨海大道，站在耶稣山顶可清楚地看得见大道两旁翠绿的热带树木和花草。大道前面是一条宽阔的银白色的沙滩。当地同志告诉我们，那就是著名的科巴卡巴纳海滩。我们定睛望去，只见海滩上人头攒动，有的躺在沙滩上晒太阳，有的则在海边运动，还有的在海水中戏泳。

再往西看，是一望无际的田野和湖面，这些湖水也是海湾延伸而成。湖的周边是一些五颜六色的房屋。据同行的人说，里约热内卢城就是从那里发端的。听着他的介绍，我的眼前忽然闪过 1501 年 1 月葡萄牙航海家佩德罗・卡布拉尔抵达这里时的情景。当时，这位葡萄牙航海家误以为这海湾就是大河的入海口，时值 1 月，故起名“1 月的河”，用葡语说起来就是“里约热内卢”。于是，这个与葡萄牙航海家佩德罗・卡布拉尔抵达这里时间相联系的名字，就成了这座城市的名称。

里约热内卢始建于 1565 年，1822 年至 1960 年曾为巴西的首都，这里一直是全国的政治中心，之后首都迁往巴西利亚。但由于历史的原因，迁都后仍有许多联邦政府的机构、社会团体、公司总部等设在这里。里约热内卢市现在为巴西的第二大工业城市，市区面积达452平方公里，有600多万人口。我感到，她不仅是一座著名的旅游城市，也是一座工业城市。同时想到昨天路上看到低矮破旧贫民住宅的荒凉，想到富人区建筑的繁华，我们感到她又是一座贫富差距巨大的城市。

2011年5月5日清晨5:00于智利圣地亚哥市Regal Pacifis Hotel

里约热内卢听海

夜晚，我们住进了靠近里约热内卢市海边的酒店。到达酒店已临近午夜，由于一天旅途的劳顿，进入酒店我们就酣然入睡了。

深夜不知什么时候，我被窗外一种奇怪的“嘭嘭”撞击声惊醒。只听着这声音，由远而近、由小到大不停地传入我的耳际。但由于这几天紧张的考察访问，我感到十分疲倦，让这“嘭嘭”的撞击声闹腾了一会儿，我又入睡了。不知过了多久，我似乎在梦中，听到这声音越来越大，卷着风声水声奔涌而至，仿佛要将我卷入这阵阵风声水声之中。我再也睡不着了，坐起来一看时间已是凌晨 4 点多钟。于是我披上衣服，拉开窗帘，推开阳台门，顿时感到一股咸腥气味扑面而来，使人恹恹的睡意一扫而光。

放眼望去，我的正前方是一座小山，山上零星地亮着一些灯光。小山的右边隐隐约约的是一座更高的山峦，呈深褐色。在这深褐色中间是一些房屋，只现出一些轮廓。这些房屋依着山势蜿蜒起伏。左边是黑魆魆的一片，只是靠近酒店附近的岸边，不时涌现出一排排白色的泡沫，这时才发现那“嘭嘭”的奇怪的撞击声原来就是从那里发出来的。我站在阳台上，眺望凝视了大约五分钟。远处深黑的一片，看不到边，在这黑色中可以感受到一股咸腥的气浪还在空中盘旋，气浪夹杂着隆隆的声音在天空和地上交织着、混响着。这时声音越来越大、越来越响，由远及近，使人听得越来越清楚。

凛冽的海风裹挟着海浪，从远处涌来，在海面上翻卷起一排排的白色泡沫。这泡沫撞击在小山岩石上的声音，构成了阵阵的呼啸声，这让我受到了震撼。今晚夜深人静，我伫立在南大西洋的海岸，听着这阵阵的涛声，感到一种久违的情愫。过去只能从电视电影里看到海浪，听到涛声，而今晚却能身临其境，又是在异国他乡，在深夜的黑魆魆的海面上，这不能不让我感慨良多。此时此刻，我清晰地忆及起我的祖国来了。

我从阳台进入房间，又离开房间走上阳台，这样多次反复。我原以为自己能在靠海的酒店住下来，深夜又能听到这阵阵的海涛声，一定是件令人愉悦的事。但入住后，只能在黑暗中听着海涛声，而未能看到海的本来面目，反倒变得局促不安起来。大约过了一个多小时，我透过阳台，向远方望去，只见天边微微泛出一丝光亮，凭着这一丝光亮，天空可以看得见厚厚的云层了。约莫片刻工夫，这丝丝光亮不断漫延开来，天空慢慢变成了鱼肚白。这时我伫立阳台，凭栏远眺可以隐约地看见周边的景色。夜色中正前方的小山，原来是一个小海岛，岛屿脚下露出了许许多多黑色的嶙峋礁石，那由远而近的海浪正乘着风势全力向这礁石上撞击，从而发出轰隆隆的声响。再看远处海面上，也渐透出深灰色，可远远看见海平面上有多座岛屿屹立在海中间。

约莫又过了半个多小时，天色已大亮。我再次走出凉台门，眼前的景色让我惊呆了，这是我平生未见的。近处，滚滚而来的海浪仍在不停地撞击着岛屿的礁石。这时只见一个巨大的浪头撞过来，在嶙峋的礁石上被摔得粉碎，顿时落下了晶莹剔透的泡沫。此时，小岛周边的海水已不像在远处那般湛蓝，而变成有如珍珠色，一波接一波地撞向小岛和海滩。

远处，海面上呈现出深蓝色，海风吹在海面上，使海面上涌起了一轮又一轮的波浪。天空有一块块厚厚的云层，太阳在厚厚的云中发着红光，云层被染上了一层淡淡的红色，就像嵌上的金边。太阳的光芒透过云层直射到海面上，深蓝色的海面上泛起了层层的橘红色的波涛。这时，海天相接处，露出一条白而发亮的长长的海岸线，红蓝白三色构成了一幅优美的海天风景，为这座城市增添了光彩。海面有几艘游艇正在行驶，艇后留下了一道道白色的浪花。我站在阳台上极目远眺，听着这由远及近的海涛声，欣赏着清晨的海天景色，只觉得几天来的疲惫一扫而光。

海，这个深邃而宽广的自然景观，是上苍赐予人类的礼物。哪个城市依山傍海，那是上苍对她格外的青睐，里约热内卢就是这样一座被上苍青睐的城市。尽管这个城市也有一些由于贫富巨大差距造成的不和谐的场景，但也不能掩盖住这个城市美好的自然风光。

2011 年 5 月 5 日清晨 6:50 于里约热内卢酒店

初到智利

我自己也没有料到这一生可以到南美洲访问。以至于 2011 年 5 月 5 日我乘坐的巴西航空（TAM）B767 飞机降落在南美的智利圣地亚哥国际机场时，我都不敢相信自己真的到了这里。我们这次是应智利国家矿业部的邀请来考察该国铜矿工业并洽谈合作的。智利因丰富的铜矿资源驰名全球，而我省又是铜资源需求的大省。带着几分梦想和期盼，飞越了太平洋来到了享有“铜矿王国”美誉的智利共和国。

飞机降落机场，然后顺利地通过了边检。出了机场我们便登上了通往市区的汽车。我们抵达智利是晚上 9 点多钟，城市正被夜色笼罩，透过汽车玻璃窗，只依稀看到沿途的路灯光和影影绰绰的建筑物轮廓，我们便坐在车里悉心听起当地何先生介绍智利的情况。

智利共和国位于南美洲的西海岸，安第斯山脉以西，西为浩瀚的太平洋，国土沿太平洋南北延伸，南北长达 4300 公里，东西平均宽度为 180 公里，最宽处为 430 公里，多数地段宽度为 100 公里。同时，智利是一个海岸线很长的国家，约有 1 万多公里。因此，该国的国土面积宛若一条狭长的带子，也有人形容她为一把长剑，直指南极。这种又长又窄的国土形状在全世界可以说是独一无二的。这时，何先生风趣地说："在智利，你的头若是枕在安第斯山上，你的脚就会伸进太平洋里去。"这个夸张的比喻凸显了智利国土长而窄的地形。何先生给我们补充介绍，智利国土面积为 75.67 万平方公里，总人口 1716.36 万。2010 年国内生产总值 2031.91 亿美元，人均国内生产总值超过 1 万美元，达到 11839 美元。听罢介绍，我想象得出，智利已步入中等发达国家之列。这绵长的海岸线给了他们发展海洋产业的天然优势。智利有发达的海洋渔业，有天然良港，有蔬菜、葡萄等农作物种植业。安第斯山脉和海岸山脉形成的地势平坦的中央谷地，是智利重要的农业区。智利有丰富的铜矿资源，已探明的铜储量在 2 亿吨以上，约占世界铜总储量的 30% 以上。铜矿业是智利经济的命脉。

次日，我们亲临现场感受了智利的这几大产业。按照预先安排，我们拜访了智利国家矿业部，接待我们的是部外事和经济联络司的司长卡洛斯先生。在友好的交谈中，我们了解到，智利的铜矿资源绝大部分集中在中北部，矿带为南北走向，延续 2000 多公里，已发现大、中、小矿床 400 多个，其中有 10 个世界级大型、特大型矿床。矿床分布多为斑岩型铜钼金矿化带，是最理想的矿床结构。听罢这个介绍，我记起来我国江西德兴等地也有这种矿床构造。我想造物主大概太偏爱这块土地上的人了，把这么好的铜矿资源赐予智利人。从卡洛斯先生口中我们还了解到，丰富的铜资源吸引了世界许多矿业公司来智利投资矿业开发和建设冶炼厂。主要有美国的菲尔普斯道奇公司，澳大利亚的BHP公司、犹他公司、英美公司、诺克来公司、北福特石油公司，日本三菱公司，我国的中国五矿公司也投资20亿美元购买了智利CABY矿25%的股份。在与矿业部交谈中，我们也向卡洛斯先生表达了与他们合作开发铜矿资源的意向，并递送了相关资料。

在与卡洛斯先生的交谈过程中，我们也了解到有关智利国家名称来源的有趣故事。西班牙人在最初发现这片新的大陆时，正值寒冬，当地印第安人见到这些西班牙人一个劲地说："奇里、奇里。"西班牙人以为印第安人告诉他们这个地方的名字叫"奇里"。其实"奇里"在印第安语中的意思是"寒冷"，按这个"奇里"的语音后来演化为"智利"。因此，这个国名仍然带有西班牙殖民者最先发现这个大陆的意味。西班牙殖民者的到来，对这块土地产生了双重的效应。首先是带来了欧洲的文明进步，同时也掠夺了印第安人的资源和榨取了他们的血汗。今天的智利仍然保留着西班牙的风格，从人种、语言、生活习惯到建筑、艺术、文化，均深深留下西班牙人的烙印。这里其实就是西班牙这个国家的延续。这些丰富的铜资源一直被欧洲、北美等西方国家占有。

离开国家矿业部，为了了解智利葡萄园的种植情况，在当地同志的安排下，我们参观了位于圣地亚哥市与瓦尔帕莱索市中间的葡萄园。汽车在高速路上行驶，进入我们视野的是望不到边际的葡萄园。时临深秋，正是葡萄丰收的季节。在一片黄绿交错的葡萄园中，点缀着一个个忙着采摘葡萄的男女工人。他们的采摘方式是半机械化的，效率很高。为了领略工人们采摘葡萄的风采，我们顺着高速路旁的一条简易公路，进了葡萄园。在葡萄园里下了车，一股沁人心脾的香气扑面而来，使人陶然欲醉。我从葡萄藤上摘下一小串葡萄仔细观赏起来。葡萄呈黝黑色，粒小，每粒葡萄都透着光，上面还有一些水珠和水汽。当地葡萄园的工人告诉我们，这些葡萄可以随便品尝，我随手摘下一粒送入口中，感到一种蜜似的香甜。当地工人还告诉我们，这种葡萄是用来加工红葡萄酒的。因为葡萄品质好，而且葡萄资源丰富，所以智利红酒酿造业也很发达，智利红酒品质也是誉满全球。通过对葡萄园短暂的造访，我们对智利为什么能造出高品质的红酒有了亲身体验。

离开葡萄园，中午我们赶到智利第二大城市，也是著名的海港城市——瓦尔帕莱索。在餐桌上我们特地点了一瓶智利红酒，合人民币百余元一瓶。打开瓶盖，一股香气扑鼻而来，并充溢着整个餐厅。我们倒上一点，摇动酒杯，红酒呈琥珀色，深红深红。我们又品上一小口，一种纯正的红酒余味杂带着香气直入口中。这就是我们常听人说的那种高品质红酒的特征，我们又倒上小半杯，开始慢慢地品味这种物美价廉的红酒了。

为了考察铜矿石资源运输到我国的路径，午餐后我们去了瓦尔帕莱索海港考察，这个海港距圣地亚哥 100 公里。该海港就成了圣地亚哥的重要出海口，也是智利最大的贸易港。我们到达海港时，只见码头上堆砌了成千上万个正待装船的集装箱和散装的铜矿石。各种高大的吊车正把远洋货轮上的集装箱卸往码头，吊车和皮带运输机则将偌大的集装箱和铜矿石源源不断地装上停泊在码头上的一艘艘万吨级大货船，码头上一派繁忙的景象。从海港码头繁忙的景象中，可以看出这个海港在智利的重要地位。在万吨远洋货轮周边我们看见了深灰色的船舰，这些船舰都备有雷达和火炮，这是智利海军的装备。同行的何先生告诉我们，智利因为有 1 万多公里的海岸线，所以他们的海军及海军装备是十分优良的。说话间，正看到两队穿着背心的海军战士从我们身边跑步经过。从这些健壮的年轻战士身上，我们似乎看到了智利强大的海军正在成长。智利漫长的海岸线催生了一支强大的海军，正应验了“什么事都是逼出来的”这句话。

2011 年 5 月 6 日上午 8:20 于智利圣地亚哥 Regal Pacific Hotel

再见，圣地亚哥

经过漫长而焦急的等待，这架由智利首都圣地亚哥飞往美国纽约的夜航飞机，终于在午夜零点缓缓地驶离停机位，向渐次闪光的两条白色标志灯显示的起飞跑道驶去。有片刻工夫，飞机的发动机发出剧烈的声响，飞机如一只脱缰的野马向前奔去。一会儿就驶离地面箭一般直冲天空。

我循着舷窗向外望去，夜色中的圣地亚哥市仍沉浸在灯海之中，这座位于安第斯山脉西麓的智利首府城市，在夜色中散发出迷人的风采。总统府、国会大厦等城中标志性建筑在灯光的照耀下熠熠生辉，宽阔的奥希金斯大街路灯像两条发光珍珠项链横穿这座城市。位于市区夜幕下的圣卢西亚山和圣母山，这会儿在夜色中吐出料峭的寒气，偶尔可见零星的灯光在山中闪烁。飞机渐渐升高，眼前的城市灯海慢慢地弥漫开来，偌大一个城市在我眼前渐渐变得模糊。我在心里喃喃地说道：再见，智利！再见，圣地亚哥！我的目光从舷窗外回到机舱内，看着机舱内灰白色的舱顶，心中久久难以平静。这两天我们访问这座城市的所见所闻，这时却愈加清晰地出现在我的眼前。

我们是 5 月 4 日夜里 10 点多钟从里约热内卢乘坐巴西航班抵达这里的。第一次出访距离祖国最远的首都城市，心里既兴奋又不安。好在事先安排了接机，当我们通过边检走出机场时，看到接待我们的是一位久居圣地亚哥的姓何的华人，我们便亲切地称他为何先生。听到何先生夹杂着粤语口音的普通话，我们心中的陌生感顿时消散了许多。上了车，何先生便向我们介绍圣地亚哥的人文历史了。

圣地亚哥原意是“西班牙保护神”，意思是“请圣主保佑”。在 16 世纪以前，这里还是马普切人居住的小山村。1541 年，西班牙殖民者来到这里，修建炮台、安营扎寨，这里演变成西班牙驻智利总督府的所在地。西班牙人经常在作战呼喊“圣地亚哥”，后来成了总督府所在地的地名，以祈求圣主保佑赐福。

听着何先生的介绍，我记起了圣地亚哥的有关历史片段。圣地亚哥是智利最大的城市，面积约为 641 平方公里，人口约 650 多万。这里工业总产值占全国的一半以上，是沟通智利南北的交通枢纽，有铁路纵贯南北。最北可到塔拉帕卡地区首府——伊基克，南边可到蒙特港，与海岸线平行的有铁路和泛美高速公路。北可去秘鲁，南可到麦哲伦海峡边的蓬塔阿雷纳斯市。东西距离窄一些，100 多公里。往西有高速公路和电气化铁路直通海港城市瓦尔帕莱索市，那里有全国最大最繁忙的港口，也是圣地亚哥的西太平洋的出海口。往东可通过高速公路和铁路到南美第二大国家阿根廷的首都布宜诺斯艾利斯，这是圣地亚哥通往南大西洋的出海口。这优越的地理位置凸显了圣地亚哥作为重要的交通枢纽地位，她是沟通太平洋和大西洋的要冲。那天，我一边听着何先生的讲解，一边回忆着圣地亚哥城市的人文地理，约莫半个小时就来到了我们下榻的酒店。办了入住手续，由于白天长途劳累，一进房间便入睡了。

次日清晨5点多钟，我就睡不着了。我拉开窗帘一看，窗外是黑沉沉的一片。我又拉上窗帘，离开窗前，伏案读起了有关南美洲的历史资料。不知不觉两个多小时过去了，我再次拉开窗帘，窗外仍然被夜色笼罩。我一看表，时间已是早晨7点40分了。这时，我忽然意识到，这里开始进入深秋，夜晚慢慢变长，而北半球开始进入夏季，夜晚渐渐变短。这里的季节正好与北半球相反。于是我回忆起了在俄罗斯与斯德哥尔摩的情形，早上4点多钟天就大亮了。而现在这里快上午8点多了，天仍然是漆黑一片。我想这世界太奇妙了，地域不同，季节和时差这么大。同一个时期，生活在不同地区的人们，所见到的季节、时间感觉完全不同，尤其是南北和东西半球更为明显。

大约到9点多钟，天刚刚亮，上午10点用过早餐后，我们先去国家矿业部谈完了合作事宜，便开始了对这座城市的访问。

第一站去了智利总统府。这座总统府的外形是一座三层的欧式建筑，走近总统府，如果不是何先生的提示，我们怎么也不能把这座建筑与智利总统府联系起来。作为总统府，在人们印象中应该是雄伟庄严的，而眼前的这座总统府竟然是那么简朴随意。粉白色的外墙显得十分陈旧，正门上也没有国徽标志。大门口站着四个身穿翠绿色服装的士兵，衣服显得皱皱的，如果不是他们腰间挎着短枪和警棍，真还以为是哪间企业聘请的保安人员。最有讽刺意味的是，总统府的外墙下和大街上三三两两躺着一些流浪狗，这些狗放心大胆地躺在总统府门前大街上晒太阳，显得非常悠闲。卫兵和行人也没有去惊动它们。见此情景，我们真不敢相信自己的眼睛。一个国家总统府应是十分庄严的场所，竟然让流浪狗在门前大街上睡大觉，这不是有亵渎总统府之嫌吗？何先生看出了我们的疑惑，他介绍说："这个国家就是这样，它体现出这个国家的民主宽容和开放的程度。"听罢介绍，我更惶然了，像这样的行为还是有些不可接受的。我倒认为一个国家民主和宽容主要体现在人民当家作主，代表人民的意愿和为人民谋福祉，而不是体现在这些懒散的生活习俗上。

离开总统府，我们便去了奥希金斯大街。这是一条著名的大街，是以智利国父贝尔南多·奥希金斯的名字命名的。这条街长 3000 米、宽 100 米，是城区主干道。车行至这条道上，首先映入眼帘的是整洁的街道，绿草如茵的绿化带，坐落在街道两旁的街心花园里开满了五颜六色的郁金香和一些不知道名字的花。路的两旁是鳞次栉比的高楼，有现代化的玻璃幕墙，也有欧式古朴风格的花岗岩石墙，走在大街上就像是在参观古代欧洲建筑和现代建筑的博物馆。

大街上最显眼的还要数坐落在号称"宪法广场"中央的奥希金斯巨大的青铜塑像。这尊青铜像再现了当年奥希金斯身披铠甲、跃马驰骋，为民族独立而战斗的风采，十分逼真地再现了这位“智利之父”威武的形象。塑像下面是呈方形的大理石基座，基座四周有精美的浮雕。这些浮雕记述了这位民族英雄的功绩。塑像平台下面就是奥希金斯将军的陵墓，陵墓上长满了青草，寓意着将军的事业长青。在美洲，每座城市都可以看到这些纪念为国家民族独立反抗侵略者的塑像。通过这些塑像告诫人们不能忘记先辈为国家民族独立所做出的贡献，这也体现了对国家、对历史和对做出重大贡献人物的尊重。

离开奥希金斯大街，我们去圣卢西亚山和圣母山。据人介绍，到智利圣地亚哥必须去这两座山参观，因为这两座山是在城市之中，站在山巅，城市景色可尽收眼底。我们怀着极大的兴趣和期盼乘着汽车往两座山驶去。首先来到圣卢西亚山，这是市区的制高点。远远望去，山体不高，但山势很陡。汽车沿着陡峭的环山公路往上盘旋，只见山上岩石薄薄的土层上长着成片的树木，郁郁葱葱。车行至山腰可见掩映在绿树丛中的印第安人塑像，只见这尊由青铜铸成的塑像，头戴羽冠、执刀搏击，显得十分英武。听何先生介绍，这尊铜像是为了纪念反抗西班牙殖民统治而牺牲的印第安民族英雄——卡那希而建造的。据说，在南北美洲印第安人反抗殖民主义者的事迹比比皆是，但立塑像的不多。立在这里的卡那希塑像是为数不多的塑像之一。

坐在车上看到这尊印第安民族英雄的塑像，我不禁记起了印第安人早期的历史。印第安人原先来自亚洲，是美洲大陆最古老的居民。大约25000年前，一群蒙古族人渡过白令海峡，到达现今阿拉斯加的最西端，然后向南迁移定居，繁衍生息。

1492 年，哥伦布航行到美洲大陆时，误认为到了印度，便称当地人为印第安人。早期的印第安人以狩猎、捕鱼、农业为生。随着生产力的发展，他们学会了采掘、炼制金属、用桦树造木船。欧洲殖民主义者入侵美洲，印第安人奋起抵抗，但葡萄牙、西班牙、英国、法国这些列强的坚船利炮终究战胜了印第安人原始落后的武器，成了美洲新的主人，印第安人遭到了野蛮的杀戮。这些殖民主义者一方面通过战争给当地印第安人带来血腥和灾难，另一方面也给美洲带来新的生产方式和先进的生产力，以及西方的文化。大体上北美以英、法等殖民者的后裔为主，南美以葡萄牙、西班牙殖民者的后裔为主。一部世界文明史，是侵略与反抗侵略的历史。通过这次身临其境来南美洲访问，我们对世界文明史的认识又多了一层感性的认识。

我坐在车上回忆着这些历史片段，约半刻工夫，我们来到了圣卢西亚山的最高处的城堡。原以为可以从这里鸟瞰全城，结果令我们大失所望。山下被一层厚厚的雾气笼罩，只见一阵风从山下吹过，雾气便簇拥着向远处涌动，接下来的雾气更浓了。据何先生介绍，圣地亚哥处于安第斯山脉与海岸山脉的狭长谷地，形成了当地特有的气候条件，气流经常在圣地亚哥盘旋或滞留。遇到这样的天气，到市内的山顶饱览全城风光的愿望泡汤了。于是我们赶紧又往市区东北部的圣母山赶去，以为在那里可以实现登临送目一览全城风光的愿望。当我们赶到圣母山时，遭遇了同样的结果。这样我们期盼站在山顶饱览城市风景的心愿就落空了，也给我们这次圣地亚哥之行留下了遗憾。

想到此，我心里顿时升起了一丝淡淡的失落感。

圣地亚哥的经历，就这样像走马灯似的从我的眼前晃过，我也久久地沉浸在这几天访问智利的鲜活的往事之中……飞机还在天空不知疲倦地飞行着，我一会儿也进入了梦乡。

2011 年 5 月 7 日于圣地亚哥至纽约 LA532 次航班上

万米高空的怀想

2011 年 5 月 7 日，我们坐在停靠于美国纽约肯尼迪机场的中国国际航空公司飞机机舱内，一抹金色的阳光透过舷窗照进来，照在我们的脸上和身上。读着中国空乘员赠送的中文报纸，听着空乘员用中文讲解着飞行时的注意事项，我们感到一种久违的亲切！一股暖流顿时充溢着我们的周身。虽然离开祖国仅十来天，每天在异国他乡的空中远距离飞行，接触的是各种肤色的外国人，听到的是英语、葡语和西语，给我们的感觉竟然是那么陌生，这十天仿佛有十个月之久。在异国他乡，登上祖国的飞机，见到祖国空乘人员，听到熟悉的中文，真有一种回家的感觉。飞机开始缓缓地滑行，转了一个弯，在不长的跑道上飞快地滑行，不一会儿就驶离跑道，轻快地升上了天空。这时我的思绪也随着飞机开始攀升，这十来天经历的情景，一幕一幕地出现在我的眼前。

我们是 4 月 27 日下午 4:30 乘着美国联合航空公司的飞机从首都机场始发的。记得那天，首都机场阳光灿烂，仿佛是知道我们要远行，显得格外热情热烈。安检、边检十分顺利，一会儿工夫就完成了所有的手续，在候机大厅候机了。看着机场停机坪上沐浴在金色阳光下的起起落落的飞机，想着即将开始的北美、南美旅行，我们的心里既充满期待，又充满了不安。这是我们第一次远距离旅行，此次旅行要跨过太平洋、跨过赤道。

上了飞机，我便进入了梦乡。一觉醒来，从飞机的航行图上才知道，飞机已越过西伯利亚大陆，马上就要飞越国际日期变更线了。我急忙找出地图，发现我们这一趟需要飞越太平洋白令海峡、加拿大、美国、墨西哥湾、加勒比海，这样远距离的飞行，确实是一件既让人兴奋又充满挑战的访问旅行。我当时想，这一趟远行，能否做到安全地去又安全地回呢？沿途又会遇到怎样的艰难险阻和趣闻轶事呢？一连串问题塞满了我的脑子，让我充满疑惑，也充满期待！我就是在这种心境下开始这趟远距离访问旅行的。于今，我差不多完成了这趟不可预知的访问旅行，进入返回的旅程。我又看着飞机屏幕上的飞行图，只见飞机从纽约出发往北再往西飞行，飞机已画出了一道弧线。虽然还未到祖国，但从走过来的路来说，是安全的。这次走过的路程，让我感怀良多，也让我记忆犹新。

我们此次北美的第一站是美国芝加哥。我2006年曾到过美国，访问了底特律、纽约、华盛顿、旧金山、洛杉矶等城市，但就是没有到芝加哥。这次因为转机，到了这座美国第三大城市，使我有机会领略了这座城市的风采。

芝加哥是美国西北部的工业重镇。该市的教育、科技、工业在美国，乃至在全世界是有一定影响的。这里的芝加哥大学，有 52 位诺贝尔奖获得者。著名科学家杨振宁、李政道都曾在这里就读和从事科研工作。最值得一提的是位于芝加哥的国家工业与科技博物馆，据说当年赫鲁晓夫到访美国，明确提出要参观位于芝加哥的国家工业与科技博物馆。那天我们慕名参观了这里。这个占地 14 公顷、有 75 个展区的博物馆，陈列了百余年美国农业、工业、科技、商业、交通的演进历史。尤其是在高科技馆，从卫星上天到阿波罗宇宙飞船登月都有现场的模拟展示。还有微电子技术的广泛应用的范例，让人观后赞叹不已。美国这个超级大国，之所以能够称雄世界，首先在于它领先世界的科学技术，以及由此带动的先进工业。参观了这个博物馆，就对美国的科技、工业有了一个清晰的直观的了解。

芝加哥有在一段时间内位居世界最高楼的西尔斯大厦，这座建于 1974 年、高 442.3 米的 110 层高楼，在马来西亚双塔楼落成之前，一直位居世界第一。城市中高楼林立，行走在市区就如同行走在钢筋混凝土构成的崇山峻岭中。城市周围是面积为 5.8 万平方公里的密歇根湖，这个与海连通的内陆湖，为这座城市增色不少。

离开芝加哥往南飞行 10 多个小时，到了南美最大的国家巴西。通过对圣保罗和伊瓜苏、里约热内卢三座城市的访问，我们加深了对巴西这个国家的了解。

我过去只是从地理教科书上和与巴西人接触中，知晓圣保罗这个城市。通过这次现场造访所获得的感性体验丰富了我对巴西的认识。圣保罗是巴西最大的工业城市，发达的汽车、金融业是这座城市的支柱。由于葡萄牙人在这里先后统治了300多年，这座城市处处留下了葡语文化的印记。在这里，我们初步了解了巴西是怎样从殖民统治下争取独立的。这是一个很有趣的历史文化现象。殖民主义者最开始都是以武力侵略并占领殖民地，一旦站稳之后，这些殖民主义者的后裔都闹独立，把原殖民者的统治推翻，与原殖民国家脱离。但原殖民国都会对这些闹独立的后裔进行镇压。美国是这样，加拿大也是这样，南美、北美的国家也如此。这样就形成了一场场英勇壮丽的独立战争。而巴西的独立却是个特例，是唯一没有经历战争的独立。这是因为这个闹独立的国王是葡王嫡子，这种血统关系，使巴西免除了血腥和杀戮。这种独立战争，可使这些国家走上独立的富裕和强国之路。因此，这次闹独立者被巴西的继任者称为国父而受到尊重。但有的独立是无法让人接受的，如美国南方种植园主将南方从国家整体中独立出去。这种独立将直接导致美利坚国家的分裂，因此其图谋是难以实现的。由于消灭了南方要求分裂的种植园主，美国才有今天的统一和繁荣。也正因为此，林肯总统和战胜分裂的美国"南北战争"才被美国人民那么推崇。

一般来说，殖民统治下的国家独立是一种正义的事业；而那种在一个统一的国家内闹分裂则是一种历史的反动和倒退。区分独立和分裂的正义性与非正义性，主要看它在历史上起的作用如何，如果推动了一个国家的统一和历史的进步则是正义的；反之则是非正义的。但从我们对美国的两次访问中，我们感到，美国有些人似乎忘记了自己是怎样从反对国家分裂的战争中发展到今天的，忘记了自己国家曾出现分裂时的伤痛之感，甚至怂恿别国反动势力闹分裂。我想这是美国绝大多数人民和进步的先辈们所不希望看到的。

离开圣保罗，我们去了拥有优美环境的里约热内卢市。说实话，刚到里约市，看到高速公路沿途低矮的房子，杂乱无章的居民小区，怎么也难以将它与世界著名的环境优美的旅游海滨城市挂起钩来。只是后来的参观访问，才对这座城市有了全面的了解，形成了我们访问南美较好的印象。特别是那座位于海边的科尔科瓦多山（也叫耶稣山）和绵长的大西洋海岸线，让人耳目一新。迄今为止，里约热内卢的海滨美好的倩影，还深深地印在我们的脑海中。但资本主义国家巨大的贫富差距，也让我们久久难以释怀。

巴西还有一处地方让人难忘，这就是地处巴西、阿根廷、巴拉圭三国交界处的伊瓜苏小镇。4 月 29 日，我们到了那里，在一脚踏三国的地方，我们看到了巴拉那河和伊瓜苏河是怎样在那里亲密交汇的，又是怎样以一泻千里的气势形成世界最宽的瀑布群的。特别是巴西与巴拉圭两国商定，在两国交界的巴拉那河上建造起了当时世界最大的水力发电站（在我国三峡水电站建成之前）。这座堤坝长度世界第一、耗资数百亿美元、由德国西门子等公司提供技术支持的水电站，总装机容量达到 1400 万千瓦，满足了巴西和巴拉圭两国对电力的需求。这个世界级的大型水电站吸引了世界不少国家政要参观访问。小小的伊瓜苏镇，因为有世界最宽的瀑布群，有世界堤坝最长、装机量世界第二大的水电站而名扬天下，使到过这里的每一位客人都对此赞叹不已。

离开巴西我们去了位于太平洋西岸的智利，这是一个很具特色的国家。她的国土面积为75.67万平方公里，人口仅1700多万。但由于她不同凡响的有如一支利剑的国土形状，1万公里绵长的海岸线，占据世界第一的铜资源储量，让世界为之瞩目。智利号称“铜矿王国”，她的铜金属年开采量达到了550万吨，铜业是这个国家的第一支柱产业。丰富的铜资源，引来了美国、加拿大、英国、法国等发达国家的大型矿业公司来这里投资设厂。我国最近几年与该国的贸易额也节节攀升。中国五矿花了20多亿美元，在这里获得了一家铜矿25%的股权。在我们与该国矿业部商谈中，已初步达成了合作的意向，下一步是协商如何进一步去实施这个意向。我们在访问这个国家时，一直在思索一个问题：造物主怎么对这个国家这么偏爱？给她绵长的海岸线，还给了她那么丰富的稀缺的铜资源，使得这里的人们不必像我们那么辛劳，就可以获得幸福的生活。从街上行走的该国人风貌看去，他们显得那么悠闲自得，同时又享有十分良好的社会福利。其实，不只是智利，巴西也有丰富的自然资源，她珍稀的红木树，居世界第二的水力资源，世界第二的富铁矿，世界第三的铝土矿，使得外国投资者对巴西格外青睐。

在这些国家访问时，我们常常思考着这样一个问题：尽管造物主没给我们那么好的资源禀赋，但给了我们勤劳和智慧，艰苦的条件磨砺出我们这个民族坚忍不拔的勇气和毅力，才使我们在困难的条件下，逆势而进，创造了经济飞跃的神话。这一点也许是造物主对我们最大的偏爱吧。所以，我总认为造物主是吝啬的，给予了此，就不给予彼。如给了你优厚的自然资源，就不会给你勤劳和智慧；给了相对贫瘠的自然条件，又会让你磨砺出勤劳的品格和聪明的头脑。从这一点看，造物主又是公平的。

飞机一直往西飞行，我在飞机上一直回忆着这几天的所闻所思。想着想着，慢慢地进入梦乡。再从睡梦中醒来，在飞机的航行图上发现，我们乘坐的飞机正飞过白令海峡，已飞越西伯利亚，正飞临祖国上空。我不由得一阵激动，心里说道：祖国，我们回来了！又回到了您温暖的怀抱！此时，我感到每一次出国，通过国内外的亲身对比，就对我们国家的爱加深了一层。此刻，我心里充溢着一股激情，驱使我要把这几天在国外的所见所闻告诉身边的每一个人。我想说："我爱我的祖国，我爱这片生我养我的温暖的土地……"

2011年5月8日于CA982次纽约—北京的航班上

法兰克福随笔

我们是当地时间下午5:30到达法兰克福的。前一天下午1:30（北京时间）从首都机场起飞，经过十多个小时的飞行，抵达德国最大的国际机场——法兰克福机场。这次是应德国瓦科华（VAC）公司的邀请来洽谈合作的，希望引进德国这家著名新材料企业去中国内地发展，以促进湖南有色产业向深度加工领域转型。应该说，在材料深加工方面德国的技术是世界一流的，如果能达到此目的，就不虚此行了，我们内心对这次访问充满了期待。

应该说，来德国访问也是我多年的愿望。这个国家充满了神话般的色彩。德意志民族是一个十分智慧、严谨的民族，他们创造了许多世界的奇迹，推动了世界的进步与繁荣。但这个民族在20世纪初和三四十年代也给世界带来灾难。

为了这次德国之行，在国内我们也做了一些商务洽谈方面的准备，其中对德国的国情也做了一些了解。德国位于欧洲中部，东邻波兰、捷克共和国，南接奥地利和瑞士，西与荷兰、比利时、卢森堡、法国为邻，北与丹麦接壤。至北临北海和波罗的海，与北欧国家隔海相望。

当我们乘坐的飞机上显示飞临德国上空时，我们从空中鸟瞰，发现德国境内是连绵的山脉，起伏的丘陵，纵横的河流湖泊，还有辽阔宽广的平原。这种多姿多彩的复杂的地形，使我们对德国充满了好奇。据同行的专家介绍，整个德国地貌南高北低，阿尔卑斯山这座雄伟壮观的山脉，构成了德国特有的地质风貌，也形成了中南欧的天然分界线。而坐落在德国境内的楚格峰海拔达 2963 米，是德国的最高峰。据说如果登临楚格峰顶，环视阿尔卑斯山，可看见阿尔卑斯山脉群峰耸立、山峦起伏的情景。德国这山水交汇的国度，形成了德国人特有的性格和智慧。

从空中看到这德国土地上茂密的森林、成片的湖泊以及蜿蜒起伏的山脉，我不禁记起德意志民族的演进历史。德国民族也称德意志民族，他们是从古代日耳曼民族中的一些部落经过长期融合而形成的。大约在公元 2 至 3 世纪，这些日耳曼部落从彼此散居的状态逐渐形成了萨克森、法兰克、巴伐利亚、图林根、黑森、弗里斯等部落。10 世纪形成了德意志早期封建国家。经过几分几合，在 1815 年组成了德意志联邦，并于 1871 年建立了统一的德意志帝国。德意志帝国的建立，开启了德国的新纪元，使这个国家逐渐走向强大，他们的工业、科技、文化在很长一个时期内位居世界前列。在 35.7 万平方公里的这个不大的国土面积上创造了灿烂的工业和科技文明。也许是因为发展得太强大，在 1914 年和 1939 年，德国两次挑起世界大战，都以失败告终。在这两次世界大战中，德国几乎被炸得面目全非。但德国人有十分顽强的再生能力，不到二十年就恢复重建，经过战后六十多年的发展，德国走向了统一，成为世界第四大经济体，尤其是它的装备制造业、汽车业、电力工业、工程机械、造船、航天、制药、有色冶金、新材料等，都位居世界前列。正如它毁掉了自己和世界的工业文明，又创造了自己和世界文明的辉煌一样，德意志民族在人类历史上书写了一个又一个奇迹。

德意志民族的创造力是举世公认的，这与她涌现了众多的杰出人才息息相关。原子弹之父爱因斯坦是德国人，美国许多跨海跨江大桥设计师大部分都是德国人；还有在文学艺术方面的人才，有如群星璀璨，说到他们的名字就会令人肃然起敬。如18世纪的歌德、海涅、席勒、莱辛和格林兄弟；20世纪的亨利希·伯尔、君特·格拉斯曾分别于1972年和1999年获得诺贝尔文学奖。德国还是音乐家的故乡，像巴赫、贝多芬、韦伯、门德尔松、舒曼，念到这些大师的名字，就使我们内心深处产生仰慕之情。特别是贝多芬有“世界交响乐之父”的美誉，在短暂的一生中，他克服耳聋之疾，创作那么多辉煌的交响曲，如《第九交响曲》《英雄》《月光》已成为传世之作。德国还是思想家的故乡，如《资本论》作者卡尔·马克思是德国人，他第一个揭示了人类社会发展的规律，并创造了共产主义的学说。还有许许多多的哲学家如康德、尼采等等。这些灿若星辰的大师为人类社会的进步做出了巨大的贡献。可以说，德意志民族是一个伟大的民族，德国是一个伟大的国度。

我们2013年11月24日下午第一次踏上法兰克福的土地，就感受到了这片土地神奇的魅力。尽管法兰克福的夜来得很早，下午5:30天空就已经全黑了，但从那些灿烂的灯光中，我们也能感受到德意志民族的智慧光芒。据同行的同志介绍，法兰克福是德国第五大人口城市，有80多万人口。法兰克福机场是欧洲最大的航空港，货运量居欧洲第一。这里还是欧洲多家银行总部所在地，有繁华的金融业，贸易也很发达。正是发达的金融业，促进了法兰克福成为世界著名的大都市。在法兰克福的南部有麦塞尔化石遗址，这个遗址对于了解始新世（5700万～3600万年）的生物生活环境和哺乳动物的早期进化具有重要的作用。1995年麦塞尔化石遗址被联合国教科文组织列为世界自然遗产。应该说，法兰克福还有许多值得我们去发现的东西，可惜紧张的日程安排不容许我们做过长时间的停留。我们是匆匆而来，匆匆离开，尽管我们在这里停留的时间短暂，也感受到了德国和法兰克福这座城市现代社会快速跳动的脉搏。

2013年11月25日早晨7:17于法兰克福希尔顿酒店

黑森州之旅

德国科隆时间早上五点，我便睡不着了，迅速翻身下床，盥洗过后我伏在案前翻阅有关资料，我的眼前又出现了昨天在黑森州考察的情景。

我们是 11 月 25 日清晨从法兰克福市出发，前往位于莱茵河畔哈瑙市的瓦科华（VAC）公司考察参观的。这是一家生产有色金属合金材料的公司。该公司生产的磁性材料、特种合金材料、互感器、传感器远销世界各地。这家公司也是世界上第一座真空炉的诞生地，它正是凭着技术创新的独特优势，在多种合金材料制造方面处于世界同行的领先水平。

昨天，我们沿着高速公路从法兰克福前往哈瑙市的 VAC 公司，沿途都是一片高大茂密的树林，有雪松、红枫和许多不知道名字的树。正是深秋初冬的季节，沿途有些树叶已染成金黄。透过汽车玻璃窗往外望去，其情景就如一幅连绵不断的山水写意画。天空太阳高照，一缕缕阳光照在车厢内，也照在我们的身上，暖暖的。陪同考察的当地同志告诉我们："德国进入初冬很少有太阳，都是阴雨连绵，也正是天气的原因，德国人心里时常很郁闷。你们能遇上阳光灿烂真是不容易。”经陪同的人这么一说，我们的心情豁然开朗起来，心想今天一定有什么美好的事情在等待着我们。

约莫经过了四十分钟的车程，我们便到了位于哈瑙市的瓦科华（VAC）公司。公司的总裁艾瑟勒先生及几个部门经理接待了我们，向我们详细介绍了VAC公司的基本情况。从他们的介绍中，我们了解到该公司已有九十年的历史，在技术研发方面投入很大，以保证产品的技术水平一直处于世界领先水平，特别是在特种合金钢材料的制造方面，他们在全世界有独到的优势。在交谈中，我们也宣传推介了湖南有色工业的优势和特色，提出了湖南有市场、有资源，想与VAC公司合作的愿望；艾瑟勒总裁也表达了想在中国扩大发展的愿望，说正在处理与日本金属公司的知识产权的问题，如果处理好了，可以考虑下一步来中国湖南发展。我们与VAC公司的高层在友好的气氛中进行了坦诚务实的交流，当下双方达成了合作意向。最后我们与VAC公司交换了礼品。我们带去的礼品是一支湖南醴陵生产的“中国红”的签字笔，艾瑟勒总裁拿着这支“中国红”签字笔高兴地说：“今后就用这支笔签订我们的正式合作协议。”听罢艾瑟勒先生的这番话，我们在场的双方人员都会心地笑了。

在VAC公司考察参观会谈后，我们便离开哈瑙市，向黑森州的首府巴伐利亚市行进。在汽车上，看着高速公路旁茂密的森林和一望无际的小麦、油菜地，看着蔚蓝色的天空，我们的心情就如这明净的天空一样，显得辽远开阔。我们虽然离开了

VAC 公司，但仍然沉浸在该公司友好的合作氛围之中，还在体味着刚才参观公司现场时的感觉。该公司虽然是世界著名的特种材料制造企业，但厂房和办公楼十分简朴，甚至可以称得上比较陈旧，生产线上的装备、研发试验设施却都是世界一流的。两台具有世界一流水平的真空冶炼炉，可以算作是 VAC 公司的“镇厂之宝”。VAC 公司就是靠发明世界第一台真空冶炼炉起家的，在公司办公楼大厅，我们还看到了那座古朴小巧的用铜合金铸成的真空炉。公司决策者将它摆在大厅是想告诉人们，公司今天虽然做得很强大了，但也是由这么一个小小的炉子发展起来的。同时，也是激励本公司的员工和来宾，只要重视科技进步，小炉子也可以做出大事业，小公司也可以做成世界一流的企业。的确，VAC 公司就是凭自己独有的真空熔炼炉的技术专利，由一个小作坊式的企业发展到今天全球知名的一流企业。这给我们访问的每一个同志都上了生动的一课，这就是：一个企业只要持续地重视知识，持续地重视技术创新，小可以做大，弱可以变强。

我们在汽车上回忆着这些，不一会儿便到了黑森州的首府巴伐利亚市了。黑森州位于德国的中部偏南，是德国经济实力排前列的州，与湖南缔结了友好州省协议。多年来，湖南省与黑森州有过密切的合作，全德国共有 16 个联邦州，黑森州的人均生产总值排全德国第一。它的交通十分便捷，欧洲客货吞吐量最大的法兰克福机场就在黑森州。汽车、机械、化工、纺织、光学、皮革是它的支柱产业。黑森州北部的哈瑙市拥有完善的汽车制造和配套产业体系，还有其他几个城市都有很完备的工业产业链，它们强有力地支撑了黑森州的经济高速发展。金融业也是黑森州的一大亮点，欧洲几大银行总部都设在黑森州的法兰克福。我们见到了该州副州长和招商贸易发展局局长、礼宾司司长，听了他们的介绍，我们对黑森州有了进一步的了解。黑森州就一位副州长，同时也兼任了湖南省在黑森州的专员，我们到黑森州不久，副州长哈恩先生就亲自参加了双方的商务会谈，会后还宴请了我们。席间我们进行了多方面的交流，从两省州人民的友谊到经济、科技合作，从德国灿若繁星的巨人，如歌德、马克思、海涅、康德、培根、爱因斯坦、巴赫、贝多芬，到德国在文学、艺术、哲学、音乐、科技等领域为世界作出的重大贡献，从今天所涉及的合作项目，到未来发展的光明前景。我们完全沉浸在两省州交流合作的友好氛围之中。中德两国人民长期合作交流汇成的友谊长河在我们之间潺潺地流着。我们特别珍惜这份友情，我们也愿为湖南省和黑森州的合作交流贡献自己的微薄之力。

2013 年 11 月 26 日早晨 7:00 于德国科隆 Darint Hotel 653 室

科隆大教堂

第一次知晓科隆大教堂是在读了俄罗斯作家蒲宁的散文之后。从文中得知，位于德国莱茵河畔的科隆大教堂有悠久而辉煌的历史，特别是那孕育着中世纪壮丽韵味的管风琴奏出的洪亮、庄严的祈祷乐曲，以及教堂顶上回荡的低沉而浑厚的钟声，使我产生了一睹其风采的愿望。

2013年的深秋，也就是俄国著名作家蒲宁到这里200多年后，我终于有机会到达这里。这天清晨，我们在科隆市的Darint Hotel匆匆吃过早餐，便向科隆大教堂出发。经过十多分钟的车程，我们便到达了这座闻名遐迩的大教堂。下了车，伫立于大教堂的前坪，抬眼望去，便可见高耸入云的科隆大教堂的双塔尖顶。由于当天雾气较浓，只能隐约地看到它高大的轮廓，这使得屹立在云雾之中的科隆大教堂增添了几分神秘之感。

据当地朋友介绍，这座耸立在莱茵河边的科隆大教堂高157.31米，有两座尖塔。两塔中北塔略高，达到157.38米。据说这座哥特式外观的教堂，是目前世界上最高的双塔教堂，与法国巴黎圣母院、梵蒂冈的圣彼得大教堂齐名。

为了欣赏科隆大教堂的雄姿，我们并没有立即进到教堂里面，而是在教堂前的广场上盘桓了好大一会儿。这时浓密的雾气正慢慢散去，大教堂双塔尖逐渐展露了出来，高耸的塔尖显得庄严肃穆。在双塔尖周边还耸立着许多小尖塔。在大教堂外花岗石墙上，是一些雕刻细致的人物和各种图案。可能是因为空中酸雨长年的侵蚀，这些人物和图案只留下了一些模模糊糊的影像。整个外墙呈褐黑色，更使人产生庄重之感。据随行的同志介绍，这座大教堂始建于1248年，在19世纪完成主体建筑。其间经历了开工、停工、复工等多次的曲折过程，才最终形成了今天的模样。法国建筑家凯尔·哈里特是早期的重要设计者之一，他设计了上万张设计原图。通过多方筹集资金，经过许许多多劳动者无数个日夜的施工，科隆大教堂最终展现出今日之雄姿。这座大教堂凝结了设计者、建设者的辛劳和智慧。特别是设计者在当时落后的条件下，能构思出造型如此新颖、特异而且安全的建筑物，在今天的人们看来都是无法想象的。看到这些建筑物，你不得不佩服当时劳动者的智慧和才干。这也再次证明了“劳动创造了世界”这个真理。

在教堂外驻足多时之后，我们随着缓缓的人流进入了教堂的正厅。进得门来，一幅十分壮观的图景赫然地出现在我们眼前：高大、宽阔、空旷的大厅，教堂上方是若干个圆形的拱顶，每个圆形拱顶均由四根柱子撑着。这些用麻石砌成的圆柱，由地面直接伸向拱顶，整个大厅上方都是圆形的飞拱，大多数是五拱造型，也有三拱和七拱造型。这些造型各异的圆拱形顶像飘浮在高空中的一朵朵彩云，显得飘渺神秘，使人顿生庄严肃穆之感。大厅的四周是黄蓝红绿各色构成的圆形窗户，从外朝里看是黑黑的，从里往外看却呈现出红、蓝、黄、绿四色。按宗教的习惯，红色代表爱，蓝色代表信仰，黄色代表高贵，绿色代表希望和未来，总的是象征着上帝给人指引光明之路。大厅中间摆放着祈祷时用的长条座椅。在大厅的正前方供奉着圣母玛利亚的圣像，走道的两边是一些忏悔者和圣母的塑像，塑像下面闪耀的烛光，寓意着生命之火永不熄灭。许许多多的人手捧着点燃的蜡烛，虔诚地在圣母像前做着祈祷。那跳动的烛光，仿佛是他们追求精神永恒的魂灵。

我们在教堂大厅漫步，最关注的是挂在教堂柱子半空中古钢色的管风琴。我记起德国作曲家罗伯特·舒曼曾听着这管风琴奏出的乐曲，看见教堂内让人震撼的气势，产生了创作《莱茵河交响曲》的灵感。俄国作家蒲宁来到这里，听到这产生于中世纪的管风琴奏出的乐章，写下了令人荡气回肠的散文名篇《静》。可惜今天没有奏响这架管风琴，否则，也会让我们激情澎湃的。

教堂正中藏着许多文化瑰宝，据说最珍贵的是“东方三圣王”的尸骨。我们看见大厅正前方有很大一个金雕匣，据说这个金雕匣里存放着遗骨，是镇堂之宝。这个在中世纪由黄金和宝石组成的黄金匣和十一世纪德国奥托王朝时期的木雕《十字架上的基督》，成了科隆大教堂十分珍贵的文物，它与大教堂一起成为传世之作。

从科隆大教堂出来，在返程的路上，我一直在思考。我想，教堂作为宗教信仰者的精神寄托之所，千百年一直受到信教徒们的尊崇，在他们心中有着至高无上的地位。所以，把教堂修建得如此富丽堂皇，装饰得如此庄严神圣，也体现了他们对宗教的一种皈依。也正因为教堂的庄严神圣，才使信徒们如此虔诚和顶礼膜拜。但我以为，真正让信教徒们如此虔诚皈依的不是教堂，而是依托在教堂里虚幻的宗教力量。此时我不禁记起了恩格斯在《反杜林论》中所说的话："一切宗教都不过是支配着人们日常生活的外部力量在人们头脑中的虚幻的反映，在这种反映中，人间的力量采取了超人间的形式。"今天到科隆大教堂的短暂停留，让我加深了对恩格斯这段名言的理解。

2013 年 11 月 27 日清晨 8:00 于法国巴黎拿破仑大酒店

巴黎掠影

曾经多次幻想过到达巴黎的情景，整齐的街道，街道两旁鳞次栉比的古典的建筑群，绿树成荫的法国梧桐。浪漫的法国人在埃菲尔铁塔下的草坪里三五成群地散步、聊天。但当我这次真正抵达巴黎之后，才感到眼前的巴黎其实比我想象中的情景还要壮美许多。站在香榭丽舍大街一端，远眺凯旋门是那么的雄伟。大街两旁排列着整齐一致的文艺复兴时期以来修建的欧式建筑群，她们是那么庄重浑厚。还有如哨兵般站立在街道两旁的法国梧桐树，更衬托出了大道的宽阔美丽。这些带着十七世纪文艺复兴印记的建筑物外墙上，雕刻着栩栩如生的各式各样的人物浮雕和图案，使人看得久久不愿离去。巴黎圣母院那高大雄伟的外墙，被洗刷一新，彰显了法国人爱整洁、爱护历史文化遗产的习俗。特别是巴黎圣母院那苍穹般空旷的祈祷大厅，让人产生了许许多多关于宗教的联想。漫步在教堂大厅内，使人从内心深处感受到宗教神圣的力量。在卢浮宫偌大的艺术殿堂里参观，又会被那些文艺复兴时精美的雕塑和绘画作品所折服。美神维纳斯的雕塑让人对人体如此精美的构造，从内心深处发出赞叹，她端正的五官、白皙丰满匀称的身体，据说是按黄金分割比例构成，只是那断臂让人有些遗憾。在蒙娜丽莎的画像前，面对那种始终保持微笑的眼神和面庞，无论从哪个角度去观察这幅画，总感到蒙娜丽莎微笑的眼光一直追随着观看者。这种视觉效果是这幅名画时隔几个世纪仍然充满魅力的原因所在。它的作者达·芬奇也因这幅作品而享誉世界。

最使人震撼的是塞纳河之旅。人们说，不到巴黎就等于没到法国，而不去塞纳河就等于没去巴黎。的确，塞纳河是法国的灵魂和生命之所在。她是法国最主要的河流，她流淌着艺术的涟漪，承载着历史的回忆，渗透着巴黎的韵味。它静静地流过巴黎市区，像一条丝带横贯巴黎市中心，穿过法兰西岛、诺曼底地区，注入英吉利海峡。塞纳河在巴黎的形成和发展中起到了重要的作用。塞纳河两岸的风光让人目不暇接。

记得第一次知晓塞纳河是读了法国十九世纪著名作家法朗士的《塞纳河岸的早晨》。从那篇散文佳作中知道，塞纳河是一条十分繁忙的运输线，也知道塞纳河两岸有许多旧的书摊。但当我第一次近距离亲身感受这条以美丽著称于世的河流时，我从内心受到了震撼！

为了最直接感受这条法国巴黎的母亲河，在傍晚时分，我们登上了停靠在埃菲尔铁塔下码头边的考察船，去体验这条承载着法国厚重的人文历史的河流。船刚刚启动，我们站在甲板上，一股凉风向我们扑面而来，我们感到了初冬巴黎的阵阵寒意。随后我们离开甲板，走入舱内，隔着船舱玻璃开始欣赏塞纳河两岸的风光。

最先映入眼帘的是河岸上高耸入云的埃菲尔铁塔。这座高约 312 米的铁塔由美国人建造，是为了纪念法国独立，美国赠送法国的礼物。雄伟高大的埃菲尔铁塔，成了巴黎乃至法国的象征。为了现场留下埃菲尔铁塔的雄姿，我们全然不顾凛冽的寒风，争先恐后地走上甲板，并以埃菲尔铁塔为背景摄影留念。一会儿，船驶离埃菲尔铁塔，开始往巴黎圣母院方向行驶。随着船在塞纳河中穿行，两岸排列整齐的建筑物不时地从我们眼前移动，看着这些承载着厚重的法国历史的建筑，我记起了法国嬗变的历史往事。

法国人的祖先凯尔特人于公元前就在这片美丽富饶的土地上生活着，直到公元前 1 世纪罗马将军恺撒征服了凯尔特人。随着罗马帝国的衰落，法兰克人建立的墨洛温王朝占领了法国北部，并将巴黎作为首都。公元 8 世纪，法兰克王子查理曼（就是我们后来所称的查理大帝）登基，创建了加洛林王朝，征服了今天的法国、德国的疆土。公元 843 年，签订《瓦尔登和约》，将加洛林王朝帝国分为了东、西法兰克王国和洛赛瑞及亚三个部分。其中，西法兰克王国就是法兰西国家的开端；此后 1789 年，法国爆发大革命，三年后成立法兰西第一共和国；1804 年拿破仑称帝，建立法兰西第一帝国，因在著名的滑铁卢战役中失败，拿破仑退位，出现王朝复辟；在 1845 年七月王朝被推翻，第二共和国成立，第二共和国新总统路易 · 拿破仑，沿袭其叔叔拿破仑的政策，发动政变，于 1852 年成立第二帝国，开启了路易十三时代；此后路易十四、十五、十六，一代一代君主粉墨登场，书写了法兰西帝国的辉煌与悲壮。直到 1958 年经过第二次世界大战熏陶的戴高乐将军重组政府，宣告就任总统，使法国进入了第五共和国，从此法国在经济、文化、艺术、科技、商贸等各个领域都取得了前所未有的成就。

看着塞纳河两岸那些沉淀着法兰西久远历史的建筑物，回想着法兰西一朝又一朝的兴衰更替，我们心中满是感慨，任何一个国家的成长都要经过血与火的锤炼，才能日臻成熟和强大。同时，人们都说法国人是浪漫和富有创造力的，其实我觉得这些都还不足以概括法兰西人的全部，应该还要加上法国人是富有革命精神的。近代三百多年来，法国革命一次又一次影响了世界，一个又一个国王被送上了断头台。记得昨天路过七月革命纪念柱时，我们就对法国人的革命精神充满了敬意。曾被马克思赞誉为人类历史上第一个社会主义雏形的“巴黎公社”，就是通过巴黎革命实现的。此后的许多次革命都表明了法国人的这种革命精神。法国历史学家托克维尔曾写过一本书叫《旧制度与大革命》，就客观描绘了法兰西民族是一个向往自由幸福的、具有革命精神的民族，也是一个居安思危的、富有进取精神的民族。正是因为这个民族有了这种革命和进取精神，才创造了过去的辉煌和今天的繁荣！塞纳河两岸的建筑都记载了这些风雨如磐的历史进程。

在塞纳河上还有一处宫殿让人十分震撼。这就是享誉世界的艺术宫殿——卢浮宫。从塞纳河上望去，那一片雄伟庄严的建筑群就是凝聚着法国巴黎人文艺术的宏伟宫殿。何止是法国巴黎，应该说是全人类艺术的结晶的荟萃之地，它是世界上最伟大的博物馆。这个艺术宫殿之所以诞生在这里，是因为法国诞生了灿若繁星的文化艺术大师。说到法国这些文化艺术大师，我的脑海中就浮现出他们一个个鲜活的名字：卢梭、伏尔泰、巴尔扎克、大仲马、福楼拜、雨果、左拉……说到这些世界级的大师，不能不使我们对这座城市、这个国度充满了深深的敬意！

天色渐黑，塞纳河两岸灯光依次亮了起来，这万盏灯火就如这些思想家、艺术家曾经为我们这个茹毛饮血的野蛮社会带来了文明之光。正是他们的开拓性、创造性的工作，才使我们社会文明进步到今天。夜幕下的塞纳河，在熠熠闪光的万家灯火的照耀下，显得更加美丽。我们说不清，塞纳河两岸那座座建筑物经过了多长历史，沉淀着多少人文史话，但我们可以说，这排列在塞纳河两岸的建筑物就是人类文明艺术的象征。

2013 年 11 月 28 日晨 8:00 于巴黎拿破仑酒店

凡尔赛宫

历史上有些现象常常是充满矛盾的。这表现在一些统治者为了享受奢华生活，热衷于建造十分豪华的宫殿以供自己享用。在当时看来仅仅是满足了他们的一己私欲，但他们所没有意想到的后果是，这些豪华的宫殿，一方面成了他们生活腐朽的证据，另一方面却展示了劳动人民的智慧和勤劳，成为人类文明的一种载体。巴黎的凡尔赛宫就属于这样一种矛盾的耐人寻味的历史遗存。

当年，法兰西国王路易十四为了躲避巴黎市区的喧嚣和市民的打扰，总想与大领主和贵族们接触，以便控制他们，便想到了将其父路易十三的一处远离巴黎市区的狩猎城堡进行改造，在此基础上建成了一座象征绝对权力的王宫——凡尔赛宫，并携内阁成员定居于此。这个宫殿庞大而奢华，占地 850 公顷，有 20 公里的道路和城墙、3 万株树木和无数鲜花、35 公里水渠。

昨天，我们乘车来到了凡尔赛宫。从车上下来，首先映入眼帘的是凡尔赛宫的前坪，这里被人们称为检阅场。偌大的检阅场上，有一尊高大的塑像，这便是当时凡尔赛宫的主人路易十四。他骑在马上，手指前方，身着铠甲、腰挂战刀，显得野心勃勃，大有一副要征服世界的架势。

沿着由一块块岩石垒砌成的坎坷不平的检阅场大道往宫殿方向走去，抬头可见由金黄色和黑色交错装饰的铁栅栏，它的顶部呈金黄色，下面呈黑色，给人一种既豪华又庄严的感觉。

走过检阅场，我们随着人流拾级而上进入宫殿内。按照参观路线，依次走过国王正殿的 7 个殿厅，它们是海格立斯厅、丰收厅、维纳斯厅、狄安娜厅、玛尔斯厅和墨丘利厅；每个厅都有一幅名画，都以神话人物命名。接着是镜廊及其连接的战争厅、和平厅；王后大套房包括王后寝宫、贵人厅、鸿宴厅前厅等三个厅；国王套房包括国王小套房、卧室等；王子套房包括王太子和太子妃的套房等。宫殿内还有皇家礼拜堂、皇家歌剧院等建筑。漫步在这些殿厅之中，仿佛是在法国历史长廊中穿行，与一个个殿厅中的历史人物对话。在这里可以让人亲身感受到路易十四时代的奢华与梦想，可以体味出当时皇家贵族那奢华的生活和繁复的礼仪，特别是能领略到作为国王的路易十四的至高无上的权威。在当时，路易十四为控制大臣以巩固其统治地位，十分注意研究人追名逐利的本性，并将驾驭之术发挥到极致。他赋予大臣们职位、土地、官衔、年金，让他们紧紧地拥簇在他的身旁。他一方面在这些大臣面前表现得十分庄重矜持，一方面又过着极其奢侈腐朽的生活。为了控制大臣和身边的侍从，他常常以这种双面人的面貌出现。为配合他的矜持和庄重，他将自己的宫殿装饰得十分宏伟、十分壮丽，内部的装饰无不体现了他的权威；这座豪华的宫殿差不多花了五十年才建成，在路易十四统治期间，凡尔赛宫作为权力的象征达到了其辉煌的顶峰。

今天，人们已将这座庞大的宫殿改建为博物馆，成为人们了解法国历史和前朝这些统治者奢华生活的所在地。这大概是当年将狩猎场改造成法国最大宫殿的始作俑者未曾预料到的吧。

2013年11月29日上午8:30于瑞士苏黎世 Renaissance Hotel

米兰记忆

这次到欧洲访问，尽管时值冬季，按当地人的说法，已进入欧洲的雨雪季节。但我们一路走来却是阳光灿烂，就连很少见到太阳的法兰克福，都是一片和煦的阳光，我们感到很幸运。但没想到，到米兰后的第二天却大雪纷飞，气温陡降，使我们的心情也像被泼了一瓢凉水似的，心想米兰对我们怎么就这么“冷漠”？我们不顾天寒地冻，便开始了风雪之中的米兰之行。

在漫天皆白的雪地里，我们行走在米兰街头，虽说天气寒冷，但也处处感受到这里暖融融的生活气息。米兰市区街道两旁都是大大小小的商店，商店橱窗陈列着许许多多的商品，最多的还是服装，一个个木制的模特身着造型各异的服装，用琳琅满目来形容是再贴切不过的了。我们边走边欣赏这些服装，赞叹着它的华贵与美丽，看到这些多姿多彩的服装，我们感到米兰作为世界服装之确是名副其实。最盛大的节日是每年举办的米兰国际时装展，它吸引了全世界的眼光。据说一些年轻的男女模特长期逗留于此，寻找发展的机遇。一旦成为米兰国际时装展的表演模特，便可遐迩闻名了。同时，米兰不仅是世界服装之都，它还是意大利的第二大城市，是意大利的金融、经济中心，就如同我国的上海。但我们感到上海通过十多年的飞速发展，其繁华程度已远远超过了米兰。

米兰是一座古城，说它是古城，是因为它的历史可以追溯到公元前3世纪。从4世纪到5世纪，这里曾是西罗马帝国的首都。中世纪米兰曾是意大利最强大的城市之一，先后被法国、奥地利统治，于1848年才从奥地利统治下挣脱出来，后来加入了意大利王国。由于这座城市历史久远，因而它有许多中世纪留下的建筑。最具特色的是位于市中心的斯福尔扎城堡，它是一座始建于15世纪的古城堡。这座中世纪的古城堡，据说是当时统治米兰公国的家族兴建的。它的外墙由红砖垒成，城堡呈四方形，在四个角上建有四个塔，用于卫队站岗放哨。城墙显得十分坚实和厚重，沿城墙下是宽至十米左右的壕沟，以防止敌人入侵。从城堡的正前方进入城堡内，里面非常空旷，城堡不是很大，但很整洁，有操练场，有一大片绿色的草地，有整个家族居住的寝宫。这些寝宫不显奢华，说明当地的家族国王还没有达到享受奢华生活的能力。这种简单的城堡倒是比较实用。

在这里逗留了片刻，我们便去了米兰最著名的位于市中心的多姆大教堂。这座始建于中世纪的教堂，建设历时500多年，经历了多个王朝的续建，才建成今天的模样。那天我们冒着漫天大雪，循着石块铺成的道路，随着滚滚的人流进入了教堂大厅。大厅前方是主教的座位，依次往下是祈祷时信徒们坐的排椅。我们步入大厅正赶上教堂的工作人员擦洗椅子和桌子。教堂的顶部是用圆拱衬托着，连着圆拱的是高大的立柱，这些立柱是用花岗岩圆形石筒垒砌而成。中间是用粗大的铜柱将一个一个的花岗岩石筒串起来。这一根根巨大的石柱，从地面到屋顶约有200米之高，这些由花岗岩石垒起的石柱显得坚实、高大和厚重，顶端多个拱顶由一根根石柱支撑着。这些拱大多呈五拱形，还有三拱形和七拱形。由石柱和圆拱构成的大厅使偌大的教堂大厅显得空旷、雄伟。墙的上方有多个圆形的窗户，玻璃是红绿蓝白四色构成，外面的光线透过这四色玻璃射进来，使大厅充满了神秘之感。教堂四周亮着许多蜡烛，蜡烛上方是圣母玛丽亚像和耶稣被钉在十字架上的像。这时，一些信徒在神像前默默地做祷告。

站在耶稣受难像前，一个感念开始在我心中形成。我想，耶稣以自己承受苦难去换取人间的幸福，由一个普通的人上升到了“圣人”的高度，不仅是他自己，连同他的母亲也被尊为“圣母”。从这里是否可以悟出人生的一些真谛呢？人的一生是短暂的，人的一生可以放射出灿烂的光辉，也可以平淡无奇，而决定人生是灿烂辉煌还是平淡无奇，其根本的区别，就在这个人的一生是在只顾自己享受快乐，还是在为他人创造幸福而承受苦难。如果一个人一生只是在寻求自己的快乐，或者只是在享受中度过，这一生即使看似再富有、再快乐，他这一生也只能是渺小而可悲的；反之，一个人一生中以自己承受痛苦去换取他人的幸福，尽管他出身卑微，也可以使自己的一生变得崇高而伟大！在多姆大教堂大厅，看到耶稣在十字架上的塑像，我想到了这些。当我们走出多姆大教堂时，发现纷纷扬扬的大雪停了，天空之上从厚厚的云层里微微地射出几束白色的光。这是不是上苍对我今天感念的回应，我不得而知。离开多姆大教堂，我们又继续在米兰参观访问了。

米兰不仅是一座古城，也是一座浓厚文化艺术底蕴与现代气息相交融的城市。除了时装外，还有建筑风格各异的建筑物，这些具有现代气息的建筑物，将米兰的深厚文化艺术底蕴与现代风格完美地结合在一起。

在 16 世纪欧洲文艺复兴时期，当时米兰的统治者维斯孔家族请来了达·芬奇等著名人文主义者，使这里的艺术、科学迅速发展，从而成为重要的艺术中心。达·芬奇创作了许多名画，其中最有影响力的是《蒙娜丽莎的微笑》和《最后的晚餐》。《蒙娜丽莎的微笑》现存法国巴黎卢浮宫，由法国国王弗朗索瓦一世收购。早几天，我们到过卢浮宫，亲眼见到了这幅名画，《蒙娜丽莎的微笑》已成为卢浮宫的镇宫之宝。达·芬奇的另一幅名画《最后的晚餐》因为绘在米兰的圣母玛利亚感恩教堂餐厅的墙壁上，得以幸存。这幅绘在教堂墙壁之上的传世之作，也就成为今天米兰市的镇市之宝。我曾见过《最后的晚餐》的复制品。这是一幅描写耶稣与 12 个门徒共进晚餐时，宣布有人要出卖耶稣的故事。画面上惟妙惟肖地刻画了耶稣受难前，与门徒共进最后一次晚餐时，每一位门徒复杂的心理状态。画面上的这些人物，在达·芬奇笔下表现得淋漓尽致。现在这幅作品已成为世界上最杰出的绘画作品之一。据说，达·芬奇的《最后的晚餐》连同这座教堂，已被联合国教科文组织列入《世界遗产名录》之中，足见这幅画对提升米兰的文化地位，对世界文化艺术的影响的分量！遗憾的是我们到了这里，但由于没有预约，没能一睹这幅世界名画珍品的真迹。

还有米兰斯卡拉歌剧院，它是世界上最负盛名的歌剧院。世界著名的歌剧演唱家都把自己能进这所歌剧院演唱一次作为终身荣耀。我们冒着严寒来到这里，为的是能亲自体验一下这座世界上最著名的歌剧院。伫立在这所闻名于世的歌剧院狭小的前坪，细致打量着这座历史悠久的歌剧院。她的外观简朴，屋顶呈三角形。正面是三个圆弧形的拱门，外墙灰白色，歌剧院前也并没有宽阔的广场和草坪，更没有气势恢宏的华灯、音乐喷泉等装饰，一切都是那么简朴、平常。看到歌剧院简朴的外观，我的心头不禁一颤，我感到真正有艺术价值的东西，无论是文艺作品，还是建筑物，总是以最朴实、最简单的形式出现。这就如同真理往往都是以最直白、最平实的方式出现一样，反而那些虚无的、品位不高的东西，却往往装饰得无比豪华和奢侈。

2013年11月30日凌晨于意大利威尼斯希尔顿酒店

卢赛恩湖

原来只听说在瑞士有一个风光旖旎的日内瓦湖，没想到距苏黎世不远处的卢塞恩湖，也叫琉森湖，风景竟可以与日内瓦湖媲美。

我们是在由苏黎世前往意大利的高速公路途中路过卢塞恩湖的。汽车载着我们沿着阿尔卑斯山麓下的高速公路往前行驶，沿途可以近距离地感受阿尔卑斯山的风光。原来就听说过阿尔卑斯山风光旖旎，她是欧洲的象征，也是欧洲的骄傲。这一次有机会沿着阿尔卑斯山脚穿行，其感受与过去从书本和电视电影中看到的完全不同。山脚下是一望无际的绿色草地，随着山势蜿蜒起伏。草地上偶尔会有一两间用木头搭建的小木屋，正如安徒生童话里描写的那样，显得神秘而安静。这绿茵茵的草地和神秘的小木屋让人充满了遐想，感觉仿佛进入了童话世界。

由草地往上走是一片片浓密的原始次生林，这些由雪松、橡树以及一些不知道名字的大树构成的原始次生林，郁郁葱葱。那橡木树夹杂在雪松之中，显得亭亭玉立，被秋雾染得绯红的树叶，夹杂在绿树丛中，像一朵朵红花镶嵌在绿茵茵的大毡子上。这情景就如一幅幅美丽的画卷，让人目不暇接。树林上方是峻峭绝壁的山峦，显得气势森严。再往上看是终年不化的雪山，这白皑皑的雪山构成了阿尔卑斯山脉特有的自然风貌。从苏黎世到卢塞恩沿途都是这样的风光，我们沿着阿尔卑斯山脚行进在高速公路上，仿佛是在美丽的画廊中穿行。

大约经过了一个多小时的车程，我们便到了卢塞恩湖这个小镇。匆匆吃过中饭，我们乘着小木船开始了湖中旅行。随着桨的起落，小木船渐渐地离开了码头。我们坐在小木船上，微微的湖风夹着丝丝的凉意扑面而来，让我们神清气爽。定睛望去，远处是阿尔卑斯山的阿拉图峰，峰顶是常年不化的雪，在阳光的照耀下，熠熠闪光。往下是连绵起伏的山峦，山上长满了树木，远远望去呈现出一片深绿色。山脚是一泓清澈的湖水，从远处一直向我们延伸过来。木船在湖上缓缓地移动，山峦倒映在湖面，显得深远辽阔。我们朝远处眺望，在起伏的山坡地上，长满了绿草，绿茵茵的，宛如一张偌大的绿地毯，在绿草地上是一幢幢造型奇异的别墅。这些别墅外墙有红色的、黄色的、黑色的、白色的，呈现出五光十色。草坡地蜿蜒起伏，这一幢幢别墅随着坡地也呈高高低低排列，显得错落有致。我们想，居住在这湖光山色中的人们该是多么的幸福。小船在湖中慢慢游弋，水面上荡起了一阵阵涟漪，这些涟漪由近及远，不久就消失在远处的湖面上。从船上朝湖中望去，湖水清澈见底，看得见湖底的石头和水草。湖面上还有一些水鸟，它们在尽情地游弋着。我们完全被这秀美如画的山水所陶醉。

2013 年 11 月 30 日于意大利米兰市 Mmelca Hotel

威尼斯

到达威尼斯天色已黑，宛如群星的灯光将威尼斯照得如同白昼。我们在外岛下了车，沿着通往威尼斯潟湖码头宽敞的道路，约莫步行二百多米便到了停满大小船舶的码头上。当地同志为我们挑选了一艘十人座的小艇，在四面灯光下，在翻滚起伏的波涛里，我们登上了小艇。随着小艇嘟嘟的马达声，我们渐渐地离开码头，往威尼斯潟湖的深处驶去。

夜幕下的威尼斯潟湖别有一番风情。湖水是深黑色，湖岸两边的房子在灯光的照射下呈现出棕黄色。湖面风很大，湖上掀起了一轮又一轮的波涛。湖面上还有不少的小艇来往穿梭，在这些小艇的尾部又涌出了层层的波浪。我们乘着小艇就在这起起伏伏的波涛浪尖中上下穿行。随着小艇的起伏，我的思绪也仿佛在威尼斯演进的历史的波涛中穿越……

威尼斯位于意大利东北部的亚得里亚海滨，始建于 5 世纪，由 118 个小岛组成，大约在 10 世纪这里就已成为主要的航运枢纽。来到威尼斯，很自然地想起莎士比亚笔下的《威尼斯商人》，那个锱铢必较的威尼斯商人夏洛克，他让人懂得了威尼斯人的经商风格。在今天看来，这也许就是讲规矩和诚实的开始。一般来说，经商应该是斤斤计较，同时也应该按契约行事的。《威尼斯商人》给我们上了很形象生动的商品交换的一课。威尼斯还有一位著名的航海家令人尊敬，他就是马可·波罗。马可·波罗 1254 年出身于意大利威尼斯的一个商人家庭，他的游记《东方见闻录》已成为世界了解中国的重要窗口。在这本书中，马可·波罗以亲身游历的方式真实地记载了中国大都（北京）、扬州、云南等地，因此，马可·波罗又是中意友好的伟大使者。

不一会儿，小艇停靠在一个小岛旁。我们赶紧带着行李下了小艇，朝着下榻酒店的大门走去。在古香古色的酒店大堂，我们参观了这座酒店演进的历史画廊。这座位于一个不知名小岛上的酒店，曾是一家威尼斯面粉场所在地。酒店收购后，将其进行了改造，但仍然维持了原来的结构。墙砖是红色的，显得很古朴和久远。地面和门窗纱做了装饰，体现了现代的风格。因此，这座酒店将古代的元素和现代的风格完美地交融在一起，使古典彰显出活力，又使现代蕴藏着深沉。据当地同志介绍，夏天这里凉风徐徐，是消暑观景的好地方，因此价格也很贵。我们来时却是初冬，这里已进入旅游淡季，因此价格便宜了很多。在酒店稍作休整，我们便又登上了酒店的小船，开始乘着夜色漫游欣赏威尼斯潟湖及其主岛的建筑风貌。

我们从圣桥光顾岛出发，约莫一刻钟的行程，便到了位于湖中的主岛。登上主岛，首先映入眼帘的是圣乔吉欧教堂。这个教堂是 1656 年由意大利人帕拉迪欧设计建造的，教堂前门外是四根高耸的圆柱，用以支撑着上方斜墙的三角屋顶。三角顶上方站立着象征着救世主和两个小天使的塑像。后面是圆顶和两个小尖塔。在小尖塔的旁边是一个很高的塔楼，夜色中的塔楼和教堂外形在灯光的映衬下，可以看清轮廓。这座教堂已有四百多年历史，耸立在威尼斯湖中，供人祈祷和观赏。循着教堂前岸沿着史奇亚弗尼河岸漫步，可以看到雄伟的总督府，它的廊沿由无数个尖拱形的拱廊组成，上方有高耸的小型尖顶装饰，外墙由白色与浅红色的砖块构成。这幢建于 9 世纪的建筑物是当时总督府所在地，也是威尼斯最有权威的象征。与总督府隔着一条小河的是监狱，是用来关押、处决犯人的地方。总督府与监狱由一座桥连接，当地人称之为“叹息桥”。犯人在总督府被判有罪，或判为囚禁或判为死刑，都经由这座桥送往监狱。因此犯人在经过这座桥时，都会面对着自由的天空和波涛汹涌的湖水，发出即将失去生命或自由的叹息。这是这座桥取名“叹息桥”的来由。

沿着河岸过了“稻草桥”，转一个弯便到了钟塔的下面。站在钟塔之下抬头望去，只见尖尖的塔顶直刺天空，塔顶被灯光照射着，放射出一束束光芒。再往前行，便到了威尼斯著名的圣马可广场，这个曾被拿破仑称为“欧洲的客厅”的地方，显得非常空旷宽阔。广场的三面都是建筑物，这些建筑物呈长矩形排列，每一幢建筑物都有圆形的拱廊，拱廊很长，大约有 200 多米，往上是圆拱形的窗户，这些窗户数也数不清，呈两层排列。再往上是由大理石构成的护栏。夜晚，每个圆拱形的窗户都发出明亮的灯光，远远看去，就像一座雄伟的长方形的宫殿，格外迷人。我们站在广场中间，欣赏着中世纪的建筑，似乎看到了中世纪的广场上那人潮涌动、热闹非凡的场景。人们在广场的拱廊小屋内品味着咖啡，谈着买卖交易。偌大的广场上，不少音乐家在这里演奏著名乐曲；来自世界各地的游客，在这广场中央起舞。广场上，不少鸽子旁若无人地停歇，表现出对人类的友好。浑厚庄严的钟声响起，为人们祈祷着爱与和平。一幅多么美好的威尼斯圣马可广场的热闹场景，可是今天我们却无福消受。初冬来临，夜色已深，广场上冷冷清清，我们只能伫立在广场中间幻想着当时热闹的情景。

2013 年 12 月 1 日清晨 6:00 于威尼斯

比萨斜塔前的遐思

到达意大利的比萨城已是接近晌午时分。那天清晨，我们从著名的水城威尼斯驱车数百公里，就是为了一睹比萨城的比萨斜塔的风采。

记得在上中学时，就从物理课本上读到过意大利著名的科学家伽利略在比萨斜塔上做过著名的自由落体实验的故事。伽利略这个实验是要验证一千多年前古希腊大物理学家、哲学家亚里士多德的一个定律，即“物体下落的速度和它的质量成正比”。因为这个定律在实践中多次引起伽利略的怀疑，他要在这座国内外知名的斜塔上做实验，以证实自己对这个定律的怀疑，从而否定这一似是而非的定律。实验的结果证明亚里士多德的这个定律是错误的。伽利略用两个质量不同的铅球，从相同的高度同时抛下，结果发现两个铅球同时落地，从而否定了亚里士多德的定律。伽利略的这个实验，让他建立了“伽利略自由落体定律”。随后，伽利略还否定了许多亚里士多德的定律并在此基础上建立了新的力学定律。这些力学定律后来又被物理学的集大成者——牛顿进一步完善，最后创立了经典力学定律体系。

而这些都是后话了。

在通往比萨城的长途汽车上，回想起物理力学史上的这些往事，心里就对当年伽利略做实验的比萨斜塔充满向往和好奇。在上中学时，就曾幻想有朝一日能到比萨斜塔去作一次旅行，不想这个幻想在四十多年后变成了现实，这不能不叫人感到兴奋。汽车刚停在比萨园外，我们便急匆匆地直奔比萨斜塔而去。

正值冬日的中午，和煦的阳光洒落在比萨园内，使整个园区弥漫着暖融融的气氛，显得十分和谐、安详、宁静。陪同我们参观的同志，首先向我们介绍起比萨园和比萨斜塔的历史。从他的介绍中，我们才真正了解到比萨斜塔是世界建筑史上的一大奇迹。当时的君主决定建造一个宏大的建筑群，包括主教堂、钟塔和洗礼堂，其中钟塔便是今天的比萨斜塔。在公元 1173 年正式开工建设之前，设计师是将比萨斜塔中规中矩设计成垂直体的。建造之初塔体还是笔直的，可是动工不久，工匠们便发现塔身从第三层开始向南倾斜。于是他们赶紧采取补救措施，在南侧用较厚的石块，在北侧用较薄的石块，想以此将塔身矫正过来。可是这些措施非但没有起到矫正作用，反而让塔身发生了变形。后来因松软的土层不堪重负，比萨斜塔建到第四层便停工了。停工 90 多年后，也就是 1272 年，比萨斜塔重新开工。为防止塔身向南倾斜，设计师和工匠们采取了一系列的措施。这样停停建建，一直持续了 200 年才告竣工。就这样，从竣工到今天，比萨斜塔一直缓慢地向南倾斜，人们也采用了多种办法去拯救它，防止比萨斜塔继续倾斜，这也是比萨斜塔从竣工到今天 600 多年一直斜而不倒的奥秘。听罢当地同志的介绍，我们对这座神秘的斜塔更增添了几分好奇。

沐浴着比萨园里和煦的阳光，顺着园内的小径，绕过绿茵茵的草地，我们伫立在这座白色的高大的斜塔之下。斜塔下有一块用白色大理石制成的石碑，上面记载着比萨斜塔的相关数据：这座塔高 55.4 米，重约 1.45 万吨，始建于 1173 年，竣工于约 1350 年。我们站在斜塔下的绿茵茵的草地旁，仰望这座历经 600 多年、饱经岁月沧桑的带有传奇色彩的世界建筑史上的奇观。只见这座由白色大理石砌成的塔高八层，最下面一层是实墙，由 15 根圆柱支撑着，它们由下而上逐层收缩；第二层至第七层是分别由 31 根圆柱和塔壁组成的环形空廊。最上面一层是由 12 根圆柱组成的钟亭。最上面这个钟亭与下面的结构有一些不同，据说是斜塔修到第七层，塔身重心已经偏离了 2 米，工匠们不敢继续施工，只好又一次停工。大约隔了 70 多年后，有位设计师提出了在七层塔上面改建一个钟亭然后封顶的建议，才使这座建设了 200 年的建筑总算竣工。虽然由七层到八层钟亭建设相距了 70 多年，但由于建筑总体构成上还是保持了原来的建筑风格，不细看也看不出它们之间的差异。

特别值得一提的是，从一层到塔顶设有 294 级台阶，在塔内螺旋式上升，当时设计者是为了方便人们由地面登上塔顶去俯瞰整个比萨城。但因为斜塔往南倾斜，这个塔内的大门入口紧闭，人们只得望而却步，拾级而上到塔顶鸟瞰全城的愿望只能是个愿望。于今这座斜塔只能供游客观看它倾斜的外表的姿态了。塔的周围是绿茵茵的草地，白皙的塔身与绿茵茵的草地相映成趣，构成了一幅美丽的图画。更让人难以相信的是这几乎倾倒的斜塔一直就耸立在这里，构成了一个让人无法解释的神话。固然，多少年来人们一直在这里采取多种措施去拯救它，但这么多年斜而不倒，的确是世界建筑史上的一大奇观。这也是比萨斜塔连同比萨城之所以吸引全世界目光的缘故。

我盘桓在比萨斜塔下，回想起当地同志所说的那些比萨斜塔建设过程中的趣闻逸事，亲眼所见这座高大的建筑物竟然能 600 多年斜而不倒。一座原本普普通通的钟塔由于建筑过程中出现了失误，经几代人不断地努力挽救，对它进行无数次维护，居然使一座原本普普通通的钟塔，变成了世界建筑史上的一大奇迹。其中隐含的哲理的确是值得人们去回味的。

2013 年 12 月 2 日于意大利比萨城

漫游苏黎世湖

大凡到过瑞士苏黎世的人，没有一个不为她繁荣发达的金融业所惊叹。这座被人们称为全欧洲最富有的城市，聚集了全球 120 多家银行总部，是世界上最大的金融中心之一。然而，苏黎世更让人震撼的是位于城市周边的苏黎世湖。她优美的生态环境和苍翠挹秀的景色着实让人流连忘返。

在一个初冬的时节，我们来到了这里。那天清晨，太阳在薄薄的雾中放着红光，城中的空气格外清新。我们匆匆用过早餐，便沿着市区的利马特河向苏黎世湖走去。利马特河发源于阿尔卑斯山，穿过苏黎世市区，最后流入苏黎世湖。这条河将苏黎世市分为东西两岸，东岸是新城区，西岸是老城区。河的两岸陈列着几个世纪以前的古建筑。利马特河的水如泉水般清澈见底。陪同参观的当地人告诉我们："利马特河有苏黎世'母亲河'之称，河水可以直接饮用。"听罢当地人的介绍，我好奇地来到河边，用手捧起晶莹剔透的河水，送入口中品尝，果然有一股清凉甘甜的味道。我把手中剩下的水往空中一洒，水珠顿时在空中放射出五颜六色的光芒。我当时想，这么一座国际化的大都市，流经城中的河水，竟然这样清澈洁净，真是不可思议。我对真正的生态优美的城市有了新的认识。在利马特河岸绿荫如盖的街上约莫行走了半个多小时，我们便来到了苏黎世湖的堤岸。站在堤岸上放眼望去，岸边停放着各色的帆船和游艇。湖面上的白色天鹅、野鸭和鸥鸟在水中游弋，而白天鹅最多。可能是因为我们的到来惊扰了它们，忽然有一只白天鹅伸开翅膀，在水中扑腾几下，“嗖”的一声往空中蹿去。顿时，平静的湖面激起了一层层的涟漪。此情此景，让我们又惊又喜。在停靠帆船和游艇的码头上，我们挑选了一艘乳白色的机动船作为我们这次湖中游览的工具。这是一艘两层的游艇，坐在船舱内也可以看清两岸的风光。随着一阵机器“突突突”的轰鸣声，我们的游船便渐渐地驶离了码头。透过船尾玻璃窗可以看见，平静的湖面被耕出了一道道波浪。这起伏的波浪，使码头上停靠的船只不停地摆动起来。坐在船舱内，听着湖水拍击船身的声音，我们似乎也能感受到湖水的洁净。在船舱休息一会儿之后，我们登上了船顶。时值初冬，迎面吹来的微风夹带着几分寒意，但为了看到湖上这么美好的景色，我们全然不顾。极目远眺，天显得格外蓝，与湖水一色。远处是高峻挺拔的阿尔卑斯山，绵亘着层峦叠嶂，那高峻的山峰仿佛与天相接，过去是只有在电影或电视里才能看到她的身影。这会儿我们可以一览无余地一睹她的雄姿。山顶是长年不化的积雪，在阳光的照耀下熠熠闪光，看得我们眼睛都花了。积雪下面是茂密的树林，远远望去一片翠绿，使人赏心悦目。

船在湖中缓缓地前行，我们目不转睛地观赏着两岸风光。岸上不远处是起伏的山峦，山峦脚下是徐缓的坡地。坡地上是一片被秋霜染红的树林，一幢幢红色、白色、褐色别墅掩映其中，看上去美丽极了。再往前，是望不到边际的葡萄园。偶尔还可以看到人们在葡萄园来来往往劳作的身影。

突然，远处传来了一阵阵乐曲声。定睛望去，只见一艘巨大的游轮朝我们开来。船上挂着各色的彩旗，在微风的吹拂下徐徐飘动。船上各种霓虹灯渐次闪光，人们在甲板上开怀畅饮，阵阵歌声不断飞入我们的耳际。正当我们为这眼前的情形纳闷时，陪同我们参观的当地人向我们介绍道："每年的十一月初，正是苏黎世的葡萄酒节。这个节日吸引了来自世界各地的游客在大游轮上欢度节日，品尝世界各地的美酒。"听着当地同志的介绍，看到眼前轮船上欢乐的气氛，我们也好像分享到了葡萄酒节的快乐。我想全世界那么多产葡萄和出葡萄酒的地方，远远要比苏黎世著名，但人们却把葡萄酒节放到了这里的游船上。不能不说，苏黎世美丽优雅的环境是吸引全世界游客和全世界葡萄美酒来这里举办节日的重要原因。

船仍在缓缓地行驶。金色的阳光照在湖面上，波光潋滟，晃得我们的眼睛都有点睁不开了。初冬时节，暖暖的阳光照射在我们的身上，使人十分舒畅。朝湖上望去，可见湖水碧蓝，清澈见底。虽然湖水很深，但仍然可以看见湖底的沙砾、水草，不时有一群群鱼儿从我们的船边游过。湖面上有几只鸥鸟时而掠过水面，时而又腾空飞起。这些鸥鸟对我们的到来没有丝毫畏惧，好像这明净的天空、清澈的湖水就是为它而存在的。

欣赏着蜿蜒起伏的山峦、平川、草地、森林、葡萄园和村落，体味着洁净的湖水和明静的天空，我们真有一种进入仙境的感觉，长久地为这景色所陶醉。我们甚至想，造物主对这方土地太偏爱了，将这么好的自然环境都安排到了这里。我们不禁对这里的人有些嫉妒了。陪着我们参观的人，似乎看出了我们的心思。他对我们说道："其实这里的生态环境，也是走过了一段弯路的。最初，这里的原始自然生态是很好的。随着工业革命的兴起，城市工业化加快，这里吸引了大规模的人口聚集。城市人口快速增长，产生了大量工业污水、生活垃圾，并通过利马特河向湖中直排。河水、湖水被严重污染。有很长一段时间，这里天鹅、鸥鸟、鱼类等动物不见踪影。水质严重恶化，城市和湖面臭气冲天。苏黎世湖成了藏污纳垢之所，利马特河、苏黎世湖成了臭水的河湖，恶劣的生态环境迫使人们纷纷搬离。"看我们听得全神贯注，陪同我们的当地人清了清嗓子又继续说道："面对惨痛的现实，这里的当局者痛定思痛，下了最大的决心治理污水和生活垃圾。"他还举例说明了当局者决心之大——在城里建设了世界上最先进、最发达的城市污水系统，使用了上千个地下摄像机监测下水道情况。城市里的工业和生活污水要经过多个环节处理，完成全部净化程序后才能排入利玛特河，进入苏黎世湖。他最后加重语气说道："政府规定流入苏黎世湖的每一滴水都必须经过处理！"听罢他的介绍，我们不仅将钦佩的目光停留在苏黎世湖优美的生态环境上，更钦佩当局者治污的远见卓识和过硬的措施。

船在湖中转了一个弯，缓缓地往回行驶了，而我的思绪却还在前行。欣赏着苏黎世湖两岸的湖光山色，体味着当地人对苏黎世湖过去和今天变化中所流露出来的自豪感，一个不曾有过的感悟开始在我的脑中生成。我在想，人类文明的演进过程，要经历许许多多的曲折，每经过一次曲折，人们就会做一些调整。这个调整有时好像是向旧的方向的回复，就好像是哲学上的“否定之否定”，如同眼前苏黎世湖的演进过程一样。在最早的农耕文明阶段，这里的人们保留了原生态的生活方式，空气、水、土壤都没有污染，人与自然和谐相处。但工业文明的到来，打破了原生态的文明平衡，一方面带来现代的生活方式，让人们享受更便捷的生活；另一方面，却造成了生态的破坏。于是人们又花费许多的精力来治理，在保留现代工业文明带来的生活方式的同时，去修复生态，化解工业城市化带来的污染，使生态环境尽可能向原生态的面貌回归。但又绝对不是简单的回归，而是更高层次的飞跃……

原载《湖南散文》2020 年第 1 期

生活感悟

感念乔布斯

这几天，国内外不少媒体都在纪念一个既平凡又伟大的人，他就是苹果公司的创始人史蒂夫·乔布斯。

乔布斯21岁与人合伙创办了公司，在父母亲的车库里制造出了第一台苹果电脑，尔后在社会上掀起了个人电脑风暴。当他30岁达到事业高峰时，被亲手创办的公司扫地出门。12年后又卷土重来，他开发的Macintosh电脑软件操作系统，发明的智能手机从第一代到五代，使全世界不少的人享受了电脑、手机带来的便捷和愉悦。他所创办的苹果电脑公司的市值由他第二次出任CEO时的每股10美元，飙升到每股4220美元。他创造的公司市值超过了微软，超过了石油帝国埃克森美孚，一跃成为全球第一。他凭着天才的创造能力，改变了人们的生活，也颠覆了人们的观念，使人们相信在这个世界上没有什么奇迹是创造不出来的。正因为他的影响力和他对世界的贡献，当媒体传来他于2011年10月5日去世的消息的时候，许许多多人为之诧异，为之惋惜！是的，他也许不像一名国家元首那样在国际上叱咤风云；他甚至不如一名世界著名的奥林匹克冠军那么引人关注。但他对世界的贡献，特别是他虚怀若谷、求知若渴、屡挫屡战的精神，已经成为全人类的一份宝贵财富。

史蒂夫·乔布斯是一名未婚的在读研究生的私生子。年轻的妈妈将他送给一个工人家庭抚养，在得到了这对工人夫妇让他念大学的承诺后，这个年轻的妈妈才放心。在寄养父母家里，他养成了孤僻的性格，也感知了人间的冷暖。当他 17 岁能上大学时，刚读一年他便选择了退学，原因是这所学校昂贵的学费耗尽了他养父母毕生的积蓄，他不忍养父母辛辛苦苦积攒下来的一点钱，因他读大学而耗尽。虽然选择了退学，但他每天坚持到大学去旁听。为了生存，他每晚睡在同学宿舍的地板上，每天利用课余收集 5 美分一个的可乐空瓶换美金买吃的。为了改善伙食，每个周日的晚上，他步行 7 英里去郊外的神庙吃顿免费的施舍餐。就这样，他顽强地生活，顽强地旁听自学，顽强地朝着自己确立的目标一步步往前走。磨难的经历和勤奋的求学，让他磨砺了精神和品行，为他日后的创新奠定了坚实的思想基础和知识基础。这种从磨难中求学得来的知识是痛苦和艰辛的，但这样求学获得的知识，才是深刻和牢固的！这比那些为了分数去考试、为拿一张毕业文凭去学习的效果不知要强多少倍。也许正是这种苦难的经历磨砺了他不屈不挠、屡挫屡战的精神，而这种精神是无法在课堂上学到的。

让人更大惑不解的是，在他创办的苹果电脑公司干得十分红火的时候，他却被自己的公司董事会扫地出门，这在我们今天看来不可思议。使人感奋的是，他被公司扫地出门后，尽管心里很苦，但仍然没有自暴自弃，又从零起步创办了新的软件公司 Next。接着又创办了皮克斯动画工作室，他凭着自己的勤奋和天赋把这个动画公司变成了世界上最成功的电脑动画制作公司。而 Next 公司的创新软件又被苹果公司收购，为此，他再次出任苹果公司的 CEO。从此，他将苹果公司一步一步地带向辉煌，创造了让人仰视的业绩。

回首乔布斯的整个历程，我们从内心深处感佩他。他的创造力改变了人们对电脑标准化程序的依赖，最大程度地体现了人性化的特点。特别是智能手机风靡世界，以至于一款新手机一面世就被一抢而光，而人们仍不断地期待着新款或新品问世。苹果是电脑手机真正的领军者，他创造的社会价值已远远超出了一家私人公司的意义，他是属于世界的，属于人类的一份珍贵遗产。更让人感佩的是乔布斯求知若渴、虚怀若谷、屡挫屡战、视死如归的精神，是一个成功者最宝贵的精神财富，让人久久难以忘怀！特别是后来发现身患癌症，他仍然孜孜不倦地追求，从未停息。他深信这样一句格言："如果你把每一天都当成你生命的最后一天，你将在某一天发现原来一切皆在掌握之中。"他的这种精神和信念，用自己有限的人生书写出了人类科技创新史上无限辉煌的一页，也让我们深受教益，深受鼓励！他的精神财富与他创造的物质财富一起，已成为人类共同的宝贵遗产。

2011 年 10 月 9 日于家中

谈平时的积累

不久前去甘宁考察，参观酒泉基地，漫步古都敦煌，盘桓阳关旧址，泛舟银川沙湖。当时的感悟很多，但由于没及时动笔，许多灵感都离我而去，到后来怎么也回忆不起来。这正验证一句古诗所说："作诗火急追亡逋，情景一失永难摩。"这里的作诗就是指写作之类。所以，但凡是写作之类的事情都是应及时完成的，不要拖沓。如果是写大一点的作品，当然不是一挥而就完成的，但平时的素材积累也是很重要的。平时可将一些感受、观点和史料收集起来，写成小文，待观点更新、视野更宽、主题更深之后，便可将这些平时积累的碎片化小文串起来，就可以写成大一点的作品。这就要求我们平时将看到的一点一滴记录下来，将感悟到的生活的火花记录下来，待有了更多积累时，再进行创作。正如《新唐书·李贺传》中所描述的那样："每旦日出，骑弱马，从小奚奴，背古锦囊，遇所得，书投囊中。未始先立题然后为诗，如他人牵合程课者。及暮归，足成之。非大醉吊丧日率如此，过亦不甚省。"

这里最重要的是平时的积累，有一点就要及时记录一点，不一定要有很新很深的立意，不一定要有文采，只要是真实的自然景观和朴实的观感，写成半成品，日积月累，历时一久，很多东西就会变得鲜活起来。做好平时积累要求人一定要勤奋，不要偷懒，不要以写出更好的东西为借口而一拖再拖，最后什么都写不出来。俄国作家高尔基曾说：“人的天赋就像火花，它既可以熄灭，也可以燃烧起来。而逼使它燃烧成熊熊大火的方法只有一个，那就是劳动，劳动，再劳动。”

只有平时勤奋积累，才会有朝一日获得成果。如果平时不勤奋、不积累，靠异想天开想写成好作品，那是不现实的。

2012 年 4 月 28 日

观《雾都》有感

没想到一部《雾都》的电视连续剧，让我彻夜无眠一次性观看完，我感到，这是近年来在荧屏上少有的好作品。

故事以抗日战争和解放战争为历史背景，以主人公川军地方军阀朱豪和金陵女子大学毕业生周芷兰之间的生死爱情为主线，以重庆为中心，将中国近代史上一段最为重要的历史画卷展现在观众眼前。国民党抗战这个主题，在三十年前一直是未能正视的问题，像这样大量的篇幅客观宣传国民党抗日，尤其是川军抗日是第一次，让人接近了历史的事实。抗日的题材很多，但像这部连续剧将抗日题材融合在一个复杂曲折、近乎传奇的爱情故事之中，却也让人耳目一新，这也正是该剧能够吸引人的地方。朱豪是当地川军的一个杂牌军的军长，袍哥出身。由于他讲义气和豪气，在当地形成了自己的势力范围。1937 年 7 月 7 日卢沟桥事变爆发后，中国进入全面抗战的时期，他带领川军七千人参加了淞沪大会战和武汉保卫战，结果打得只剩下 200 多人。尔后又参加了滇缅通公路的保卫战，由于上级军事指挥上的失误，自己丢失了一条腿，同时又只有几十人返渝。其后也参加过重庆保卫战，以极大的伤亡打退了进攻重庆的日本侵略者。抗战结束后，因拒绝打内战被国民党高层指责为“通共”，关进了牢房。在整个历史事件中，抗日就这么几个大的事件，其间还穿插了重庆防空洞惨案、重庆谈判等大事件。但这些故事都是围绕女主人公周芷兰展开的。周芷兰是金陵女大的毕业生，因貌美和女大学生的缘故被军阀朱豪看中，强迫她做小姨太。后因为朱豪要上战场，婚礼没举行。一次一次突如其来的抗战迎敌，使周芷兰没有做成朱豪的小姨太。周芷兰有文化、有反抗精神，一开始看不起袍哥帮会出身、大字不识的军阀朱豪。周芷兰的清新脱俗、秀外慧中，让朱豪陷入了十分矛盾的情感世界之中。一方面十分想占有才貌双全的周芷兰，一方面又被周芷兰的大义深深地吸引。周芷兰一次又一次地把朱豪从死亡前线救了出来，同时一次又一次地拒绝朱豪把她纳为小姨太的要求。在这一次次的生死交往中，周芷兰对朱豪的印象发生了改变，内心里开始倾慕朱豪，最后爱上了他。其情节跌宕起伏，让观众随着主人公一次又一次的喜怒哀乐情感变化而变化。

爱情作为文学永恒的主题，是让人过目不忘的重要元素，放在历史的大背景中去诠释这个主题，让爱情更高尚，更富有感召力。《雾都》写朱周两人的曲折传奇的爱恋故事，就是将爱情与国家民族利益联系在一起。一方面显得高尚，另一方面又显得真实可信。随着剧情跌宕起伏，在经历许许多多磨难后，两人终成眷属，使全剧达到了高潮。

我很久未看到这样的作品了，这样的作品使我收获颇多。首先是情节的设计，让一个本可以完美的婚姻故事经历那么多的磨难，同时又设计出那么多生生死死的撼天动地的故事情节。如在保卫武汉门户的大会战中，周芷兰从死人堆里将朱豪救出；在缅甸通公路保卫战中，当周芷兰得知朱豪生死未卜时，只身毅然千里去寻找，将其劝回；当得知朱豪被国民党关押在牢房时，又冒着生命危险去南京上层找人将其救出。然而每次救护任务完成后又毅然离开朱豪，使人不得不产生许多的遗憾！为这一份生死相救、生死之交的爱情不能圆满而遗憾。朱豪对周芷兰也是费尽了心力，为了得到她的认可和爱，下决心学文化，变得文雅起来，不惜身家性命去为周芷兰做该做的一切。两情相惜，但就是无法在一起，都是无私地为对方付出，那种爱情让人感动。

其次演员精湛娴熟的演技也是恰到好处。饰演朱豪的张丰毅，将粗犷、义气的地方军阀演绎得淋漓尽致，他粗中有细，由一个不学无术、满身戾气的袍哥，变成一个有一定文化素养，懂得如何去尊重人、关心人的军人，这个转变过程让人印象深刻。饰演金陵女大学生周芷兰的于明加，无论是演技、形象气质都给人留下了难忘的印象。可以这样说，没有于明加精湛而自然的表演，就没有剧中那么多的让人感动之处。

剧中安排了周芷兰与三个男人交往的经历。主线是朱豪，还有两条副线，这两条副线又从一个方面衬托了周芷兰情感变化的心路历程，衬托了她重义重情和富有正义感的性格。

一个是在武汉保卫战前线相遇后又在苦难中相识，年龄经历相仿的年轻才俊秦必成，周芷兰在与秦必成的患难之交中将自己的终身托付给他。但后来她发现，秦必成为了实现个人野心往上爬，不惜出卖灵魂的时候，周芷兰与他毅然断绝了关系。后来当看到秦必成被关进监狱，判处死刑时，周芷兰又出现在监狱，为秦必城伤感，并再次原谅他。从一定意义上说，秦必成的迷失与失败是那时黑暗社会的迷失和失败。通过秦必成这个人的悲剧，揭示了那时社会和时代的悲剧，也告知人们这个腐败的社会必然要灭亡的道理。另一个男人是身居国民党高位的陈渝，是一个文质彬彬的书生，他忠于事业，对周芷兰有爱慕之情，但只是在工作上和相关小事上给予照顾，内心的爱恋一直不敢流露。这个人物是中国传统人物的典型代表。周芷兰对他心存感激，虽有过爱慕之情，但羞于女人的矜持，也没有表露。其实，最大的障碍不是感情性格的原因，而是道不同罢了。于明加高超娴熟的表演技巧，将周芷兰的高贵气质和女人特有的风韵表现得淋漓尽致。游离于这三个男人之间又不失分寸，让观众对周芷兰充满同情和期待。可以说没有于明加精湛的表演，这个剧就失掉了很大的魅力。

我以为这部剧是近些年来少有的好剧，既有历史的厚重感，又有人性的光辉。期盼今后的屏幕上多出这样的精品力作。

2012 年 5 月 20 日

逆势而上

刚刚读了我国著名红学家周汝昌在身体条件极差的情况下著书立说的逸事，感慨颇多。

周汝昌这位出生于1918年的红学大师，青年时双耳逐渐失聪，左眼因视网膜脱落，早先失明，而右眼则需要靠两个高倍放大镜重叠一起方能看书写字。因双眼近乎失明，无法在常人用的方格子内写字，而是以常人用的一倍大的方格子纸笺才能书写。以至于到后来，书写的手稿，每个字已大过核桃，而后右眼完全失明，只能改为口述。就是这样一个几乎失聪失明、按常理完全无写作能力的人，在生命的最后三年多（从2009年初开始到2012年5月31日），竟出版了《谁知脂砚是湘云》、《红楼真本》、《周汝昌校订批点本：石头记》繁体本、《周汝昌校订批点本：石头记》简体本、《诗词赏会》等五部著作。加之之前出版的代表作《红楼梦新证》《曹雪芹》《红楼梦与中华文化》《献芹集》《石头记鉴真》等，他一生的专著达数十部之多。以那样的身体条件，完成那么卷帙浩瀚的著作，是需要多么大的毅力与坚忍不拔的意志啊！

“大家”之所以成为“大家”，除他的智慧之外，我认为主要是因为有一般人所不曾拥有的意志和毅力，有一种只争朝夕屡挫屡奋的精神！就拿周汝昌先生来说吧，他知道自己的身体不行，他曾这样说道：“像我这样的人，积累一点东西不容易。我靠半只眼睛拼命干，就是因为还有没做完的工作。”按他的身体条件是根本无法写作的，但就是这种无法写作的身体条件成就了他的大作。这里又昭示出人生的哲理，一般来说，恶劣的环境和条件往往能促使人成就大业。

古往今来，没有一桩大业是在十分优越的条件下实现的。常常是因为人所处的条件异常艰苦、环境异常困难，从而驱使人去发奋，去与恶劣的环境斗争。这里关键是看身处恶劣条件下的人是否有克服困难的勇气和毅力。“伟人”之所以成为“伟人”，“大家”之所以成为“大家”，主要是因为他有克难制胜的意志和韧劲，有一种与艰苦环境斗争的勇气和决心。这是他们身上最宝贵的东西。

在日常生活中，我们也常常看到另外一种现象，一些人身处优越的环境，但由于不珍惜优越的条件，或缺乏坚强的毅力，做什么事都是浅尝辄止，遇到困难就退缩，到头来一事无成。人世间的这种现象让人为之惋惜。说到底是他们不能正确地对待优越的条件，将优越的条件当成了享受的代名词，在享受中慢慢变得慵懒、懈怠，最终虚度了一生，沦落为一个对社会无用的人。

所以，一个人身处逆境并不一定是坏事，只要能在逆境中保持永不气馁、屡挫屡奋的顽强意志和毅力，最后一定能取得成就。同样，一个人身处顺境，如果不能正确地对待顺境，或浅尝辄止，或慵懒懈怠，到头来也会一事无成。其中的道理值得我们警醒。

2012 年 6 月 5 日

谈被忽略的恰恰是最重要的

生活的辩证法的确耐人寻味。在日常生活中最重要的因素，常常被人忽略。如空气、水、阳光，这些与生命密不可分的东西往往容易让人忽略，但人们一旦离开了这些，便须臾不能生存。再如人的视觉、听觉、嗅觉、味觉、触觉，看似再平常不过，但人一旦失去了其中的任何一种感觉，生活就会变得十分困难。正因为人都有这些感觉存在，便常常忽略了这些习以为常的感觉的重要性。只是等到失去它的时候，才感到了它的弥足珍贵。

大千世界，这种现象比比皆是，最重要的东西往往容易被人们忽视，舍本逐末大概是人常常犯下的谬误之一。这也许因为人世间一些重要的东西常常是以一种最本真、最朴实的面貌出现，而这些最本真、最朴实的东西都默默地承载着自然界和人类社会的重任。也许是因为它的本真、朴实的属性，才让人们忽视了它的重要作用。因此，可以这样说，越是重要的、须臾离不开的东西，它给人的感觉越是不明显，也越是不被人重视。

鉴于此，我们去观察事物，不能被事物的表象所迷惑。而应该由表及里、去伪存真，从而把握事物的内在规律性和本真性。

一般来说，那些真正让人须臾不可分离的东西，让人真正获益的东西，在常态下是难以让人明显感觉到的；反过来说，如果人们对那些十分重要的东西，有了明显的感觉，说明它在一定程度上发生了变异。如政府在社会管理中的作用，应该就像空气、水、阳光的作用一样，是不需让人感到过度性存在的，但是一旦离开了政府，生产生活的社会秩序将会无法进行。政府的功能只是起一个行政许可、仲裁和司法的威慑作用。按照公平、正义的原则建立社会组织架构、行政体系和法律体系，规范利益各方的基本权利和义务。因而，它的作用应该是潜移默化的，是起基础性作用的。只是社会出现不公平交易，出现破坏公共秩序的行为，如巧取豪夺、谋财害命等危及人们正常生产、生活社会秩序时，政府才凸显必要的作用。在平时是不宜让人感到政府作用过度性存在的。如果感到政府过度性存在，就意味着这个作用出现了变异，这时社会的正常秩序也就被打乱了。

因此，我以为自然界和人类社会是不能超越它内在的规律去过度干预的。我们能做的就是顺势而为，依照它内在的规律去引导它、推动它，让它顺着自身的规律去发展。中国两千多年前的老子提出“无为而治”的思想，就是洞悉了这个道理。人为地去改变自然界和人类社会发展的规律，必然会遭受自然和社会的惩罚。

同时，作为自然人，对那些很重要但又不能感觉的事物，要有敬畏之心、感恩之情，要十分珍惜它的存在。越是重要的东西，它越是以人们察觉不到的形式存在，我们决不能去诋毁它、忽视它。

人的视觉、听觉、触觉、味觉、嗅觉，常常以不被人察觉的方式而存在，让人生活得如此幸福。所以，我们要加倍珍惜它和保护好它。

政府按社会发展的客观规律构造的正常运行的社会组织架构、行政体系和法律体系，保证了我们整个社会正常地运行。我们一方面要自觉地遵守、遵从；另一方面，对它要心存敬畏和感恩，做一名社会公平公正组织架构、行政体系和法律体系的维护者。

2013 年 5 月 26 日

谈人的意志力

今年的4月17日，诺贝尔文学奖得主、哥伦比亚籍的文学大师加西亚·马尔克斯在墨西哥城的家中去世，享年87岁。

加西亚·马尔克斯创作的长篇小说《百年孤独》在1982年获得诺贝尔文学奖。他被称为人类有史以来最伟大的西班牙语作家之一。他的那部《百年孤独》被人们誉为现实主义的杰作。这部长篇小说通过对加勒比海沿岸马孔多小镇上布恩迪亚家族七代人兴衰史的描写，展现了哥伦比亚乃至拉美社会100多年的政治风云和生活变迁。随着马尔克斯的去世，这部史诗般的巨著又热销起来。在热销的氛围中，我又发现了这部巨著背后所蕴藏着的鲜为人知的经历。

马尔克斯创作《百年孤独》，可以说是历经磨难。别的不说，就是在他写作的18个月中，他连支付房东租金的能力都没有。他是在拖欠房东租金的十分拮据的情况下，忍受着巨大的精神压力，以超出常人的坚强意志，完成了700多页文稿的写作。也许正是他面临的这种苦难的生活环境，才促成了他那部伟大著作的诞生。这可能是社会生活中一种相悖的现象。条件越艰苦，如果战胜了艰苦的环境，人的成就可能越大；反之，条件越好，整日养尊处优，反倒出不了什么成果。就连那些十分有才华的人，因不能很好地把握好的条件，也会变成平庸之人。从马尔克斯的经历中，我感到负面的环境可能是磨砺人的意志和才华的砌石，尽管在困难的环境中，会累会苦一些，但对有坚强意志力的人来说，则是促成他成功的重要因素。因此，一个人若想成就一番事业，不仅要有才华，还必须具备战胜磨难的坚强意志力。才华与坚强意志力二者缺一不可。

从更深层次角度讲，人坚强的意志力比才华更显得重要！这是因为，拥有坚强的意志力首先要能忍受孤独寂寞的痛苦。从众、爱群居、受人追捧，这是常人固有的天性。而一个离群索居、喜爱独处的人，是需要做出巨大牺牲的。但甘守孤独，远离那些受众，却又是一个人能潜心研究、潜心创造的基本条件。中国唐代大诗人李白说："古来圣贤皆寂寞。"德国十八世纪哲学家叔本华也曾说，"孤独是拥有卓越精神之人的命运"，"没有相当程度的孤独，是不可能有内心的平和"。古往今来，凡是成就伟大事业的人，无一不是在孤独和寂寞中打拼出来的。

再者，还要忍受生活拮据的痛苦。《百年孤独》的作者马尔克斯在写作这部巨著之前，曾在广告公司任职，收入可观，生活应该是十分富足的，但为了专心写作，他辞掉了这份报酬优厚的工作。辞职后，生活来源断了，最后连房租都付不起，只得靠拖欠租金过日子，其拮据的生活，前后巨大的反差，也是常人难以承受的。正是因为有这种坚强的意志和毅力，他抛下了这纷纷扰扰的琐碎事务，静心写作，忍受着拮据的生活困境。这种困境对于常人来说，无疑是巨大的压力，一般情况下是无法坚持下来的，但马尔克斯凭着顽强的意志战胜困苦并坚持了下来。创作的冲动和巨大的使命感使他抛开了世俗的习气，乐于在十分艰难困苦的条件下写作。也正是这种环境，更激发了他创作的热情和信心。历史上这样的例子不胜枚举。如《资本论》的作者马克思在英国伦敦大英博物馆写作时，有时一天连一顿饱饭都吃不到。生活拮据，只得靠朋友的赞助才勉强度日。但这种朝不保夕的拮据生活，带给马克思的不是退却，反而让他坚定了继续研究和写作的毅力和决心。从这里也可以看出，伟大的成就常常是伴着拮据的生活环境而产生的。

最后，拥有坚强的意志力要能忍受误解的痛苦。世俗舆论的压力对人的影响是很大的。古语说“众口铄金”，由此看得出社会舆论的压力可以将人的意志决心和毅力完全颠覆。只有拥有超常意志力之人，才可以战胜这些社会舆论的影响，不被这些负面情绪左右，持之以恒地朝着既定的目标走下去。这是最需要坚强意志力的。很多人就是因为受不了社会舆论的压力，而改弦易辙的。

因此，我认为，伟人与凡人在智力上的差别不是很大，真正的差别就在于是否具备战胜磨难的坚强意志力。

2014 年 4 月 27 日

谈勤奋

这一段时间，一直在思考有关勤奋的问题。今天周末，使我有时间理清一下这方面的一些感悟。

我至深地感到，人世间一个勤奋的人，即使笨拙，到头来也可以成就一些事情；反过来，即使一个人很有才华和智慧，如果不勤奋，最后也可能一事无成。记得当代大家范曾先生曾讲到自己的勤奋。他说自己每天早上五点起床就开始读书，八点开始练字，下午作画，晚上习文。一天生活学习安排得十分紧凑。虽然今年也七十有余，但思维、才华和智慧仍不减当年。尽管他的诗词、绘画及国学研究，在当代中国应该算取得很大成就了，但仍然笔耕不辍，勤奋如初。从范曾先生身上，我们看到什么是勤奋。由范曾先生联想到其他成功者，我以为勤奋至少体现在以下三个方面。

首先应该是持之以恒的毅力。勤奋应该是几十年或终身坚持，绝不能有一曝十寒的习气，必须克服那种时冷时热的不良倾向。只要认准目标，就应锲而不舍、持之以恒地一直坚持下去，直到达成目标。目标有初步和终极之分，在实现目标的路途上，决不能因取得初步目标而止步，而应该持续努力，以求实现更远大的目标，获得更大的成功。

其次是要克服怕苦怕累的习气。前不久，看到我国著名的红学家周汝昌先生，85岁了还勤于写作。特别是在双眼几乎失明的情况下，他读书写字借助于高倍放大镜，花了十年工夫，完成了百万字的《红楼梦新证》创作，再次续写了我国红学研究成果的新篇章。再如前所述的范曾先生七十余载，仍然早起晚睡笔耕不辍，不怕苦、不怕累，逆势而上，其勤奋程度令人敬佩！

最后要忍受住生前穷困潦倒的折磨。功名利禄心谁都有，但真正成功者，不会把功名利禄看得很重。如果把功名利禄看得很重，他会变得急功近利、变得浮躁，就不可能沉下心来去研究、去创作。而沉得下心恰恰是成功者最重要的心理素质。这是因为，一个真正的成功者在很大程度上是不可能在有生之年享受到由于自己成功而带来的功名利禄的。试看古今中外，哪一个真正成功者在有生之年享受过幸福和快乐呢？真正的成功者有生之年遭受的多是误解、屈辱和困苦。

前几天看到荷兰后印象派画家梵高的经历，让我对成功者的深刻内涵又有了新的认识。十九世纪后印象派最杰出的油画家文森特·梵高，为了从事绘画创作，终其一生可以说是含辛茹苦，饱受穷困潦倒的折磨，他生前连月薪150法郎都挣不到，最后因神经质的抑郁而不能自拔，1890年在法国瓦兹河畔开枪自杀，时年仅37岁。而在去世几十年后，他获得伟大的画家、出色的作家与哲学家的殊荣！他生前每月连150法郎都挣不到，死后他的作品广泛收藏于世界最著名的博物馆，其作品的价值一再被刷新。如他创作的《向日葵》,1987年拍出了3970万美元；同年他的作品《鸢尾花》又拍出了5390万美元；他的《没有胡子的自画像》，市场价值竟达到了7150万美元；还有《加歇医生肖像》，据说排名世界十大天价画作第二位，仅次于2004年拍卖1.04亿美元的西班牙毕加索的《拿烟斗的男孩》，这与他生前穷困潦倒的窘境形成巨大的反差。这也再一次证明了真正的成功者创造的价值是在身后。像梵高身前忍受苦难折磨，身后获得殊荣的大家不乏其例。这些故事告诉我们，只有能忍受苦难并持之以恒努力的人，才能算得上是勤奋的人，也才是真正成功的人。

2014年5月16日

谈得与失

记得宋代大家苏轼在《水调歌头·明月几时有》这首词里写道:“不应有恨……此事古难全。”苏轼当时正值中年被贬谪密州，与亲人远离，由这首词的这两句表达了他内心的苦楚和大度。面对朝廷对自己的不公，苏轼尽管有不平，但仍然能接纳。古代那些大家，他们遇到那么大的挫折，仍然将苦楚埋在心底，不恨不怨，仍为当地老百姓办实事，更为中华文学宝库添华章，其开阔的胸襟，真值得我们仰慕和学习。

苏轼曾与其弟苏辙共登进士皇榜，排第三、四名，连当朝皇帝宋仁宗赵祯都已将他列为未来宰相人选，但后来的残酷现实，让他一辈子都在挫折和困苦中度过。他的才华和贬谪几乎成正比。每贬一次，他的诗词、散文、书法、绘画作品都步上一个新层次。在他 48 岁时，被贬谪黄州时所作的《寒食帖》与晋王王羲之的《兰亭序》、颜真卿的《祭侄文稿》成为行书的三大典范书帖。尤其是他最经典的诗词、散文，都是在被贬谪后写下来的。如 41 岁写的《水调歌头·明月几时有》就是被贬谪密州时写成；再如《念奴娇·赤壁怀古》，是他 48 岁被贬谪黄州时写成。特别是在1082年，他46岁时在七月之夜，在黄州赤壁江边听着怒吼的江涛声写成的《前赤壁赋》，更将他散文创作的思想境界提升到了新的高度。他在文中对人生坎坷的深刻理解，体现了他的豁达和超凡入圣。他在文中写道：逝者如江水，其实并没有真正流逝；盈亏者如明月，终究又何尝盈亏？天地之间，物各有主，非我之所有，虽一毫而莫取。只有江上之清风，与山间之明月，进入耳朵变成声音，跳入眼里成为色彩，取之无禁，用之不竭，是造物者馈赠的无尽宝藏，我为何不尽情享用呢？官场的一再受挫，使他从大自然中感受到了生命的意义，明白了在取舍之间的得与失，故而写出了“不应有恨”这样豁达精彩之句。

的确，像苏轼这样有才华的大家，也是不可能一帆风顺度过此生的。如果不是这些困苦和挫折锤炼了他，我们今天是不可能读到《念奴娇·赤壁怀古》《水调歌头·明月几时有》和《前赤壁赋》《后赤壁赋》这种千古绝唱的。也许宋代多了一个出色的宰相，但中华文学宝库中少了一位优秀的文学家和一批经典的著作。可以这样说，“大家”与挫折、与不得志、与孤独和困苦是与生俱来的。如果想在仕途上有大出息，又想在文学或其他领域的创新上有大建树，鱼和熊掌要兼得，那只不过是一厢情愿罢了。

读史知兴衰。从历史的轨迹中可以得知人生的得与失。当一个人只知道为自己怎样获得荣华富贵时，那他就会失掉人生进取的智慧和动力。当一个人成名后，被社会热捧和高度关注时，他可能会为这些虚幻的功名利禄所迷失。所以人生在世，有得有失，或者得近失远，得小失大，关键是要做出正确的抉择。如果人生只图自己得到荣华富贵，将福享尽，那么去世之后就难以留下好的名声；如果选择为人民的利益勤勉奋斗，那么离世后，当人们念到你的名字时都会落下热泪！人啊，应该认真选择取与舍，认真鉴别得与失，千万不要被眼前的蝇头小利遮住了双眼，而应保持一种大度、开阔的胸襟，“厚德载物”的古训永远要牢记并认真去践行。

2014 年 6 月 19 日

谈耐得住寂寞

刚刚读过北大资深学者钱理群教授的经历，我感同身受。一个长期萦绕我的问题又跳到了我的脑海里，这就是“苦难成就人生，寂寞成就学问”。

钱理群教授以研究鲁迅为课题方向，其研究成果在国内享有很高的声誉。然而这些成果却是在条件十分艰苦的贵州大山里一所中专学校打下的基础。

钱理群出身一户很有名望的贵族之家。从小学到大学都是在南京、北京的名牌学校度过的。可在1960年他由人民大学毕业后，却分配到了贵州安顺卫生学校教书。巨大的生活反差，让他饱受了人间的冷暖，也感知了社会底层人生活的艰难。他可贵之处就是在面临巨大的生活反差时，没有放松学习读书，仍然孜孜不倦地读书研究。正如他后来回顾他在贵州安顺的一段历史时所说的那样：“我一到贵州，当地人事部门就向我宣告，进入贵州大山，就别想出山。我曾经想考研究生，但由于家庭出身的原因，学校明确表示不准报考。这样我就必须做好长期，甚至一辈子待在贵州的准备。于是我冷静地分析了自己的处境，尽管由于家庭出身的原因，学校对我另眼相看，连班主任都不让我当，但总还是给了我一堂课上，给了一个与青年学生接触的机会。于是我决定以成为受学生欢迎的教师作为自己的现实理想，由此开始了我的人生之路。当然，我并没有放弃自己的学者梦，只是把它作为一个现实条件不具备、需要耐心等待时机的远大理想。因此，在学生晚上睡觉以后，我又挑灯夜读，主要是继续我的鲁迅阅读与研究，并且有了更明确的回到北大讲鲁迅的梦。"从这段回忆的文字中，可见当时钱理群先生面临着巨大屈辱和寂寞。但就在这种屈辱而寂寞的生活中，他心底的理想一直激励着他勤勉地读书和研究。他在这里写下了数十万字的《鲁迅札记》，在这里他潜心研究十八年，也在寂寞的大山中熬过了十八年。到 1978 年恢复高考才得以考上北大中文系的研究生。这十八年屈辱寂寞的生活成就了他，使他在研究鲁迅的学术思想方面国内独树一帜。

像钱理群教授这种耐得住寂寞苦学苦熬的是不乏其例的。如 2002 年诺贝尔文学奖获得者匈牙利作家凯尔泰斯，获奖作品是其长篇小说《无形的命运》，但他写这本书是在 30 年前了。这本书刚送到出版社时曾被退稿，出版之后也足足等了 27 年才获得诺贝尔文学奖。这 27 年对凯尔泰斯是多么难耐的寂寞，但他熬过来了。再如马克思写《资本论》这部巨著花了 40 年，在这 40 年中他就在英国伦敦大英博物馆里枯燥无味地查资料、做摘抄、进行研究，其寂寞的程度可想而知。还有如达尔文写《物种起源》，环游世界现场考察和写作前后花了 28 年，有些地方甚至是荒无人烟之地，随时都有生命危险。再有谭其骧教授，他主编《中国历史地图集》花了31年，这31年是需要多么大的毅力才能坚持住，而他31年的工夫换来的这本地图集，可以说是迄今为止我国历史地理最完整、最权威的著作。还有像复旦大学陆谷孙教授主编的《汉英大辞典》是国际公认的最权威的汉英辞典，为编写这部辞典陆谷孙教授花了17年，用17年编一部辞典需要忍受多么大的寂寞。

从以上这些事例可以看出，要想成功必须耐得住长时间的寂寞，经历难以想象的磨难！只有那些耐得住寂寞环境、勇于战胜苦难、勤奋努力的人才能挺过这一关。所以，对有抱负和才华的人来说，经历并战胜寂寞和屈辱，那是上苍对他的一种青睐，是给予他成功的一次机遇。

2015年5月19日

谈文学艺术的朦胧美

关于朦胧之美，北宋的韩拙曾有一段很经典的论述。他将这种朦胧美归结为“三远”，即所谓阔远、迷远和幽远。这“三远”之说，韩拙是在北宋郭熙的平远、高远和深远的基础上提出的，韩拙的“三远说”似乎更精到地说出了艺术的朦胧之美的三个状态。虽然他们都是在论山水画的朦胧之美，其实这里说出了文学、艺术具共性的朦胧之美。

所谓阔远，在文学艺术创作中，一定要有宏大的场面和背景，一望无垠，向远方无限地展开。如王维在《汉江临泛》中所描述的“江流天地外，山色有无中”的场景，一下子就将江流的浩瀚展现在人们的眼前，使人想得辽远开阔，给人以博大深远的震撼力。

所谓迷远，是人们眼前展现的梦幻般的境界，让人有雾里看花之境，迷离恍惚，云雾盘桓，岚气卷舒。如王维《终南别业》中所描写的“行到水穷处，坐看云起时”的飘飘渺渺的诗的世界，大有水光山色蔓衍飘渺之感，若即若离，似有若无。这种朦胧之美是意象，是感悟，是存在于人与自然界之中的一种迷离恍惚。

最后所谓幽远，是只可意会不可言说的朦胧之美的境界，这种场景空灵，愈远愈淡，愈远愈无，是人们的意象之境。在艺术表现中，无论是绘画，还是书法，还是文学艺术创作，这种场景表现出来的朦胧之美，让你有如幻入天境之感。也像是宗教里的步入七宝莲池之境，这种幽远迷离之境，是美的升华，是人性的升华。

一篇好的作品应该达到这样三种朦胧之美的境界。阔远表现作品之宏大，坦荡无垠，让人有荡气回肠之感；迷远有如雾里看花，恍惚迷离，在似有若无之间；幽远是一种幻梦空灵之感，一种微妙迷离又能神情清澄的境界。

2015 年 9 月 30 日

谈心理的感应力

人的内心有一种看不见、摸不着的感应力，但这种感应力对人的行为举止影响很大。这种感应力实际上是人的一种精神的支配力，它通过外界影响而起着不同的作用。如一个病人到医院去看医生，这个医生如果能从正面鼓励病人，并开出一些好药方，那么病人吃过药后，逐渐痊愈的可能性就很大，而且这个医生的名气越大、权威越大，这个病人或许就会痊愈得越快；反之，如果这个医生不是正面鼓励，反而说了一些负面的话，说你这个病会很麻烦，即使医生开了怎样有效的药，病人的病情仍可能会加重。同样的医生、同样的药，不同的医嘱，却得到了大相径庭的治疗效果，这是什么原因？看起来是医嘱起了决定性的作用，其实是病人的心理感应力产生的作用。因为在每个人心中都有一种心理感应力，这种感应力受外界的影响而产生不同的变化。

还是以病人看医生为例，医生的医嘱如果是正面的、带鼓励性的，就可以调动起病人内在的积极因素，靠自身的免疫力将病毒、坏细胞杀死；如果是负面，将会形成负面的因素，那些病毒、坏细胞便活跃起来，将自己健康的细胞杀死。这些正负的效应完全是在受到医生的影响后所产生的心理的感应力。从这也可以看出这个心理感应力对人的影响是如此巨大。

那么怎样才能具备这种能力呢？首先，我认为应该有广泛的阅读，用知识培养战胜负面情绪的能力，使自己的心理筑起一道可抵御负能量的大堤。其次，应经得起磨难。磨难是最好的老师，一次苦难的经历会使人学到在顺境中学不到的东西，就像打了疫苗能形成抗体一样。有了从苦难到顺境的经历，心中便自然能积聚正能量，遇到任何不利的事情都会从正面去想，从积极方面去努力，从而形成强大的精神力量，最终战胜困境。

2015 年 9 月 30 日

谈生活的辩证法（之一）

在日常生活中，如果幸福来得太容易，那肯定不是幸福，而是痛苦；如果财富来得太容易，那肯定不是财富，而是灾难。在这个世界上，从来就没有不付出努力而得到的幸福和财富。俗话讲得好，一分耕耘一分收获，这是生活的真谛。但在日常生活中，当我们被虚荣遮住了眼睛的时候，常常会把轻而易举得来的幸福和财富当成是自己的幸运。因为一般人都有"以低成本获取高回报"的心理偏好。

为什么会产生这种现象呢？我以为是人没能辩证地分析问题的结果。对那些来得太容易的幸福，有时候以为是自己运气好或是命中注定的。还有一种缺乏辩证分析的现象，那就是轻信甜言蜜语，最终误入被人事先设好的圈套之内，而沦落为被人利用的工具。凡此种种，都是人缺乏辩证分析比较、片面看问题的结果。所以，掌握一点生活的辩证法对我们十分需要。

大凡幸福是不劳而获、来得太容易的，往往接着就是大难临头。因为真正的幸福从来不青睐不劳而获的人。同理，财富不劳而获，获取太容易，那这些财富往往就是灾难。财富获取是与付出对等的。不见钱眼开，不收不义之财，这是人能生活得长久的辩证法。

总之，来得越容易的东西越不是好东西，最后都是要付出几倍甚至几十倍代价的。在生活中，我们可以列举这些类似的现象。幸福来得太容易，那肯定不是幸福，而是灾难；财富来得太容易，那也肯定不是财富，很可能是陷阱。

还有一种缺乏辩证分析的现象，就是对人轻信偏好。大凡在你得势时，在你身边看似越亲近，对你唯唯诺诺，甚至对你的错误也百般掩饰的人，一旦你失势，他就会立马变脸，撕下伪装，露出狰狞的面目。古人说“大奸似忠”，就是对这种人最形象的写照。因为生活的辩证法常常是不以个人的意志为转移的。越让人毁灭的东西，越是充满了诱惑。就如罂粟花一样，美丽鲜艳，它的果实却是制造毒品的原料。

因此，我们要掌握生活的辩证法，正确地识别“真善美”和“假恶丑”。不要被表面的虚荣现象遮住双眼，时时刻刻警醒自己，做到居易思难，居安思危。就如唐朝魏徵所说的那样：“若能思其所以危，则安矣；思其所以乱，则治矣；思其所以亡，则存矣。”所以，在工作生活中，遇顺境而懈怠不前时，就距困境不远了；有成就而沾沾自喜时，就距被淘汰不远了；因权力而恣意妄为时，就距覆灭不远了。

2015 年 12 月 5 日

谈生活的辩证法（之二）

人生活在世界上，有很多结果与我们想象的情形相去甚远。

核电在一般人看来，是最清洁的能源。它正常运行时，走进核电厂就好像走进了一尘不染的实验室。相较于以水力或煤炭为燃料的发电方式，核电的发电过程更为持久、可靠。核电以少的能源消耗提供多的能量，所以，人们把核电称为投入产出比最高的清洁能源。然而，核电厂一旦出现核泄漏，造成的污染又远远大于使用其他任何燃料所带来的污染。

一般来说，一个核电厂出现了事故，导致核泄漏，整个电厂乃至周边几十平方公里的区域都不能住人，而且遭受核泄漏辐射的人将导致一两代人，甚至更多代人先天的疾病，这个污染危害程度之大足让人畏惧。如苏联切尔诺贝利核电站的核泄漏，已导致该地区成为无人居住的荒芜地区，经受过核辐射的人多数也丧失了劳动能力；日本福岛核电站的核泄漏，也使福岛成为重污染地区，导致该地的畜禽、蔬菜制品长期无法供人食用，其危害惨烈的程度可想而知。可见世界上最清洁的能源，如果不能有效地控制，就有可能成为最不清洁的能源。

再如，在一般人的想象中，富豪的生活应该是奢侈豪华的。但现实生活中恰恰相反，一些可以真正称得上富豪的人，他们的生活却是十分节俭。如香港大富豪王宽诚身价几十亿，但过生日时连开个聚会都舍不得，有时硬是推脱不了就买个生日蛋糕，与孙子一起共享。还有香港顶级富豪李嘉诚，一日三餐十分简朴，一般不会超过四菜一汤，而且都是以素食为主。这两个例子告诉我们，一些富人生活也不是想象中的那么奢华。

还有一种生活悖论现象——人越是时间紧张，越能够出成果、出作品，反而人越清闲，越松散，越有时间，却什么也出不了。这大概是时间越紧，人往往越有压力，大脑越处于兴奋应激状态，这时创作的灵感越多。相反，人越有时间，越清闲，反而容易变得懒散。

以上举了这三种现象，实际生活中这类与想象相去甚远的事例，还不胜枚举。这些现象告诉了人们，在这个世界上很多事情不是任凭想象的那样简单。

首先，从使用清洁能源来讲，不能说能源越清洁就越好。任何事物都是相对的，核能的确是一种清洁能源，但如果控制不好，或发生意外，这种所谓的最清洁能源将会变成最不清洁的污染源。因为任何一种物质都具有两重性。世界上的物质相对立而统一，相矛盾而融合；没有一种物质是绝对好或是绝对不好的。你选用了一种物质它好的一面，其实这种物质不好的一面也跟着来了，如果不能妥善地处理，不好的一面可能占据主导地位，其结果就是适得其反。所以，我们看问题，决不能以绝对的偏激眼光去看，而是要辩证地去看。

其次，不能按常规的想当然的心理去判断事物、妄下结论。正确的结论必须是要在调查研究之后，要在了解事物的真实情况之后才能作出。那些想当然的结论，往往会与事物的真实情况大相径庭。

最后，既然世界上的事物是矛盾的、辩证的，那么就应该时刻注意事物两重性。当处于好的一面时，就要防范不好的一面的出现，同时采取应对措施。同理，当事物处于不好的状态时，也不要灰心丧气，要靠主观努力使事情向着好的方向转化。

2017 年 6 月 29 日

谈平凡生活与平凡人

人们都希望自己有不平凡的生活，不甘于平凡。因为人都有一种积极进取的心理，这是人的本性使然。其实，在人世间最好最美的生活就是平凡的生活，尤其是经历过曲折坎坷的人，更是如此。这就如同钱锺书在《围城》里说的，外面的想进去，总觉得那里面充满了诱惑；里面的想出来，看看还是外面的生活更舒适。这大概就是人生的一个悖论。

首先讲平凡的生活，一般而言，平凡的生活意味着生活得很踏实。这种生活最大的特点就是付出多、收获相对少，靠勤劳踏实去谋生活，有时还可能有衣食之虞。但它的好处是不会受到外面大起大落的影响。因为平凡便过得很安稳，不会因今天的祸事而担心，也不会因明天的不测而后怕。但在日常生活中，过着这种生活的人，可能自己感觉不到幸福，就如同常常感觉不到空气、水、阳光的幸福一样。其实，真正的幸福就如同空气、阳光和水一样，是平凡、朴实的，一旦离开它们便须臾不能生存。所以，幸福就寓于平凡的生活之中，真正的幸福是不易被感受到的。只有那些经历了大起大落、多种磨难的人，才感觉到平凡生活的珍贵。

其次讲讲平凡的人。我以为做一个平凡的人，才是真正了不起的人。以做平凡人为目标，他的人生虽然平凡，却也包含了不平凡。因为做一个平凡的人，他就不会贪图那些身外之物，如权、财等等，他的心底一定是心清如水。在当今这个浮躁的社会里，在追求名利的思潮中，这种心清如水的平常心恰恰体现了一个人的不平凡。

现实生活中要做到这点是很难的。有的人不能正确对待人生，不能珍惜平凡生活的幸福，而去追求虚荣，甚至为了实现个人的一己私利，不惜铤而走险，最终走向了反面。这种现象不乏其例，其教训是十分深刻的。

同时，我们也应客观地看待做一个平凡的人。我理解做一个平凡人，应该有进取之心，追求学业、事业上的进步，还要有不达目的不罢休的劲头，只是在处事做人时，恪守道德底线，不越矩、不踩红线，不贪那些不着边际的虚荣。同时，当学业和事业取得一定成就之后，仍能低调自律，做到不奢侈、不居功、不自傲，仍能甘愿过着平凡清静的生活。因此，从这个意义上讲，做一个平凡的人与做一个力求上进的人本质上是一致的，在学业、事业上追求不平凡，日常生活上又甘于平凡。

所以，从以上意义上讲，追求平凡的生活，做一个平凡的人，应当成为我们最佳的人生目标。

2015 年 12 月 5 日

谈良好心理素质的培养

一个人的良好心理素质，决定着一个人事业的成败。记得我国第一个飞上太空的航天员杨利伟就有超常的良好的心理素质。据悉，杨利伟第二天就要乘着“神舟”飞船飞向太空，这是代表中国人的一次伟大壮举。从人的心理上讲，这次飞向太空成功的可能性很大，但万一出现故障，也许一去不复返。这祸福之间都会让人浮想联翩，让人无法安然入睡。但整个夜晚，杨利伟睡眠中的监测仪却与平常没有一丝一毫的变化，仍然那么平稳、那么平静，这种良好的心理素质真让人叹为观止！我国古代一则逸事与之也有异曲同工之妙。据说淝水之战已获大捷，报信官兴高采烈地向指挥这场战役的大将谢安报捷时，谢安正在与朋友下棋，谢安看完捷报后仍然不动声色地继续下棋。朋友忍不住发问，谢安才不紧不慢地说道：“小儿辈，大破贼。”这种控制情绪的良好心理素质，让我们感佩不已。“每临大事有静气”，这是人的一种十分宝贵的心理素质。有了这种心理素质，就能遇事不惊不恼。越是遇到大事，就越能冷静地去面对。

苏洵在《心术》一文中曾说：“泰山崩于前而色不变，麋鹿兴于左而目不瞬。”这是讲人需要良好心理定力的素质。一般而言，人们遇到高兴的事都会兴高采烈，事情令人高兴的程度越大，人的兴奋程度就会越大，这是人的自然心理反应。人们遇到意外的事故，遇到突如其来的灾害，也同样会有过激的反应，出现惊恐、出现慌乱，甚至无法控制住自己的情绪而大惊失色。但如果想达到苏洵讲的那种“色不变”和“目不瞬”的心理定力，面对“泰山崩”和“麋鹿兴”这种让人难以控制的情景，仍能保持平静的心理，这就需要良好的心理素质。这种良好的心理素质不是与生俱来的，而是需要在实践中不断历练、不断培养的。那么，如何历练和培养这种良好的心理素质呢？我认为应从三个方面着手。

首先，应善于理智地分析问题，在理智分析的基础上努力做好心理暗示。要知道，任何大事来临，无论是福是祸，如果喜形于色、反应失常，不仅不利于事情向好的方向去发展，反而会走向反面。如遇一件喜事，过于喜形于色，就会使人失去理智，而导致喜极而悲。如遇祸事，惊慌失措、心乱如麻，找不到应对之策，只会使事态变得更糟糕。这时就要在心理上多次暗示自己，告诫自己越沉着越冷静，越容易争取好的结果；越不冷静，越控制不住自己的情绪，越容易把事情搞糟，而一发不可收拾。这时人的分析越理智，心理暗示力越强，人的心理控制能力就越大。

其次，遇到突发的大事即使内心激动，但外表也要表现冷淡。这是一种良好心理素质的反映，更是一种高超智慧的体现。

按人一般的心理特征，遇到大事，不可能没有一点反应。但如果反应太强烈，将自己的情绪毫无节制释放出来，就很容易失去理智，很难把控自己，进而很难把控局面。而这时最佳的表现，就是做到内热外冷、处变不惊。淝水之战大捷后谢安很强的克制力就是范例，再大的喜讯都不能失态，不能情不自禁。特别是对于一个将领，必须学会克制住自己感情，绝不可太意气用事。这一点对稳定军心、稳定人心起着重要的作用。刘邦在这方面有一段佳话。相传，有一次刘邦与项羽对垒，对方的一支箭射中了刘邦的上半身，为了不使对方掌握实情，不让自己军队的士兵感到首领被敌方的箭射中身体的重要部位而导致军心不稳。他叫身边人大骂对方，说把自己的脚射中了。刘邦这种处变不惊的智慧，将处境化险为夷。

最后，要注意平时自觉地提升修炼和提升。心理素质是个人综合素质的体现，既表现在心理的承受力上，更表现在道德修为上。俗话说："心底无私天地宽。"一个不存私心，一心一意为国为民的人，是不会为个人的得失而表现出"物喜已悲"的。因此，必须注意平时的修炼和修为。古人说："内圣外王。"一个道德高尚的人，一个心力强大的人，才能从容应对各种突如其来的考验。心理的修炼和道德的修为一方面是靠学习，以人为镜，以史为鉴；另一方面，自觉加强平时的修炼修为，在一次次失误或者成功的经历中得以提升。

2015 年 12 月 6 日

书法与散文

过去，我以为在我国的艺术门类中，与书法联系最紧的仅是绘画和诗词。常常见到一幅好的画作，看到上面洒脱的书法题款，便觉得十分完美，认为书法题款对一幅绘画作品来说，有画龙点睛之功效，既为画作点了题，又为画面润了色，书法是绘画中不可缺少的部分，相信了书画同源之说。从书法绘画史上也可以看出，一个优秀的画家，必定也是书法名家。再比如诗词，一首好的诗词作品，如果能用优美的书法形式表现出来，既能将诗词的神韵表现得十分得体，又能将诗词的灵性张力发挥到极致，让读者在品味诗词的意境美的同时，感悟出诗词的形态美，也会极大提升诗词的品位和价值。所以说，书法与绘画、书法与诗词是相互映衬、相得益彰。

后来，通过一段时间的书法学习，我才发现书法与散文的联系原来也一样紧密，甚至在一定程度上说，书法和散文的相互依存性超过了绘画与诗歌。以行书为例，在历代推崇的行书佳作中，这些佳作既是散文名篇，又是书法精品。二者之间，不知是书法成就了散文，还是散文成就了书法。有“天下第一行书”之称的《兰亭序》，是晋代书法家王羲之与朋友外出游玩时的乘兴之作，千百年来被历代人所推崇和模仿。据说就连唐太宗这么一个有雄才大略的君王，得到了王羲之《兰亭序》真迹后，也是爱不释手，令手下临帖仿制。最后还将《兰亭序》的真迹作为珍贵的殉葬品带入昭陵。这篇散文的作者王羲之也被后人尊为“书圣”。的确，《兰亭序》的文学性、思想性、书法的技艺达到了高度统一。以文学性和思想性来说，她对兰亭周边自然景物的描写，短短几句就将险峻的崇山、茂密的林竹、和谐的春风、潺潺的溪流、鲜活的人物描写得栩栩如生、跃然纸上；更有那脍炙人口的名句“群贤毕至，少长咸集”，已被后人无数次引用。她对天地和生死的感悟，对天人合一思想的参透，更让人深受启迪和震撼！她激励我们珍爱生命，珍惜当下，做人做事要经得起时间的考验。这些思想在今天看来仍然闪耀着真理的光辉。这篇散文的书法成就，更是达到至今也难以超越的高度。她的结体欹侧多姿，错落有致，千变万化，曲尽其志。她的用笔以中锋之骨，侧笔取妍，有时蕴藉含蓄，有时锋芒毕露。尤其是她的章法，从头至尾，笔意顾盼，朝向偃仰，疏朗通透，形断意连，气韵生动，风神潇洒。明末大家董其昌在《画禅室随笔》中这样评价：“右军兰亭序，章法古今第一，其字皆映带而生，或小或大，随手所如，皆入法则，所以为神品。”品味过这篇书法艺术的精品力作后，让人感到她有清泉穿石的韧力，有流云出岫的飘逸，有鹤舞雁鸣的洒脱，有竹摇藤飘的婉约，有雨叩江帆的韵律，有风动岸草的酣畅。

不仅《兰亭序》是书法与散文紧密结合而成的精品，还有唐代颜真卿的《祭侄文稿》和宋代苏轼的《寒食帖》，也是书法和散文紧密结合而成就精品的范例。颜真卿的《祭侄文稿》，用黑黝黝的飞动的线条，以裹云挟雷的磅礴气势，带着愤怒，带着呐喊，将血与泪、情与技完美地结合，使一篇简短祭文成就了行书艺术的又一座高峰；而苏轼的《寒食帖》应归类为散文或散文诗。她的文学意境抑郁缠绵，苍凉惆怅，表达了作者时运不济，谪居黄州穷困落魄的生活窘况，让人体味到了一代文豪沉郁、凄怆的心境和不甘压抑、不屈服于恶劣环境的顽强意志！而此时，作者以飞动、迅疾、稳健的墨色线条，以偏正自如、错落有致的结体，以气势不凡、浑然天成的章法，表现出来的倔强中的丰腴，大气中的天真，将书法艺术和人生的气象表现得淋漓多姿，使这篇百余字的短文成了千古名作。她们也分别被冠以天下第二、第三行书的头衔。因此，我认为书法与散文是相辅相成、相得益彰的艺术的高度统一体。写好散文的同时又练好书法，既能展示书法的形态美，又能表现散文的意境美，使好的散文和书法作品达到精气神的完美统一。

原载 2016 年 1 月 22 日《湖南日报·湘江副刊》

谈书法的临帖与创新

很久以前看到一则书法艺术的逸事，说的是一位书法名家早年学书达到痴迷的程度，晚上睡觉躺下了还在不停临摹比画。一次不小心比画到了睡在身旁的妻子身上，妻子大喝一声："人各有体，你体归你体！"妻子这一声无意的吆喝，给了他启示，使他猛然醒悟。从此他开始在临帖的基础上，融会贯通，创造了自己的书体，最后成为一代名家。不去考证这则逸事的真伪，但这个名家确有其人，他就是清代郑板桥。从郑板桥由临摹到自创一体的故事不难看出，在艺术上要形成自己的风格，在继承前人成果的基础上，努力创新十分重要。在书法艺术上继承前人的成果，就是临帖，但如果长期一味地去临，而不融会贯通，不努力创新，那就永远也走不出前人的阴影。明末清初大学问家顾炎武说得好："效楚辞者，必不如楚辞；效七发者，必不如七发。"《楚辞》是战国楚人屈原创作的一种新诗体，是中国文学史上第一部浪漫主义诗歌总集。王逸的《楚辞章句》、洪兴祖的《楚辞补注》、朱熹的《楚辞集注》、王夫之的《楚辞通释》、黄文焕的《楚辞听直》等都是对屈氏《楚辞》进行注释、研究的代表性作品。《七发》是汉代楚辞大家枚乘首创的一种散体大赋文体，其思想性和文学性都很高，在我国文学史上有一定的学术地位。而枚乘之后，不少人又仿照《七发》体写了类似的作品，如傅毅的《七激》、张衡的《七辩》、王粲的《七释》、曹植的《七启》、陆机的《七征》、张协的《七命》。枚乘之后的作者由于没有自己的创新，大体上是效仿，故都在枚乘《七发》之下。所以，顾炎武给出了这样的结论，这也是告诫人们做学问，如果只是模仿而无创新，永远也不可能在某个学术领域有一席之地。其实，不只是做学问，我认为做任何事，如果只是模仿而无创新，永远只能步前人的后尘。

还是回到书法这个艺术领域来说吧。如果练书法只是临帖而无创新，那么永远只能是前人书帖的模仿者，甚至越临越感到迷茫，最后会出现“邯郸学步”那种尴尬的境地。在众多的书法名家中，我最钟情于宋代书法家米芾的书法。且不说他的书法作品，如《蜀素帖》《苕溪诗卷》《多景梅帖》《研山铭》等经典书帖，已成为国家级宝藏。也不说他书法技艺达到鬼斧神工般的境界，后人评价他的行书是跳动的字符，有明快的愉悦感、多变的丰裕感、灵动的造型感。尤其是他将毛笔的正锋、侧锋、藏锋、露锋运用得恰到好处，在偏侧、长短、粗细、虚实的组合上达到了出神入化的境地。关键是他的书法经历，让人真正领悟了临帖与创新的含义。他七岁学书法，由唐入手，在临摹一段唐人书法之后，对其进行反思，认为颜真卿、柳公权、褚遂良等唐人书法受楷体书法过度约束，无法体现出书法的审美趣味。他在《海岳名言》中说道："欧、虞、褚、柳、颜，皆一笔书也。安排费工，岂能垂世。"他在临摹唐代书法家名作之后，又于1082年开始临摹晋人法帖，特别喜欢晋人王献之的《中秋帖》，但不久又对王献之的字不满足，开始进入自行创作阶段，创作了《蜀素帖》和《苕溪诗卷》，这两幅帖也标志着他形成了自己的风格，这种风格是他集宋代多家之长，融炼晋唐代多位名家书法成就的结果。所以，米芾由过去集古字的书家成为中国历史上最杰出的行书大家，是不断学习古人又不断否定古人的结果。品读米芾的作品，看他那些用笔的章法，都似曾相识，但又无法点破是谁的古法。每一笔都有古人的影子，但又无法确定哪一笔是古人。这就是米芾能在中国书法艺术之林中独树一帜的根本原因。

所以说，不临帖难以走远，因为那是无源之水、无本之木；但仅临帖，没有融会贯通，没有创新，又难以走高，也难以在书法艺术的历史长廊中占据一席之地。

2016年4月29日

再谈书法的创新

过去我们说到书法和创新，比较偏重技法，如粗细、疏密、浓淡、枯膏、大小、快慢等。这些书法上的表现形式固然重要，但我认为，这些创新都只是书法形式上的创新，书法的创新更重要的应体现在它的内涵上，即书法作品要有思想、有神韵，有作者的风骨。所以说，书法的创新除体现在形式和技法上，从更深层次上讲是内涵上的创新。因此，除要求书家掌握一定的技法之外，更应该有内涵方面的素养。

首先，书法创新要求书家有良好的综合素养。好的书法作品必定是形式和内容的高度统一。形式是技艺，内容是作者的内涵修养。读一篇好的书法作品，有的技法初看可能不一定那么顺眼，但它的内涵、它的风韵、它的灵性会使你对它爱不释手，如苏轼的《寒食帖》，初看起来，它的笔画结体和传统的书帖似乎没有差别。但如果你仔细去品读，尤其是作者的旷世才华与苍凉处境对比所产生的巨大反差，你会品读出作品中深刻的内涵所带来的巨大冲击力。苏轼《寒食帖》的笔触、结构，全是作者才气流泻的自然表现。历史学家评价苏字是“离气不立”，它表现出来的，一是气场，给人以才华的厚重感，二是气象。苏轼本人的才气有古今大家之称。帖中的精气神，使人感觉结体驰骋于高低险夷之中，显露真性，恣逸舒展，自由天机。再如耸立在湖南南岳大庙碑林之中的毛泽东题写的“南岳”二字，那神韵感、那神圣感，那种凝重中裹挟着的飘逸气度，那种笔触中抒发出来的伟人的胸臆，既展现的是书法作品，又远超出一般意义上的书法作品。笔法结体间渗透了毛泽东深厚的佛家、道家、儒家及诸子百家历史人文方面的知识底蕴。所以，书法的创新要求书家必须有综合的知识素养。再比如宋代书法大家米芾，不仅书法技艺达到了炉火纯青的高度，他的文学诗词修养也是很少有人能与之相比的。他创作的“潇湘八景”之诗，将潇湘的烟波神韵描写得栩栩如生，仅其标题就将潇湘之景展现得楚楚动人——“潇湘夜雨”“山市晴岚”“远浦归帆”“烟寺晚钟”“渔村夕照”“洞庭秋月”“平沙落雁”“江天暮雪”。这八景的描绘，使气象万千、美不胜收的潇湘风光跃然纸上。可以想象米芾的文学修养达到了一个多么高的境界。所以，那些书法大家的创新，是根植于他们深厚的文史哲知识的基础之上。书法的创新实际上是他们在文史哲深厚的底蕴上的创新。只有具备了这种深厚修养底蕴，其书法作品才会有自信，才会有神韵，也才会形成作者自己的风骨，也才会实现书法在更高层次上的创新。

其次，书法创新要求书家有广泛的知识积累和持久的历练实践。因为书法对书写技艺和思想内涵有内在的要求，需要广泛的积累和持久的历练。即使有大师指教，如果没有自己去长时间地实践和积累，是不可能完成创新的。有些大家总希望自己的后代秉承自己的才华，将其发扬光大，但往往成功者很少。作为前辈，恨不得将自己的知识一股脑全部传授给后代，但真正能传承下来的极少，尤其是能够超越前辈的子孙更是少之又少，往往超越的是出自别人家。书法这门艺术与其他艺术一样，是要有亲身历练的，是要有广泛阅历的，是要有长期积累的。作为前辈，可以将技巧传授给后代，但不可能代替后辈去经历广泛的社会实践，不可能代替后辈去阅读大量的书籍，也不可能代替后辈在练习中遇到挫折后屡挫屡奋。因此，这种持久的心理素养是要靠后辈自己去经历的。

最后，书法创新与人坚韧意志的磨砺相辅相成、相得益彰。书法创新的过程，既是一种个人书法艺术综合素养提升的过程，也是一种个人坚韧意志磨炼的过程。世界上任何一种创新从来都不是一帆风顺，都是经历无数次挫折和失败后才得以完成的。正如王国维在《人间词话》中所讲的那样："古今之成大事业、大学问者，必经过三种之境界。"书法创新的过程也是一样，首先要经过"昨夜西风凋碧树。独上高楼，望尽天涯路"的迷茫，再经过"衣带渐宽终不悔，为伊消得人憔悴"的煎熬，经过"众里寻他千百度"的懊恼，最后才能获得"蓦然回首，那人却在灯火阑珊处"的喜悦。这三个境界，既是书法创新所必须经历的过程，也是书法家磨砺意志、不断完善人格素养的过程。记得当代书法家费新我晚年因病右手残疾，一个书法家书写之手残疾，其苦痛可想而知。但经过短时间的徘徊、迷茫，费新我老先生毅然决然地用左手从头再练。经过长时间的苦练，费新我老先生创新了左手书体，人称“费新我体”。“费新我体”的形成，使费老书法艺术达到了炉火纯青的地步，使费老在我国书法界的地位更高；同时，费老以坚韧不拔的意志，成就了书法界一段磨砺意志与创新书法艺术的佳话。费老以他亲身的成功实践，印证了书法创新与磨砺坚韧意志是相辅相成、相互促进的。

2016 年 5 月 2 日

谈遇事淡定

有一则逸事让人很受启发。说的是明代大理学家王阳明一个学生陆澄的故事。有一天，陆澄接到家里来信，说孩子病危。于是，陆澄“心甚忧闷，不能堪”，再无心情求学、讲学。王阳明得知后对陆澄说：“此时正宜用功，若此时放过，闲时讲学何用？人正要在此等时磨炼。”王阳明的难中求学讲学，才能获得掌握知识真谛的学习方法，是他“知行合一”学说的重要内容。他强调人遇大事一定要淡定，并要求在淡定中，克服心中的隐忧，继续完成该做之事。有了这种心性磨炼就可以培养出圣人的品格。

一般而言，每个人都容易受到外界的影响。遇到好事便兴高采烈或喜形于色；遇到坏事便忧心忡忡，甚至惶惶不可终日。这是凡人之常态，因为人都是有情感的。然而作为圣人，则不应受外界好坏影响，无论身处何境都能泰然处之。正如荀子所说：“泰山崩于前而色不变，麋鹿兴于左而目不瞬。”遇事淡定、镇定体现了圣人的格局和气度，而这种格局和气度的心性必须经过无数次磨炼才能达到。这种心性是无法从书本上学来的。而遇难事、遇险事时，恰好是磨炼心性、提升心理素质的最好时机。

就拿明代大理学家王阳明来说，他也是经历无数次磨炼和磨难后才悟出理学之道的真谛。其中最重要的经历就是他35岁时，被贬贵州龙场驿的悟道经历。尽管龙场驿环境很险恶，令人痛苦，但正是这种险恶的环境，使他真正明白了格物致知的真谛，从而形成了过去想达到而未能达到的精神境界。

历史上在磨难中成就大事者、成就大学问者不胜枚举。周文王被囚禁起来，在牢狱之中创造了《周易》学说；孔子主张得不到当朝的认可，落魄周游列国，宣传自己的主张得不到认可，后来便发奋著成了《春秋》这部儒家经典之作；屈原被放逐，写下了《离骚》这部我国古代最长的抒情诗；左丘明眼睛失明，写成《国语》；孙膑被挖掉膝盖成为废人，写出了《孙膑兵法》；韩非子遭囚禁时写出了《说难》《孤愤》两部闪耀法家思想的著作；吕不韦不得志，组织编写了《吕氏春秋》这部有大百科全书之称的史学巨著；《唐诗三百首》中许多诗篇是李白、杜甫、王维等诗人得不到重用，在颠沛流离发愤中写成；司马迁受宫刑之辱，撰写出了《史记》这样涵盖政治、军事、文化、经济等多领域的大百科鸿篇巨制。这些流传至今的经典之作，无一不是作者在受到挫折和磨难之后完成的。从心性上分析，如果人在挫折和磨难中能保持淡定，不受眼前挫折和磨难所困扰而“生活在别处”，使自己的精力高度集中，心无旁骛，便会使自己的才智发挥到极致。这就是为什么“自古圣人多磨难”。圣人其实就是磨难和挫折中还能保持淡定心性和屡挫屡奋的代名词。

人都在外物的影响下生活生存，圣人也不例外。圣人和普通人的区别就在于，圣人遇事淡定，不受外界的影响，能做到“不以物喜，不以己悲”。遇再大再难的事，都能保持良好的定力，不为外界的威胁诱惑所动。

2016 年 7 月 7 日

偶尔想到的

很早以前看过余秋雨的一篇短文，原文我记不清了，大意是当历史上那些高官除掉峨冠博带之后，都可以写出很多的流传千古的文章或其他的作品。初看这一段话，我不以为然，但细细想来，这也大概是个规律。身居高位，政务繁忙，无暇顾及其他事，即使有文采，也没有时间去创作，在一堆事务性的工作中荒废了才华。历史上这样的人不乏其例。但也有一些人，一面处理政务，一面笔耕不辍，从事了书法、绘画、文学艺术的创造，成了一代名家。如东晋王羲之，既是朝廷的领右将军，更是书法大家；明朝的董其昌，既是朝廷高官又是书画大家；最经典的莫过于宋朝宰相王安石，既是朝廷高官，又是文坛领袖，位居唐宋八大家之列。但从中国文化艺术史来看，成为大家的人，有的并非朝中高官，还有的是在脱掉官袍甚至是被贬谪之后才崭露头角的。正是他们成了中国文艺文化历史星空中闪亮的星辰。如宋代的苏轼，他被贬谪湖北黄州，从书法角度看，写出了《寒食帖》；从文学角度看，写出了《前赤壁赋》《后赤壁赋》等。再如范仲淹、柳宗元、欧阳修等，这些昔日的朝廷高官，一旦受贬，在受到冷落之际，就写出了《岳阳楼记》《小石潭记》《醉翁亭记》这样一些千古流传的经典。

我时常想，人为什么在艰难困苦中、在磨难中能够书写出流传千古的文章诗词，创作出千年不朽的书画作品呢？这大概要从人的本能分析。一般而言，人在顺境时容易脱离生活、脱离实际，再加之繁杂的公务活动，无法静下心来搞创作。由于这个原因，很少能创作出接近生活、体察民意的经典之作。而一旦受挫折、受到磨难，那环境就不一样了。一是贴近了生活，容易从事物的本身去观察问题和发现问题，很接地气。二是受磨难之时，没有了浮躁之气，在寂寞之中能反省自问，能心无旁骛地沉下心来创作，将自己的主观能动性发挥到极致。

所以，一个人遭遇磨难、身处逆境，看起来是件坏事，如果能做到负面环境正面作为，这些坏事兴许能变成好事。

2016 年 8 月 16 日

学会强化人的心力

人的心力提升十分重要。心力这东西看不见、摸不着，但对于人，却有着十分强大的支配作用。心力差的人，遇到一点事就会惶惶不可终日，大有魂不附体之感。而心力强的人，遇到再大的挫折，再大的困扰，都能沉着应对，面对突如其来的打击，都能淡定自若，遇到灾难性的风险，也能从容面对。因此，心力这东西对人十分重要。那么怎样才能提升心力，做一个心理强大的人呢？我以为要从两个方面努力。

一方面要有广泛的阅读，靠知识来武装自己。一个用知识武装起来的人是有强大心力的，他不会因一时一地的满足而沾沾自喜，也不会因一点一滴的失去而灰心丧气。他能从辩证的认知中感受到得失起落是人生的一种常态。一个人不会一辈子一帆风顺，也不会一直曲折坎坷，就如大自然有四季，季季有温差，天天有变化，有时会是阳光明媚，有时会是阴云密布。人生也是如此，不会永远沐浴在阳光里，也不会一辈子沉陷在阴霾中。他会从历史经验中找到前行的标杆。因为，历史上成大事者，无一不是经历过坎坷曲折的。大凡成功者，都是在艰难中走过来的，成就的事业越大，受到的挫折就越大，它们之间是正比的关系。他懂得只有战胜了这些困难，才可能走向通往成功之路。所以，一个用知识武装起来的人，可以使自己的心力强大。

另一方面，要增加阅历。古人说："读万卷书，行万里路。"一边读书，一边实践。"纸上得来终觉浅，绝知此事要躬行。"不仅要读书学习吸取增强心力的养分，更要参与实践。一个人光有书本知识，不经过实践是不会有真正强大的心力的。一个人只有经历了，才会有心理的体验，体验一次，心力就会强大一点。经历越多，经验越丰富，人的心力就会越强大。

2016年9月5日

平平常常才是真

记得一首歌唱到“平平常常才是真”，现在回味起来这歌词唱出了人生真谛。但人们在享受平平常常的日子的时候，一般是感觉不到平平常常日子幸福的，总是希望做出不平常的事，创造出与众不同的业绩。于是就下功夫去追求，一直持续打拼多少年，在这个过程中常常忘记了为什么打拼，为谁打拼。结果到最后可能拼出了一些成绩，但身体弄垮了；在打拼过程中因求胜心切，可能踩踏了纪律，甚至法律的红线，于是又花精力弥补过往造成的缺失，去做一些善后工作，结果是力不从心，从而使自己深陷进退两难的境地。最后，想回到原来那样平平常常的生活却又不可能了！这不能不让人感到悲哀。如果人生就是这样一种循环往复的过程，那真是违背人生的初衷。

做一个普通人，在社会中打拼，可能在身体上受累一点。但处于这种环境中基本生活是安全的，从某种意义上来说也是幸福的，是一种平淡的幸福。如果不满足于这种生活，很想通过自己的打拼来改变自己的社会地位，从“人往高处走”的这种人的习性讲，有这种愿望本来是无可厚非的，但是如果自己根本不具备这样的条件，却想通过走捷径或通过旁门左道来达到目的，那样就违背了自己的初衷，这是不可取的。

如果想改变自己的生活条件，提高自己的社会地位，就得一步一步扎扎实实往前走，来不得半点侥幸和走捷径，只能靠自己的勤奋和努力，去实现自己的目标。否则最后就会事与愿违而前功尽弃。

其实这个观点中国古代思想家老子已阐述得十分明白了，他的“无为”理念可能是人生的最高境界。太想作为，可能会出大错；太不想作为，也违背了人的初衷，把握好“为”和“不为”的度是十分重要的。

2016 年 10 月 1 日

磨难是造物主对想成大事者的偏爱

早几天在《解放日报》读书栏目中看到徐悲鸿早年在上海遭受磨难的往事，令我对这位国画大师的了解又加深了一层。

徐悲鸿年轻时曾三度进上海谋生。第一次是 17 岁，独自去上海半工半读，由于无生活来源，几乎成为街头的流浪者。他没有找到工作，送出去的画又屡遭退稿，曾站在黄浦江边想跳江自杀。第二次他跟随一同乡又进上海，也是因为书画作品不被人看重，生活十分拮据，有时连房租都交不起，只得沦落街头。第三次，他再度进上海，终于得到别人的帮助，靠画画考取了复旦大学，又赚了 50 元钱，还了借款缴了学费，从而开始了他的创作之路。看到徐悲鸿先生三进上海的这些往事，想到他后来取得那么高的艺术成就，这种生活的巨大反差，让我深受震撼。

荷兰籍世界著名画家梵高的遭遇更令人感慨。梵高生前连自己都养活不了，但仍用微薄的收入去救济别人。他生前一幅画卖不了几个铜板，可生后一幅《向日葵》的油画拍卖过亿元。这样一位伟大的画家 37 岁就因为生活的沉重打击而自杀了。像徐悲鸿、梵高这样遭受磨难，最后成就伟大事业的艺术家在历史上是不胜枚举的。

从徐悲鸿、梵高的经历，我联想到历史上一些成大事者，无一不是经受过磨难的。要想成就的事业越大，可能经受到的磨难就越大。成大事者就是能够战胜各种磨难的代名词。所以，我认为磨难是造物主对成大事者的偏爱。

我经常想：为什么成大事者要经历磨难呢？

首先，成大事者所做的事业是具有开拓性的，而开拓性的事业是无现成路径可走的，需要人们勇敢地去探索，勇敢地去闯。这样必然会遇到许许多多的意想不到的困难。所追求的目标越高，遇到的困难就越大。成大事者就是这样一些追求高目标的人，所以，经受磨难就是必然的了。

其次，成就一番伟大事业不是一蹴而就的，需要坚强的毅力，而毅力不是天生的，是在无数次的磨炼中形成的，每磨炼一次，毅力就强化一次。另外，成就大事业是需要才华的，才华半是遗传，半是后天的努力，而且后天的努力更加重要。如果一个人只有好的遗传基因没有后天的勤奋，是不可能让才华得以释放和提升的。而后天的努力过程就是一个培养和提升才华的过程，在这个过程中人的才华能力的潜质才真正被激发出来。

最后，还有一个很重要的原因，一个成大事者需要具备良好的心理承载能力。这个承载力是需要多次遭遇挫折才能磨炼出来的，在一次次挫折中不断地增强自己的意志力和毅力。为什么有些看似很有才气的人，遇到困难或取得小成就后就停滞不前？就是缺乏这种坚忍不拔的意志力和顽强的毅力，往往不能坚持到底。而这种坚强的意志力和毅力却是成大事者最重要的品质。

2017 年 4 月 30 日于家中

谈凡人与圣人

现代大学问家冯友兰先生讲过人的四重境界。第一重境界叫自然境界，谓之凡人；第二重境界是功利境界，谓之能人；第三境界是道德境界，与之相对应的是贤人；第四重境界是天地境界，谓之圣人。这种区分主要是从人的精神层面上来说的，我认为有一定的道理。这里我重点谈谈凡人与圣人。为什么有的人一辈子只能是凡人，而有的人却可以成为圣人呢？我想凡人与圣人之间有很多区别，源自自身境界的不同。在观察事物、理解事物、处理事物方面的差别，正体现凡人与圣人的差别。

首先从观察事物层面而言，凡人一般只能从事物的表象方面去观察，就事论事的多，没有从事物的本质去观察，没有追根溯源，常常停留在感性化和碎片化的阶段。而圣人就大不一样，往往会从事物的本质去挖掘分析，找到事物发生的源和流，更重要的是会从理性的层面作出归纳、形成结论，将碎片化、感性化的事物系统化、理论化。

其次，从对事物理解的角度而言，凡人大多是从自我的感知角度出发，而圣人则从无我的角度出发。举例来说，如对幸福的理解，凡人对幸福的理解一般以自己的取舍来判断，以自己获取多少来做出评判，他们的评价标准就是利己、享受、占有。而圣人则相反，圣人认为的幸福是以大多数的幸福为幸福，他们的评判标准就是利他、付出、奉献。

最后，从对待功名的态度而言，凡人认为功名应在有生之年获取，如果在有生之年不能成就功名，不能光宗耀祖，功名就失去了意义，并且成就功名后应该归自己享用。而圣人不是这样，求功名则求万世之功名，哪怕在求功名过程中自己享用不到，仍然在那里苦苦求索，而且也从未想到自己能享受到功成名就之后带来的利禄富贵。恰恰相反，他们想到更多的是经历磨难。

宋代大理学家张载说："为天地立心、为生民立命、为往圣继绝学、为万世开太平。"正因为圣人有这种无我的功名观，很多人为此望而却步了。所以，人世间凡人多、圣人少，这就可以理解了。很多人都想成为圣人，但又脱不了凡人的那些自然的秉性，如急功近利、贪图享受等等，最后还是走不出凡人的藩篱。有的人有圣人的目标，也抛弃了凡人的一些习气，能吃苦耐劳，也能在有的时候抛弃个人的一己私欲，但在关键时刻还是放不下自己那一点内心深处的利益，最终还是败下阵来，未能完成由凡人到圣人的转变。由此可见，由凡人到圣人的转变是一件十分不容易的事情，是需要一辈子去修炼的。

2017 年 6 月 15 日于长沙家中

谈辩证地看问题

前不久看到一则新闻感受良多。说的是今年 10 月在塞拉利昂境内挖出了一颗重达 476 克拉的巨大钻石，其价值连城。在此之前还曾挖出一颗 709 克拉的超级钻石，其价值更是无可估量。看到此新闻让人感慨颇多。

塞拉利昂是非洲最贫穷的国家之一，然而在这个国家竟然可以挖掘出极其珍贵的宝石。我由此想到，沙特阿拉伯是一个沙漠国家，但沙漠底下却蕴藏着世界上最丰富的石油资源。这再一次说明这个世界是对立统一的。一件事情从某个角度看是劣势，可能换成另一个角度去看就变成优势了。生活在这个世界上，没有一成不变的事情。任何事情都相辅相成、相得益彰，都是矛盾的统一体。好与差、喜与忧、福与祸、得与失、难与易、苦与乐、贵与贱、美与丑、大与小、高与低、快与慢、粗与细、干与湿、曲与直等等，它们无一不是相比而存在，相对立而转化的。

就拿一个人在社会上的地位来讲，由于社会分工的不同，有的人身居高位、地位显赫，看似光鲜亮丽，其实各种烦恼也就接踵而至。有的人身处社会底层，没有炫目的光环，看似卑微，其实可以过上不受外界干扰、安安稳稳的日子。因此，我们看一件事情不能从单方面去看，而要从正反两个方面去看。遇到“好事”时，既要看到其正面的因素，也要看到其负面的影响。反之，当遇到一件不好的事情时，既要看到这件事情的负面影响，也要看到它可能带来的有益因素。比如，领导干部卸任后，没有了公权力，就没有什么人前来联系，可能遭到“门可罗雀”的冷落。但同时也要看到，退下来清闲了，不要去担什么责任，也有了足够的时间，能干自己想干的事情，自由了很多，这又是有利的一面。

在实际生活中，人们往往不能辩证地看待人和事。有的人遇到好事时，如升职、获奖等，就高兴得不得了，结果喜极而泣，走向了反面；有的人遇到不幸则懊恼万分，情绪低落，认为前途一片黑暗，结果破罐破摔，甚至做出极端的事来。这种心理上的失落比实际上的不幸要可怕得多。在过往的许多教训中，很多人不是被不幸的事本身打败，而是被不能正确认识、对待不幸的心理压力而打败的。因此，一个人无论遇到幸运还是不幸，经历好事还是坏事，都要辩证地看待，客观地分析，做到宠辱不惊、冷静面对。

2017 年 7 月 21 日于家中

谈正确的成功观

在生活中，我们常常会看到这种现象：在追求成功的道路上，有的人遇到挫折后便放弃了，从而止步不前；还有一种人，不管前面的困难多么大，遭受多大的挫折，他都能够屡挫屡奋，坚持到取得成功。

那么为什么有的人遇到挫折就放弃，而为什么有的人能屡挫屡奋，坚持到最后呢？我认为是由于他们追求成功的目的不同，也就是他们的成功观不同。有的人认为的成功以自己能占有多少、享受多少名利来评价，如占有豪宅、名车、金钱、美女等；而有的人认为成功就是创造、奉献，在别人看来是苦痛的事情，他却认为是一种幸福，在别人看来办不到的事情，他却认为是非办成不可的，并且如果自己稍稍多占有了别人一点点劳动成果，他心里都感到不安。

前者的成功观是以满足个人欲望为目的，这是一种原始的生物本能冲动，它带给人的动能是不可能持久的。后者的成功观是以奉献服务他人为目的，虽然也夹杂着人的原始动能，但是一种超越低层次生物本能的高层次的精神动能，故而持久性比原始本能要强得多。所以，在遭遇各种挫折时，他就能正确地面对，不会轻言放弃。同时，为他人奉献、为他人服务，也激发了人性中真善美的潜质，他的精神在更高层次上得到了升华。

2017 年 9 月 22 日于家中

谈死与生

在这个世界上，有的人谈到死时总感到十分恐惧，只想长生不老；有的人谈到死时，却认为是一种解脱，以求落个轻松。这两种对待死的态度都是不正确的，是对“死”和“生”的一种误解，其实生命是人世间一种十分稀有和奇特的东西。

一个人生命的诞生，是几十亿分之一的概率事件，纯粹是一种偶然，从这个意义上讲人的生命弥足珍贵。自然界再没有比人的生命更宝贵的了。但人的生命相对自然界的漫长岁月却又十分短暂而有限。这就是生命的独特之处。

人的生命生是相对的，死才是绝对的。从死来说，人的生命最后都将走向消亡，只有死才是生命永恒的另一种方式。法国思想家蒙田曾说过：“生的本质在于死。”其实死才是生命真正的归属，人的生命因为死才真正存在于世，这也是物质不灭的一种形态。所以，一个人的生命到了死亡之际，感到恐惧也无济于事，而应该感到它是物质运动的一种规律，是一种必然。正如一位哲人所说：“死亡是辩证法的胜利。”

那么从生的方面来说，人更应该珍惜，一个生命的诞生是经过无数次概率交织的结果，每一个生命的诞生都带有极大的偶然性。从死这个生命的链条中还可以发觉，生是这个链条中极短的一个环节。尽管这个环节可能让人感受痛苦，感受磨难，感受煎熬，但这就是生命本来的面貌，是生命存在之必然经历。反之，如果有人认为活在世界上是享受和享乐，他就失去了生命的真正意义！因为人生命存在的真正意义就是要去创造，而要创造就必然感受痛苦、感受磨难、感受煎熬。

所以，在对待“生”和“死”的问题上，要有一种正确的态度。一个人面对死不必恐惧，要大义凛然；活着的时候要珍惜，珍惜每一寸光阴，去努力创造，这才是生的本来意义。

2017 年 10 月 31 日于家中

谈人生

人的一生中，常常会碰到两个绕不开的话题，即先天与后天，顺境与逆境。有的人由于不能正确地面对这两个问题，从而人生陷入困境。

首先是如何看待先天与后天条件的问题。有的人因受家庭环境的影响，其中包括经济条件、社会层次、遗传因素等，认为自己先天条件不好，总感到自己不如别人，或妄自菲薄，或埋怨时运不济，不刻苦努力，最终被卑微的魔咒套牢，而走不出困境。我们承认一个人出身的环境，如经济条件、社会层次、遗传因素，这些对人的确有一定的影响。一个先天经济条件好的家庭环境，相比那些困难的家庭环境，奋斗的条件是要好些。再来，人先天的遗传对人的影响也是不可否认的。现代医学的理论也证实，人的聪明才智，遗传有重要作用。其实在日常生活中，我们发现真正成功的人生，不是那些经济条件好、社会层级高的，也不是先天有遗传优势的，而是后天经过刻苦努力的。在这方面的事例是不胜枚举的。

在人类历史上一些成就伟大事业的人，不是生于富贵之家，也不是什么有超常才华、社会地位很高之人。有的人祖辈、父辈甚至出身卑微。他们靠后天自身的勤奋、持之以恒的努力，成就了一番伟大的事业：有的打下了江山，当上一国之君；有的发明创造，推动了科学进步。反而，有的人祖父辈很优秀，家庭也很富裕，社会地位也很高，但这些人躺在前辈的功劳簿上不继续努力，甚至一味地去享受享乐，其结果是一事无成甚至成为败家子，此类例子也屡见不鲜。从这里也可以看出先天的条件有作用，但后天个人的努力进取更重要。

其次是顺境和逆境的问题。人这一生既有顺境，也有逆境，关键是如何正确面对顺境和逆境。所谓正确面对顺境，就是当自己处于优势或取得成功之时不要高调，不要忘乎所以，而应处处低调行事，时刻保持头脑的清醒，始终记住自己是普通一员，在你周边比你优秀的人多的是，你成功不过是机会比别人好一点罢了。另一方面正确面对逆境。遇到困难时，甚至遇到有灭顶之灾的危险时，也不能惊慌失措，而应该坦然从容面对。首先分析为什么会有这样的问题出现，其次一定要冷静地找到导致这些问题的原因，最后找到克服这些困难的措施。总的来说，就是遇事一定要沉着冷静。

2017 年 11 月

谈善行

一般来说，人在没有修为到一定层级时，都有一些世俗和势利的倾向。如帮助了别人，潜意识里就会想这样做值不值，或者至少也会想想那个被帮助之人会不会懂得感恩。再者某人成功了，总是会给予赞许，至少是对他和颜悦色。而对一些处在困难中的人却缺少一分关爱和帮助，有时即使想帮助也只停留在口头上，没有实实在在的行动。凡此种种，我认为都是人的一种世俗和势利的表现。

作为一个有很深修为的人，如果帮助人，是不应该想到回报的。帮人应为人之善行，善行就是付出，不图回报。现在我们很多时候都把帮人当成一种等价交换了。我付出了就应该得到回报，否则就不愿意去做。这样的帮助又哪里算得上是善行呢？那都是修为没达到一定层级的表现。古人说："止于至善。"人世间一切行为，莫不以善行为最高准则。如果帮人首先就想到回报，那肯定不是在从事善行，而是在从事一桩交易，而交易与善行是格格不入的。

作为善行的帮助他人，应该体现在两个方面。一方面是真心助人，不计回报、不图感恩，这里不要存一丝一毫的念想。不能帮了别人就想着要别人的回报，或者要别人记得感恩。另一方面，要善待不懂感恩、不懂回报的人。要宽容曾经帮助过的人不搭理自己、不记得自己的好。更不会因为别人不理你，不能像你一样提供帮助，而生气，而怨恨。只有这样，才会使自己的善行得到升华，最终成为一个有很深修为的人。

2018 年 5 月 16 日

谈骄傲与谦虚的度

《论语·泰伯》中讲道:“学如不及,犹恐失之。”这句话说透了人们日常生活中一个很重要的道理,处理任何一件事情,不及即不到位,是不行的。如烧开水,到了 99 度如果不继续升温,那水就烧不开,这就叫做不及。另一方面,太过了,做得离人们想象的目标太远了,也不好。也拿烧开水为例,超过了 100 度还不停地升温,那开水就会不断地汽化而干。因此,太过也达不到目的。这种现象在日常生活中是屡见不鲜的。

就拿骄傲与谦虚而言。人们要办一件难度很大的事情,开始的时候是需要有傲气的,对困难的藐视显示出一种大无畏的精神和必胜的信心。无所畏惧,勇往直前,勇于接受挑战。如果这件事取得成功了,还一直保持这种傲的状态,认为自己无所不能,则会变成狂妄自大,而演变成骄傲,这就过了。再如谦虚,是人的一种优良的品格。谦虚的人能够感受到自己的不足,激发起奋发努力的愿望。但是如果过分谦虚,总觉得自己不行,凡事畏首畏尾,过分地卑微,给别人的感觉是你这人可有可无。这是不及的表现。可见,过和不及都是不好的。

那么怎样才能把握好这个“度”呢？首先必须有做好任何事情的勇气，面对困难不退却、不推诿，在做好慎重分析的基础上，对所从事的工作充满自信。相信自己能做好，这是做好任何事情的前提。一旦做好了，就要有一种谦虚的态度，不能认为没有自己这件事情就不可能成功，滋生出“舍我其谁”的傲慢心理，从而将自己想象成无所不能的人，站到了大多数人的对立面。

其次，保持谦虚的姿态，也不能显得太卑微，该理直气壮的时候必须理直气壮，这不是骄傲。如果需要那种大度大气的场面，却不敢挺身而出，不敢大声发声，别人就会看低你。

最后，骄傲与谦虚也要随时间、地点不同而变化。该傲的时候，就要有一种自信，有一种勇往直前的气势气场，不惧困难、不惧威压，保持必胜的信念和信心，在困难面前无所畏惧；该保持谦虚之时，则有一种平实质朴的气息。这是一种因时、因场合不同而表现出来的人格气场。如果需要有自信、骁勇傲气之时，你却胆小如鼠，显得底气不足；需要你谦虚谨慎时，你却显出一种妄自尊大的姿态，必然会给人留下不好的印象。

2018 年 6 月 27 日

谈学然后知不足

夜晚，我独自坐在衡阳一家酒店房间里，窗外不时地传来隐隐约约金属撞击的声音。在夜里，在这静寂的环境里，我感到了一阵恬淡和闲暇之意。来衡阳参加环保督察，今天已是第九天了。随着上级对环境保护的逐渐重视，环保督察工作的责任就愈显得重要。回顾过往，在我的经历中只有被督察的义务，还从未有督察他人的经历。于今我却被抽调来衡阳参加这次环保督察，由被督察者变成了督察者，我深感自己知识的不足，我告诫自己要加强学习，才能适应这个角色的转换。

说起衡阳，是我一个重要的学习之地。记得 1986 年我在地处津市的省机械工业厅技校工作时，第一次省内的远行就是从津市到衡阳，参加省里组织的企业厂矿长统考师资培训，就住在市区解放路一家招待所里。尽管住宿条件比较简陋，但是第一次远行又来到我省第二大城市，心里还是有几分欣喜和好奇。正是在衡阳第一次看了台湾电影，我记得片名叫《汪洋中的一条船》。该影片记述了一个天生双脚残疾的青年克服困难努力拼搏成才的故事。特别是男主角的一句话，让我深感震撼，他说：

脚踏车是用脚来骑的，连脚都没有的人都能骑车，那世界上还有什么困难不能克服呢？虽然时间已过了三十二年，但这部电影这句话在我脑海里历久弥新。我就是从这句话中开始悟到人生的真谛，男主角一直激励着我负重前行。我以为，人活在这个世界上最重要的，就是要有逆境中屡挫屡战的精神，要有知难而上、不畏艰难险阻的意志。一个人一旦有了这种精神和意志，就能无往而不胜。

我一直认为在这个世界上最成功的人不是智商最高的人，而是最能吃苦耐劳的人，最勤奋的人。所以，鲁迅先生在别人夸他为天才时，意味深长地说：“哪里有天才，我是把别人喝咖啡的工夫都用在工作上了。”我以为鲁迅先生的话不是他的过谦，而是真实的内心表白。一个再聪明的人，如果不努力不勤奋，尽管他有很好的天赋，到头来都将是一事无成的。所以，人世间没有什么事是容易做到的，但也没有什么事是做不到的，关键是看他能否做到持久地勤奋，能否做到屡挫屡战，持续地努力。因此，在衡阳观看《汪洋中的一条船》这部影片，对我而言是一次感受至深的学习体验，这也是我与衡阳结下的第一次学习之缘。之后来到省机械厅工作，衡阳是机械工业大市，来衡阳学习的机会更多。尔后又在省有色金属管理局工作，衡阳又是有色金属工业的大市，要学的任务更重，要掌握的知识更专业。

于今三十二年过去了，我又一次来到了衡阳，这次是从事环保督察，对我来说是一项全新的工作。虽然过去工作中对环保工作并不陌生，但要进行专业督察，已有的知识远远不够用，唯一的路径就是重新学习。衡阳再次成了我的学习之地。我告诫自己，与其说是来督察，不如说是来学习的。我一到衡阳就给自己定了位，要虚心学习。来衡阳之前和来后的几天内，我努力向书本学习，向实践学习，向专家们学习。我边学边悟，也增长了一些专业知识。

首先，大气的质量衡量标准是空气中的PM2.5和PM10的浓度。PM2.5即细微颗粒物，它在空气中的浓度越低，说明空气质量越优，反之则越差。并且了解到PM2.5由0—50ug每平方米（浓度）为优，大于300ug为严重污染。大气污染是由工业废气污染、生活用煤释放煤烟气污染、柴油车及货车排放不达标尾气污染以及建筑物施工污染等造成的。

其次，水资源的保护有地表水和地下水之分，而地表水又分为饮用水和非饮用水。污染的水源分Ⅰ至劣Ⅴ类水体，Ⅰ类水属于源头水，国家自然保护区的水源；Ⅱ类水属地表水源地一级保护区，属集中式生活饮用水；Ⅲ类也是集中式生活饮用水，地表水源地二级保护区；Ⅳ类水一般分为工业用水和人体非直接接触用水区；Ⅴ类水属农业用水区和一般景观用水；劣Ⅴ类水属于黑臭水体，是重污染的水体。也了解了水体污染的主要原因包括工业废水排放、生活污水排放、畜禽粪便的排放以及农药化肥的使用。

再次是土壤、工业废弃物，废渣、废水、城乡生活垃圾、重金属污染等等。

最后是噪声。分户外户内标准。户外又分0类到4类，对每类标准都有新的了解，如 0 类标准适用于疗养区、高级别墅区、高级宾馆等特别需要安静的区域，1 类标准适用于以居住、文教机关为主的区域，2 类标准适用于居住、商业、工业混杂区，等等。每类标准都规定了白天和夜间的分贝限制值。

这些标准过去多少知道一些，但没有像这次这么系统和具体。掌握了这些标准，便有了进行甄别环保问题的依据，从而使自己掌握了工作的主动性。真是不学不知道，一接触这些工作，便知道了自己的不足。

这几天虽然辛苦，但同时也开阔了视野，增长了才干和知识，在环保方面了解了更多的情况，真是术业有专攻。通过这段时间的经历，我也深深地感受到了学然后知不足，人生学无止境。在人生的征途中，要学的知识太多，要了解的领域太宽，勤奋学习是一辈子所需要的，只要一息尚存就一刻也不能放松学习。

2018 年 6 月 29 日于衡阳

迷信与科学

还是在很久以前读科学发展史时，了解到近代著名物理学家牛顿，晚年十分信仰上帝，甚至到了痴迷的程度。今天读了潘建伟院士的一篇演讲稿，似乎明白了一些缘由。牛顿力学作为经典的传统力学，它告诉我们，只要确定了粒子的初始状态，按照力学的方程一算，所有粒子未来的运动状态原则上都是可以精确预言的。那么，按照相对论和量子力学这个现代力学的原理，推导出了宇宙和人类演化的历史。大约在一百几十亿年前，由于量子的涨落，一个“奇点”发生了爆炸，“炸”出了时间、空间和构成万物的基本粒子。最初宇宙中只有氢、氦两种元素，在引力的作用下聚集在一起，形成了第一代恒星。恒星在核聚变的过程中逐渐形成了碳、氧、铁等各种更重的元素；当核聚变的原料耗尽后，恒星抵挡不住引力而坍塌，发生剧烈的爆炸，这一过程形成了重金属元素。有了这些元素，才有了形成行星和生命的物质。最终大约在45亿年前形成地球，又通过亿万年的进化才有了我们人类。因此，每个人身上每个原子都是来自许多亿年前某个恒星的爆炸。

按牛顿力学的解释，每一个粒子运动规则可以计算出来，那么由恒星爆炸后形成的粒子所构成的人类，每个人运行的轨迹也是可以预测和计算出来的。因此，在牛顿看来，他之所以能够从苹果落地联想到万有引力的存在，并于1687年写出了《自然哲学的数学原理》这部经典力学巨著，是他而不是别人，这肯定是上帝的力量作用的结果，是“神”的力量作用的结果。最后，牛顿这么伟大的科学家成了虔诚的宗教徒。

的确，自然界始终以其铁的规律在运行着。人类作为自然界的一分子，必然受着自然规律的影响，看似个人和社会中出现的事情或事件有偶然性，实际上是有其必然性的，这个必然性就是被自然规律制约着。人类社会出现的任何一个事件，不论是成功的还是失败的，都是按照内在的规律运行着。所以人们讲历史是不能假设的。一件事发生之初，它的成功或失败就已经决定了。一个人出生之时，他的寿命、身高就已经定了，这一点在医学科学破解人类染色体基因排序时已被证实。这些现象在科学不发达时，人往往对它们不可知晓，对它们恐惧和担忧，就给它们罩上了迷信的光环。一些社会事件的发生，好像是某个人物的决定，其实是事物发生到那个阶段的必然，如果不能用科学的原理和历史的眼光来看待，很可能就会坠入宿命论的泥潭之中，而成为迷信者。

那么，既然自然界、人类社会以及个人本身都受一定规律的制约，都是预先设定好的，只要照着走就可以了，人和社会乃至自然界没有一点能动性了吗？按现代量子力学的理论解释，人、社会乃至自然界还是可以发挥能动性的，受客观条件的影响，事物也会出现一些变化，有时受人为因素的影响，还会发生新的变异而不可捉摸。所以，对于自然、社会和人出现的事件和事情，用科学原理来解释，就不会是简单的迷信了。

2018 年 7 月 10 日衡阳

法则是用来改变的

从自然科学发展史看，从传统力学到经典力学的发展，再到现代力学的运用，无一不是不断打破旧法则创造新法则的过程。古希腊传统力学的大权威亚里士多德创立了力学定律：“推一个物体的力不再去推它时，原来运动的物体便归于静止。”这是亚里士多德创立的力学法则，这个法则人们尊崇了1000多年。后来被另一权威伽利略打破，他对这个法则提出了异议，并在此基础上创立了新的法则，为经典力学奠定了坚实的基础。后经过牛顿将其提炼成力学“第一定律”，“任何物体只要没有受到外力作用，总保持静止或匀速直线运动状态”。牛顿还发现了“万有引力”定律，使它成为经典力学的集大成者。牛顿创立的力学定律，在解释中、低速运动时，还是比较准确的，但在解释像光速这样高速运动的物质时，就显得爱莫能助了。于是爱因斯坦的相对论力学又打破了牛顿力学的法则，创立了相对论力学，并借助于现代数学创立了量子物理学。可以断定，量子力学的法则也还会被更新的力学法则所打破。

自然科学发展的历史是这样，社会科学和社会发展的历史亦是这样。一种社会科学的法则代替另一种社会科学法则，这是发展之必然，也是人类社会发展规律之必然。所以，我以为任何一种法则从长远来看，它是需要改变的，也是应该被打破的。但是，我们也要懂得，当一种法则没有被替代时，人们还必须遵守这个法则。但人类永远不会停止在原有的水平上，必然要发展要进步，这就需要发现新法则，打破旧有的法则，建立新的法则。

发现新法则，打破旧的法则，建立新法则，是需要知识更需要勇气的！历史上那些发现或创新法则和试着去打破旧法则的人，都是集知识和胆识一身的人。就如伽利略挑战亚里士多德，牛顿代替伽利略，爱因斯坦又否定牛顿，无一不是靠知识和勇气。社会科学的法则亦是如此。因此，对大众来说，是遵守法则；对那些有勇有谋有胆有识的人来说，是善于发现新法则，又善于打破旧法则，从而建立新法则。

2018 年 7 月 16 日于长沙

要重视阅读

正月初五，我伏在案前，耳边是从室外马路上传来的“嗖嗖”的汽车驶过的声音。循声从窗向外看出，马路上的汽车比初一、二多了许多。人们经过短暂的休息又开始一年辛苦的奔忙了。突然，“阅读”两个字跳入了我的脑海之中。说到阅读，我记起了德国培根的格言“阅读使人充实”。一个有广泛阅读量的人，他的知识是有厚度的，那么写出来的文章就会有深度。我国古代唐宋八大家之一的苏洵，也是一个十分重视阅读的人，他不读一定量的书是不开始写作的。不像现在的一些人，写作搜肠刮肚，知识不够时，才想起去查阅资料。

阅读不仅使人充实知识，而且能开阔视野、增长智慧。法国大作家雨果说过：“各种蠢事在阅读好书的影响下，仿佛冰放在火上烤着一样渐渐融化。”人生的时间是有限的，不可能每件事都亲自尝试一下，况且有的事情是不可去试的，那么通过阅读，尤其是读史和哲学，便可以了解到这大千世界上下几千年、纵横几万里的世事变迁。有些失败的教训、有些前车之鉴，在阅读中就可以吸取，使人从历史的前车之鉴中变得聪明起来。

阅读既然这么重要，要取得相应的效果，必须做好计划。书本浩如烟海，不可能都能读到。读什么书，要因人而异。如对从事文学创作的人而言，应是多读名著多读史学和哲学书籍。那些属于经典的作品是一定要读的，并且还要做好笔记，记录心得体会，在阅读时迸发出来的思想火花，要立刻将它记下来。古诗说："情景一失永难摹。"这些阅读时迸发出来的思想火花和文学火花是最真实的东西，也是最珍贵的素材，记载这些东西不需要讲究什么形式，有话则长，无话则短，但一定要真实地将这些东西记下来，待到有一天形成了更高层次的思想观点，然后在更高层次的观点下，形成有深度有真情实感的作品。

2019 年 2 月 9 日

谈弱小与强大

昨天，即公元2019年4月10日，天文科学家观测到了距地球5500万光年之远的黑洞，并拍摄了清晰的照片。这次科学家的发现，证实了1915年近现代科学家爱因斯坦在他的广义相对论中的预言：“在宇宙天体中有一个巨大的宇宙天体——黑洞。这个黑洞质量极大、密度极高，周围会产生巨大的引力场，它附近的所有物质都被黑洞吸进去，连宇宙中传播速度最快的光，也会因它的吸引力而发生弯曲。”100多年过去后，科学家终于可以通过多台射电望远镜看到“黑洞”的真容。它的质量为太阳的数十亿倍。这个伟大的发现，让人对爱因斯坦科学预言的正确性敬佩不已，同时也对宇宙天地浩渺空间敬畏不已。

我们常感到，人类社会形成是一个十分漫长的过程。人类不断衍生着一代又一代，不断繁衍下去，似乎没有尽头。这是个体的人与人类社会相对而言。但如果将人类的出现与地球的年限相比较，那又十分短暂。地球已存在45亿年以上了，人类从元谋人算起也才170万年。但地球的年限与宇宙天体的年限相比，又显得微不足道，这是从时间看。从空间看，一个人重百来斤，相对尘埃是很重的了，但相比地球来说，那人的重量就如同一颗微小的灰尘，可以忽略不计。但地球重量与太阳重量相比，甚至与黑洞天体相比，那又是微不足道！可见，时空的长短、轻重、高下都是相对的。

人类与之赖以生存的地球相比较，显得十分弱小，同时也十分强大。说它弱小，是说人类相对硕大无比的地球而言，显得微不足道。说它强大，是因为人类靠着自己的聪明才智，创造了无与伦比的手段去感知和认识这个比自己大无数倍的庞然大物，并掌握其运行轨迹。这个手段，就是自然科学和哲学社会科学。自然科学主要靠实证的方法，靠数学的计算和实验。哲学社会科学靠逻辑学和方法论去综合归纳推理和社会实践。自然科学与哲学社会科学两者认识世界也有许多交汇之处。如中国古代哲学家就对人的生命作出“生死有命”的预言。现代医学通过基因图破解，验证了人生长的高度、胖瘦、能活的寿命，在人的胚胎形成时，就已经定下来了。再者，今天的量子缠绕理论也破解了古代思想家谈到的“聪明有种”的观点，但这并不意味着否定人后天的努力。个体生命的延续，是经其前辈几千上万年乃至上千万年的基因演变而来，能活多大岁数也与前辈的基因有关。一个生命，由地球宇宙大爆炸后循着一条轨迹演变而来，其主线原则上是不会变的，如果有变化，那是一种意外。这种量子科学所诠释的理论，的确与过去古代哲学思想家某些观点是相似的。

在这里，要指出的是，中国古代和西方古典思想家以及近现代科学家都认为，在本体之外有一个超自然的力量存在。当我们不能正确地解析这个超自然力量之时，古代思想家就认为是“神”在起作用，西方近现代科学家则认为是“上帝”在起作用。这个“神”和“上帝”之力，是超自然力的，不随我们的主观意识而存在。这就是一些大科学家经常提出的：研究同一个问题的人那么多，为什么成果却偏偏降临到自己的头上？是上帝在起作用——近代科学家牛顿晚年就曾发出过如此的感叹。还有发现“宇称不守恒”定律而获得物理学诺贝尔奖的杨振宁院士，他认为自己之所以成功，除了努力之外，也是上帝给他的奖励。试想，像他们这样的大科学家都有这样一些理念。我认为，不能简单地把它们归结为唯心主义的世界观。其中，必然有其复杂的缘由。当一种现象达到让人无法把握、无法解释时，必然让受惠者体会到了一种超自然的力量在起作用。

所以，在这个世界上，人类的出现也许是偶然，也许是必然。每一个人的出现也许是一个偶然，也许在偶然的背后隐藏着必然。一个弱小的力量，看似弱小，也许是十分强大的。一切都是相比较而存在，相矛盾而发展。任何一种事物既然来到了这个世界上，出现在现行社会生活之中，就必有它的道理，必有它运行的轨迹。强和弱是相比较而存在的。

2019 年 4 月 11 日

月圆所思

今天是一年一度的中秋，也意味着亏损了半月之久的月亮，今晚要达到最圆满的时日。或者可以说阴晴圆缺七个多月的月亮，今天迎来了她最圆满的高光时刻。由缺到圆、由阴到晴，是自然界的演进规律，也是人们的情感所寄。

但静下心来想，其实这个时刻的圆满十分有限，因为月圆之夜恰恰是走向月损之时。古人说："满招损，谦受益。"也是从自然界的阴晴圆缺变化中感受到的，一旦走到圆满之时，恰恰就是走向缺损的开始。十五的月亮是一月之中最大最圆的，在这最大最圆之后就开始走向月亏了。

因此，今天的中秋之夜，我由此想到人世间都有一个由盛到衰的嬗变过程，这是不以人的意志为转移的。在这个世界上，一个人或一个团体如果成功了，很有可能出现自满而懈怠，这就是走下坡路的开始。这样的例子是不胜枚举的。如有的人出了一本代表作，后来就躺在这本书上吃老本，再也无法出新著；有的人在成功之前拼命干，一旦登上了高位，便再也没有以前的那股拼劲；再有的人获得成功后，容易被成功冲昏头脑而自满，这种自满的观念让人开始走向了反面。他只看到了成功带来的喜悦，而没有看到成功可能带来的危险。一般而言，凡是自满之时，恰恰是危险之日；自然界的月圆到月亏，从自满到停滞甚至后退，都逃不过这个周期律的影响。

罂粟花开得最美丽之时，就是结出最有害果子之日。最有诱惑的东西，往往潜伏着最大的陷阱。北欧的北陵兰岛，当海平面结冰时，海水就冒烟，十分美丽、十分壮观。人如果一旦接触了这种烟雾，立刻会生出疮肿。在雪地上行走，一般总认为是景色绝佳的，但是如果不戴墨镜，不消多时就会出现雪盲症。新到一个单位工作，有的人对你十分热情，关怀备至；有的人不显得那么热情，但仍然踏踏实实支持你的工作。往往那些过分热情的人，难做到善始善终，而不显得那么热情的人，却能经得起时间的考验。

诸如此类，自然界和人类社会是复杂的，都会受制于周期律的支配。当事情处于鼎盛之时，可能就是衰退之日；当我们感到心满意足之时，可能就是危机四伏的开始。所以我们对此，要保持高度的警觉，任何时候都要居安思危、居易思难，尽可能减少由盛而衰带来的损害。

2019 年 9 月 13 日中秋于长沙

要真正关心处于弱势的人

刚刚参加怀化三所院校的主题教育相关活动，便接着从怀化回到湘西吉首。傍晚，我伏在案前，回想着这三天的怀化之行，眼前就像走马灯似的出现了在怀化几所院校的经历。

第一个出现在眼前的是怀化职业技术学院的学生食堂。在学校我们没有进学校食堂的包厢就餐，就与学生一起在食堂大厅吃自助餐。但校方还是客气地给我们多加了一份荤菜，对这份情是领了，但菜我们一点都没有动。吃饭时我看到有“爱心窗口”，询问了爱心窗口的情况，得知这个窗口是专供贫困学生用餐的，一份饭菜 5 元钱。我用完餐后，专门去这个“爱心窗口”看了看，并了解了一些情况。

从了解的情况看，价格并不止 5 元一份，我看到，有个学生买一份菜是 7 元。如果要加菜价格还要高一些。窗口的工作人员说，学生们碍于面子，一般不在“爱心窗口”用餐，担心被其他同学看不起，所以在“爱心窗口”用餐的人比较少。食堂为了保证不亏损，价格只好浮动。我听了工作人员介绍之后，心里像打翻了五味瓶，很不是滋味。“爱心窗口”设立是一个好的主意，体现了学校对贫困学生的关心。但实际执行过程中由于操作不当，“爱心窗口”却名不符实。如果考虑尊重贫困生的自尊心，将“爱心窗口”设在隐蔽一点的地方，如果校方从相关基金中适当给“爱心窗口”一点补贴，以保证“爱心窗口”不至于亏损等等，使“爱心窗口”真正关爱那些需要帮助的、处于弱势的贫困子弟，让这件好事落到实处。为此，我给校方提出了建议，要充分考虑贫困学生的自尊和食堂“爱心窗口”的经营保本。怀化属于大湘西，在这里读书的学生，有些家庭是十分困难的。这些贫困学子是社会的弱势群体。作为学校应该关心这些贫困子弟，同时应注意保护他们的自尊心。在学校与学生一起就餐，体验学生的生活，也让我们了解了情况，受到了教育。

还有一幕让我们挥之不去。在学院调研中得知，怀化职院有 85 户教职工的住房的土地，被一家房产公司所骗，而后又转卖给了另一家公司，从而导致这 85 户教职工的房产权益受到极大的损害。这件事拖了十多年，教职工多次向学校反映，都无果而终。市里的负责同志也曾协调过，因为难度太大，最后都不了了之。面对这个情况，我们主动与怀化市委主要领导联系。主要领导很重视，当即安排相关领导开会，再次协调解决，使这件拖了很长时间的事情终于迎来了解决的契机。学院老师对此表示由衷的感谢。

经历这些事情，我至深地感到：其一，现在上大学都是自费，一些出身贫困家庭的学子，靠勤奋努力考上了大学，实属不易。他们的付出要比那些家庭富裕的学子多得多，年纪轻轻就体会到了人世间的不易。学校对这些学子的关爱，会让他们体会到党和政府的温暖而热爱党和国家，也会驱使他们愈发勤奋努力，成为家庭和社会的栋梁之材。这对于阻断贫困的代际传递，对于巩固我们的政权都具有十分重要的意义。其二，学校是传承知识的场所，教师承担着传授知识的光荣使命，他们的一言一行对学生的影响是潜移默化的，理应受到社会的尊重。对学校和老师的尊重程度，是检验一个社会文明程度的重要标尺。但是，我们在这方面还有一些差距，学校和老师还是处于相对弱势地位，侵害学校和老师权益的事情时有发生。党和政府应当高度关注学校，尊师重教，切实解决学校和老师的急难愁盼问题，使他们能安心从事教育事业，真正担负起为党育人、为国育才的历史重任。

2019年10月11日

优秀领导看担当

做一名优秀领导者，就是要有敢于担当的气魄，想常人之不敢想，做常人之不敢做。

20世纪80年代初，在上海书画界曾有这么一段掌故，让我记忆犹新。有一家书画社，时任总编辑决定要与上海博物馆合作，出版明代天启年绘刻的孤本《萝轩变古笺谱》，这本古笺谱一函二册共196页，当时完成后共印300本，售价达每本300元，是当时一般干部月工资的10倍左右，可谓天价。在当时出版界同行看来，该书的读者群很小，印数也很有限，如果要出版这样的古籍书，出版社要承担很大的风险。但后来的结果让出版同行意想不到，该书不仅当时为书画社带来了十分明显的社会效益和经济效益，而且因为这个古籍独特的文化价值和历史价值，一套重梓本在2011年被拍卖行拍到了28.75万元。

据悉，当时书画社高层在是否出版这本书的问题上，是存在巨大争议的，时任总编辑审时度势、力排众议，果断地做出了这一决策，使这家书画社在海内外出版界的影响力大增。这家出版社的总编辑是敢于担当的，因而也是一位优秀的领导者。

什么是优秀的领导？在众说纷纭的环境下，能够审时度势、敢于担当、敢于决策的领导就是优秀领导。

这个敢于担当，首先来自领导者的胆量。有胆量的人，能够亮明自己的态度，在关键时刻不含糊、不推诿，敢于在不同意见中作出决策，并对作出的决策大胆负责。这种胆量来自领导者的无私无畏。做决策时，他不是以自己的利益得失作为取舍，而是出于公心，以大多数的利益为出发点和落脚点。因为有了这种无私无畏的精神，他才能够作出大胆的决策。其实，任何决策都是有风险的，有的决策也许能成功，有的决策也许不能成功。但只要决策者秉承一颗公心，即使不成功，他也能坦然面对。所以说到底，一个敢于担当的人，其实是一个具有无私无畏和无我精神的人。有了这种精神，还有什么事不敢担当呢？

敢于担当，其次来自领导者的卓识。一个有胆量、敢担当的领导者，必定对所决策的事物有明确的了解。之所以做到想常人之未想，做常人之未做，必定与他的远见卓识须臾不可分离。他能通过比较分析，在事物发展的低潮中预见高潮的到来，在处于逆境时，能预测顺境的到来。敢于担当者，必定是一个冷静、客观、有远见卓识的人。

敢于担当，还来自领导者的才学。能够在众说纷纭中大胆决策，很大程度上取决于领导者的才华和学识。只有具备雄厚知识和才华的人，才能做到博采众长，从各种不同的意见中吸纳养分，完善自己的决策方案。只有知识渊博的人，才能够对事物的是非曲直作出客观科学的比较，从而形成正确的决策。

总之，领导者敢于担当，必须要有胆量、有见识、有才学。胆量是前提，见识是向导，才学是基础。一个敢于担当的领导者，必定是胆识、才学兼顾一身的领导者，也是一个真正优秀的领导者。

2020 年 5 月 6 日于家中

谈平台大小的重要性

美国一家研究所曾做过一项社会实验让我至今难忘。说的是有一名男子在地铁站用小提琴演奏德国著名作曲家巴赫的几首曲子，并在身旁放一顶帽子，以示乞讨。在这位男子演奏的45分钟里，约有2000人经过，仅有6个人停下来听了一会儿，约20人给了钱就匆匆离开，他总共收到了32美元。没有人知道这位街头卖艺者是世界上最著名的音乐家之一——约·夏贝尔。他演奏的是一首世界上最复杂的作品，用的是一把价值350万美元的小提琴。其实，就在两天前，约·夏贝尔也是用同样的琴，演奏的也是巴赫的这几首曲子，只不过演奏的地点不同。前两天演奏的地点是波士顿一家大剧院，每张门票要200美元，而且一票难求。

这个实验给我们的感受是深刻的。一个人的技艺高低固然重要，但不是最重要的。真正决定一个人创造价值高低的，是他所处平台的大小。平台大，即使你的能力水平有限，却也能够创造出远超过你预期的成就，并且大的平台使人的能力水平迅速得以提升。反之，你个人能力强、水平高，但你所处的平台小，也无法发挥出自身的价值，久而久之，你的能力水平会因为平台的限制而逐渐衰退。

中国古代思想家荀子在《劝学》一文中也谈到了身处环境善于借助平台的重要性。他说："吾尝跂而望矣，不如登高之博见也。登高而招，臂非加长也，而见者远；顺风而呼，声非加疾也，而闻者彰。假舆马者，非利足也，而致千里；假舟楫者，非能水也，而绝江河。君子生非异也，善假于物也。"一个善于借助、运用大平台的人，他必定能创造超越自身潜能的成绩。

可见，一个人在有一定基本素质之后，平台的大小直接决定着他能否顺利地成长进步，直接决定着他对社会创造价值的大小。

平台有狭义和广义之分。狭义是指一个人所拥有的社会地位，广义是指一个人所处的社会大势。所以说，人所处的平台，既体现个人的社会地位，也反映个人所处社会的发展环境。我们讲平台的重要，既讲个人是否所拥有一定的社会地位，又讲个人是否善于把握社会的发展大势。后者比前者在一定程度上更重要。一个善于利用平台的人，既要跻身一定的社会层级，更要善于把握社会发展的大势，做到顺势而为，达到"时势造英雄"的效果。

平台既然对人的成长进步有如此重要的作用，那么我们如何走向大平台呢？

首先自身要有一定的素质，表现为具备真本领，有真才实学，做到德要配位、才要配位。有了真实的本领，就为走向大平台或走上大平台创造了条件。其次还是要展示，顺势而为，该出手时就出手，不要退缩，让组织和群众发现你、了解你。我们伟大的中国特色社会主义事业需要一大批有真才实学的人才，让“金子”发出应有的光彩。最后，如果一时没有大平台，也不要气馁，是“金子”总会发光，随着时间的推移总会有被推上平台的机会的。

2020 年 6 月 7 日

谈阅读使人充实

德国18世纪哲学家培根曾说："阅读使人充实。"于今我对此话又有了更深层次的理解。我以为，阅读使人充实不仅是在知识上，还在于整个人的身心。阅读是一个人从外面世界获取知识的重要途径，一个善于阅读的人，他的知识面，他的视野、行事风格是完全不同的。总而言之，一个善于阅读的人，他的整个人生与众不同。

刚刚看到一则短信，讲一位高层领导，在大学当教授时一年阅读各种书籍达70本。可想而知他一定是一个博学多才、受人欢迎的老师，也是一位著作等身的学者。这也许是他后来走上重要领导岗位的重要因素。

这就从一个方面说明，有的人之所以能成为高层领导就在于他的学习，也说明了阅读在人的成长进步中的重要性！现在日常生活中，常可看到一些人，想步入高的位置，但又不爱阅读，不重视积累知识，不注重提升自身素质、增长干事创业的本领，而是心浮气躁，异想天开，结果往往适得其反。我以为，一个人靠运气也许能上到某个职位，但不会长久。这方面的例子是不少的。

为什么会这样？原因也许很多，但最重要的原因或是知识的浅陋，或是德不配位，自身的能力素质无法适应所在领导岗位的要求，组织和群众都不认可。一般来说，掌握了一定公权力的领导，群众对他还是有一定的服从意识的，这是群众对上级组织的一种信任。但身处领导岗位的人，不爱阅读，不及时提高自己的能力和素质，仅凭公权力颐指气使，久而久之群众是不会心悦诚服的。所以，只有靠多学习、多阅读，提高素质、增长能力才干，提高自己的个人修为和德行，才能行稳致远。

那么，怎样才能通过阅读提高自身能力和素质呢？我认为，要处理好阅读的量与质的关系，阅读与实践的关系，阅读忙与闲的关系。

首先是阅读的量与质的关系。多读书、阅读好书是非常重要的。雨果曾说："各种蠢事在阅读好书的影响下，仿佛冰放在火上烤着一样渐渐融化。"一个人读书越多，见识就会越广，一个人必须有一定的阅读量。早些时候，有关部门对部分国家人群的阅读量作了统计，以色列每人每年平均阅读 60 本书，日本人 50 本书，美国人 50 本，英国人 45 本，德国人 45 本，韩国人 30 本。中国人好像是排在后面的，不爱阅读，已使我们这个民族的创新能力、民族素质在下降。但也不乏高阅读量的，这里说的是平均数。所以，在阅读书本方面，我们是比较靠后的。因此，我们要提高阅读书本的数量，至少每年阅读书本在 30 本左右。一定的阅读量是提高阅读质量的保证。阅读的高质量是建立在一定的数量基础上的。有的书要泛读，有的书要精读。这个要根据自己的爱好兴趣和结合工作的需要作出选择。晋代陶渊明的读书法值得借鉴:“好读书，不求甚解；每有会意，便欣然忘食。”在阅读中，泛读追求速度，精读时细细品味，掌握其精髓。

其次，要处理好阅读与实践的关系。在阅读书本的同时，也要注重实践，要向社会学习。用从书本上学的知识、方法去观察社会，思考社会现象。毛泽东同志在《中国革命战争的战略问题》中曾对阅读与实践的关系作过非常精辟的论述。他说:“读书是学习，使用也是学习，而且是更重要的学习。”阅读不是唯阅读而阅读，而是为了更好地指导实践。同时，将实践中获取的感性认识上升到理性认识，由此多次循环反复，将阅读与实践有机地结合起来。我国古代思想家孔子说过,“学而不思则罔，思而不学则殆”。罔就是迷茫，不知所措。这里“思”除思考之外，还包括用书上学来的知识，去指导实践，从而找出带规律的东西来。因此，我们要做到，“读万卷书，行千里路”，既读文字编印的书本，也读社会实践的大书。

最后是处理好忙与闲的关系。一般是工作忙起来阅读的时间少，闲起来阅读时间多。其实也不尽然，忙中求闲，挤时间阅读也许更充实。如果闲下来，不合理作息，任由时光匆匆度过，那时间也是很快会溜走的。正确方法是忙中求闲，挤时间阅读，闲时要当忙时用，一分一秒都要珍惜。

2020 年 6 月 6 日于家中

谈位卑未敢忘忧国

从中共党史上可以看到这一幕：1923年6月中共三大期间，毛泽东与瞿秋白此时身份差别是很大的。毛泽东比瞿秋白年长六岁，当时毛泽东作为一名土生土长的湖南地方的代表出席会议。他身着一件打着补丁的、湖南乡下教书先生常穿的蓝布长衫，脚上穿着一双黑布鞋。而瞿秋白带着留学俄国的背景，背负着共产国际的光环，西装革履，可谓风流倜傥，以归国代表身份出席会议。此时毛泽东被选为五人中央局成员，任中央局秘书；瞿秋白被指定为中央教育宣传委员会委员。瞿秋白因为有共产国际的背景，又有留学苏俄的经历，在1927年担任了中共中央主要负责人；毛泽东仍然作为中央委员负责农民运动。但这些巨大的差距并没有影响毛泽东持之以恒扎根中国社会的土壤，孜孜不倦地开展工作。后来的事实证明，毛泽东由一名被某些人看不上眼的土生土长的农家子弟，成长为中国共产党、人民军队以及新中国的缔造者和主要领导者；而瞿秋白则因犯"左"倾机会主义错误，从领导岗位上下来了，后受到批判。

毛泽东和瞿秋白的人生经历让人感慨颇多。当时地位卑微的毛泽东刚刚出现时，一些人是不看好他的。他出身农村，没有留学的经历，也没有共产国际的背景，相比那些学贯中西、吃过洋面包，喝过“洋墨水”的人来说，的确没有什么“资本”。但出身并不妨碍他的自信，并不影响他深深地扎根于中国社会，并不阻止他坚持从中国实际出发研究问题、解决问题。他的出身不仅未成为他的包袱，反而成了磨砺了他坚忍不拔性格的砺石，使他在任何时候都表现出不屈服于恶劣环境的坚强品格和意志；成了他了解中国社会现状，在任何时候都坚持从实际出发，力求探索出一条适合中国革命的道路的信念支撑。

我以为成大事者，背景、出身固然有一定作用，但不是决定因素，起决定因素的是他是否具有顽强意志和毅力；是否有不达目的、永不罢休的执着信念；是否有敢于藐视权威、勇于创新的精神。历史上这类事例是不胜枚举的。像上面所谈到的毛泽东同志外，还有聂耳，当时被人们嘲笑为阿拉伯数字派，多少人能预见他是我们今天共和国国歌的作者；像鲁迅，当年写下与当时盛行的文言文完全不同的《狂人日记》，又有多少人知道他开辟了中国白话文的新纪元；像袁隆平，在湖南偏僻的安江农校研究杂交水稻，被世界遗传学权威说成“不知天高地厚”的时候，又有多少人知道他创造的杂交水稻改变了世界！没有，这些在当时不被人看好的、地位卑微的人，到后来都成了一个时代的引领者。因为尽管当时位卑，但他们心中装着国家和民族的大义，是因为他们代表了最广大人民的根本利益；是因为他们代表了先进的思想、先进的文化和先进的生产力。

2021 年 8 月 31 日于长沙

谈坚守

很久以前，从一本杂志上看到的一则逸事，让我至今难忘。

这则逸事讲的是，在南美洲海拔4000米的安第斯山上，生长着一种叫普雅花的植物，它的花期仅为两个月，花绽开之时，每个花穗有上万朵花，极为绚丽灿烂，浓郁的香气在空气中流动，远远近近都充满了花的芳香。然而，为了这两个月的灿烂的花期，普雅花竟静静地坚守了数十年。而花开两个月后，植物枯萎死去，又开始另一次漫长的等待。数十年的坚守，这是何等漫长的过程。普雅花这百年坚守的精神，令人深深感动！

从普雅花的百年坚守精神中，我联想到了一些古今中外的思想家、科学家和造福一方的杰出功勋，无一不是具有这种执着的坚守精神。中国古代的文学家司马迁编撰《史记》花了13年，且当时已遭宫刑之辱，其艰难程度可想而知。伟大思想家马克思在伦敦大英博物馆查资料、抄卡片，花了40年，终于写成了《资本论》这部鸿篇巨制。伟大生物学家达尔文为写《物种起源》这部巨著前后用了27年。我国著名历史学家谭其骧教授编写《中国历史地图集》用了31年。荣获“文物保护杰出贡献者”国家荣誉奖章的梁锦诗，1963 年北京大学毕业，选择去了位于西北偏远的敦煌研究院，一干就是 50 多年。

这是何等顽强的坚守。正是因为他们在十分艰苦的条件下，持之以恒地坚守，才取得了如此辉煌的成就。他们用自己伟大的实践向世人昭示了一个重要的真理：长期坚持不懈的艰苦努力，始终如一守住为之奋斗的目标，才是成就一番伟大事业的重要路径。而那种企图靠走捷径或指望一蹴而就取得成功的侥幸心理是不可取的。

中国古代思想家荀子在《劝学篇》中曾告诫有浮躁习气、不愿长期坚守的人：“骐骥一跃，不能十步；驽马十驾，功在不舍。锲而舍之，朽木不折；锲而不舍，金石可镂。蚓无爪牙之利，筋骨之强，上食埃土，下饮黄泉，用心一也。蟹六跪而二螯，非蛇鳝之穴无可寄托者，用心躁也。”世界著名现代物理学家、相对论思想的创立者爱因斯坦曾对那种不愿长期坚持研究非常困难问题，而是善于走捷径的学者讲了一段意味深长的话：“我不能容忍这种科学家，他拿出一块木板来，寻找最薄的地方，然后在容易钻透的地方钻上许多孔。”这些中外思想家都要求我们克服侥幸的心理，都十分忌讳浮躁的作风，十分厌恶不经过长期坚守，总想通过走捷径取得成功的人。这些谆谆教导，对今天的我们仍具有十分重要的现实意义。只有踏踏实实盯住既定的目标不放弃、不懈怠，默默无闻，长期坚守，为此付出艰苦的努力，才有可能取得成功。

原载 2022 年 8 月 24 日《湖南日报·湘江副刊》转载时略有改动

书法册页撷英

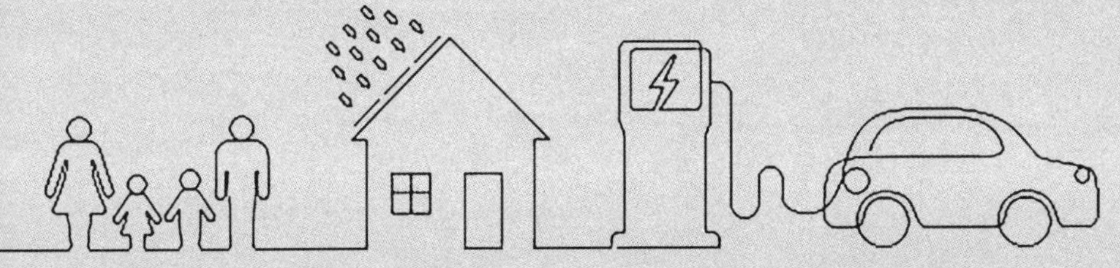

香山記事

宗建民

到北京香山看红葉是我心儀已久的事。秋季的北京香山，光线充足，由於晝夜温差的緣故，催生了红葉的形成。為了躲開滚滚的人流，我们選擇自北门進山，沿着整齊的水泥路往山上竟發。山间鬱鬱葱葱的古柏遮蔭蔽日，人们常用松柏比喻生命長青，在香山看到這些百年以上的古松柏，讓人感到了生機和活力。山上偶尔有一兩株柿子樹，黄橙橙的柿子掛在樹上，使人領略到了秋的元寶，然而最多的還是紅葉紅楓。香山的紅葉紅楓主要由元寶楓和紅葉組成，常見的還有野檞樹。據與我們同行的北京小鄭介紹，香山東南山坡上，十萬株黃櫨樹逐漸飲露，葉換丹紅，其間雜以柿、楓、野檞樹，到十月中下旬時，這里如火似錦，蔚為壯觀，為香山二十景之一。

到香山看紅葉，是一件磨礪人意志的事。原想到半山坡上看一個景點，證明已經到了香山紅葉就行了，故來乘纜車，心想去到半山便往回走。这樣一個勁地往上走，经過一個多小時，便到了山腰，同行的小鄭講，既然到了半山腰，還不如繼續往前走，因返回的路程也差不多，这樣一估量，加之山頂更加絢麗的景色吸引着我们，於是又繼續往山上爬了。近些年因陪同客人遊覽，很少爬山，遇山一般都是乘坐纜車，所以，登山的能力也逐漸降低。早就聽說香山頂山有一段"鬼見愁"的說法。这次真正領教了"鬼見愁"，山路的艱難。好在有扶欄，我們便扶着欄杆一步一步吃力地往上走，走近山頂時，渾身已濕透，嘴里不停地喘着粗氣，我回眸一望，半山腰的小坪已被遠遠地甩在了後面。走上山頂，一幅嶄新圖畫便展現在我們的眼前：成片的紅葉樹和元寶楓在陽光的照耀下晶瑩剔透，遠遠望去，紅絨絨的，團團簇簇，宛如一張偌大的紅絨毯，觀賞到此景真讓人醉了，這時我真心佩服剛才所作出的決定。如果到了半山腰往回走，與登山頂的路程時間差不多，但當下的遺憾是無法挽回的，更領略不到香山山頂的絶好風光和征服這段艱難險途後的成功喜悦。人生征途又何嘗不是這樣呢？在前行的路上遇到困難想打退堂鼓時，需要的是堅持，愈往前，路可能愈難走，但祇要堅持住就會出現轉機，最後取得成功；如果半途而廢，那成功的一點希望都會失去。記得年少時讀過王安石的《游褒禪山記》，他在文章中講的幾句現在都記得很清楚：“夫夷以近，則游者眾。險以遠，則至者少。而世之奇偉、瑰怪、非常之觀，常在於險遠，而人之所罕至焉，故非有志者不能至也。當時並不能完全理解其中深邃的道理。今天登香山的經歷，讓我感到王安石是想借游褒禅山告訴人們取得成功的奥秘。其實，在這个世界上，每個人的才智、能力是相差不大的，祇是因為每個人的毅力、意志的差別，最終導致了人生事業上的差別。有的人就播了在那做事，但一碰到困難就往回退縮，每每如此永遠也未走出人生的起點，其结果白白耗費了一生光陰；有的人看准一件事，一直往前，碰到再大的困難也不輕言放棄，直到取得成功，從而鑄就了偉大的人生。

到香山不僅僅是看紅葉，還有一處勝地更值得去看看，这就是雙清别墅。位於香山南麓的"雙清别墅"始建於乾隆十年(1743)，取名"松塢雲莊"，一八五〇年、一九〇〇年"松塢山莊"遭英軍和八國聯軍焚毁，一九一七年民國總理熊希齡將其辟為私人别墅。因兩泓泉水質甘甜，乾隆賜"雙清"，緣故，这里便命名為"雙清"別墅"。一九四九年三月二十五日中共中央總部由河北西柏坡遷入此。毛澤東主席在这里指揮了著名的渡江戰役，在是否渡江作戰的問題上，共產國際提出了不同意見，要求中國共產黨與國民黨以長江為界划江而治，在这決定中國前途命運的關鍵時刻，毛澤東主席以超人的膽略和意志，頂住了来自共產國際的巨大壓力，順應歷史的潮流，發出了將革命進行到底的號召，及時下達了渡江作戰的命令，為新中國的誕生奠定了堅實的基础。“雙清别墅”因為有着厚重的歷史背景，我们步入香山南麓腳下，便對她油然而生敬意。

沿着碎石和水泥鋪成的環山路，可見蔽日銀杏、松柏，蒼翠的竹葉林。大约沿着環山路上二里多遠，掩映在古柏蒼翠樹木中的古朴建筑群落就出現在眼前了。由於風雨的侵蝕，别墅圍墻外的石灰開始剝落，但正门上方"雙清別墅"四個大字卻清晰可見。進得門來，扑入眼簾的是一偌大的池塘。池塘上浮着一些水草，荷葉已不如夏日之泛綠，塘中的水很清，一尾尾魚兒在水中游弋，显得異常偷闲。引人注目的塘邊的六角紅亭，这是一座十分普通的小亭，但又是一座十分不平凡的亭。一九四九年四月二十四日，毛澤東主席就是坐在此亭中，闻南京解放的消息。統治中國的國民黨政府隨着人民解放軍占領南京而頃刻瓦解。毛澤東主席當時的心情應是浮想聯翩，這個舊政府統治中國三十八年，由進步到反動，由生氣勃勃到走向滅亡，最後由這位來自湖南韶山冲農民的兒子領導人民將其推翻。有詩為證。特別是"宜將剩勇追窮寇，不可沽名學霸王"的詩句讓人常思常新，以令人去冥思，但偉人將革命進行到底的意志和決心仍在激勵着我們前進。與、塘中池水平靜相對照的是雙清泉水，兩股清泉從山澗流下，發出"稀—稀"的聲音，竹林搖曳，古木參天，更托出了這里的幽靜。但我想，來這里的每一個人，來到這里的情景，憶及毛澤東等老一輩無產階級革命家創造的偉業，心里一定是靜不下來的。"雙清別墅"一幢不起眼的小屋，因為與一代偉人和一種偉大的精神聯係在一起，就顯得彌足珍貴。

離開"雙清別墅"，我陷入了沉思。我想每個人都是歷史的過客，人的生命總是有限的，但在這有限的生命過程中，要成就一番事業，最主要的是具有一往無前的氣概和屢挫屢奮的堅強意志和決心。事業可以是驚天動地，也可以是身邊的平凡小事，無論什麼事祇要專注，持之以恒的去做，就一定會有成效。

小作《香山記事》原載二〇〇七年十二月《湖南日報·副刊》

抄錄於戊戌年仲秋於長沙香樟軒建民書

跋

2019年初秋，我到湘西自治州公干，有幸在这个钟灵毓秀、人杰地灵的边城工作生活了5个多月。“沉浸式”的接触，我被湘西深厚的文化底蕴所吸引。在吉首大学的“从文广场”，坐落着一尊沈从文先生的半身塑像，塑像下半部分呈“石书”堆砌状，寓意着从文先生著作等身。工作之余散步经过这里，我一次次被这里浓郁的书香气所熏陶。从文先生被誉为20世纪中国最优秀的文学家之一，出版了作品70多种500多万字，创作了《边城》《长河》等脍炙人口的经典文学作品。这种笔耕不辍的精神深深触动了我，也让我萌生出整理出版这本小册子的念头。

北宋大家张载“为天地立心，为生民立命，为往圣继绝学，为万世开太平”的“横渠四句”千古流传，亦成为儒家最高道德理想。人活一世，草长一秋。人短暂的一生瞬间就会过去，珍惜时光、有所作为应成为人生的追求。我虽远远达不到张载所提出“立心”“立命”或者“开太平”的境界，但继承弘扬先贤德与行的优良传统，一直是我努力的目标。在工作之余，特别是离开工作岗位之后，我有了不少空闲时间，可以读书、思考和写作，断断续续写下一些篇什，这次将其一并整理结集出版，倘能于读者有点滴启迪，那我将十分欣慰。

本书收录的文章主要是2010年以来所写的一些散文，林林总总共有90余篇。这些散文不少曾公开发表于《文艺报》《湖南日报·副刊》《湖南散文》等报刊，还有一些尚未公开发表过。在这些文章结集出版之际，我要感谢《湖南日报·副刊》，没有她的鼓励，我未必能长期坚持进行创作。在结集过程中，我尝试梳理一些脉络性的东西，提纲挈领地展示在读者面前。我想，最有代表性的词有两个：一是敬畏。敬畏自然，七彩丹霞、鸣沙山、伊瓜苏大瀑布都是大自然鬼斧神工之作，学会敬畏自然、顺应自然、保护自然是人生的必修课；敬畏人民，人民是历史的创造者，无论是莫高窟、平遥古城、凡尔赛宫，还是塞外沙湖、祁东的桥、桃源的街，都源自劳动人民的智慧和汗水。二是磨难。在《生活感悟》这一部分，不少内容都涉及如何面对磨难、认识磨难、战胜磨难。我总认为，人生当中，每一个磨难都应是成长的礼物，也许这和我的人生经历不无关系。

本书文字约20万字，但编撰整理竟达四年之久，其间因故多次想要放弃，幸得诸多师友支持才得以成书。这里，特别要感谢我的研究生导师麻天祥教授。麻天祥教授师从我国著名历史学家张岂之先生，是岂之先生20世纪90年代初的博士研究生，他在历史学、哲学、文学、宗教学等方面有很深的造诣，著作等身。于今虽已年逾古稀，但仍精神矍铄、笔耕不辍，为我树立了光辉榜样。这次麻天祥教授为本书亲笔题序，更是给我莫大的关怀和勉励。感谢蔡建和部长，他深厚的经济理论功底与高超的领导艺术，让我一直仿效，尤其是他在诗歌、散文等方面的成就，让我受益匪浅。这次在成书内容的取舍上，建和部长又给予了及时的支持和专业的指导，不吝溢美之词为本书作序，让我坚定了结集成书的信心。感谢湖南文艺出版社资深编审邓映如先生，他多年前即一直鼓励、敦促我把到访各地的心得感悟形成文字，本书的出版得益于他的精心策划与仔细审读、修改，邓编审“为求一字稳，耐得半夜寒”的出版家精神，让我无比感佩。感谢屈啸处长为本书录入、校稿、润色所付出的努力，他对结集提出过不少建设性的意见，其无私奉献的精神和文字能力让我领略到了“后浪”德艺双馨的风采。

当《那片神奇的土地》即将由湖南文艺出版社付梓的时候，就让以上的文字作为跋吧！

2023年夏于长沙